rororo

Der Hafen ist ein Ort der Sehnsucht. Wenn sie zur Begierde wird, kann sie tödlich sein. Der Hafen ist ein Haifischbecken menschlicher Leidenschaften. Männlichkeit und derbe Erotik. Harte Arbeit und leichte Mädchen. Fernweh und Heimkehr. Liebe und Hass. Was liegt da näher, als den Hafen zum Thema von Kriminalgeschichten zu machen? Die vorliegende Anthologie versammelt Geschichten der besten Krimiautoren aus Hamburg und Umgebung, von Petra Oelker, Doris Gercke, Frank Göhre und vielen anderen.

Volker Albers (Hg.)

Tod am Kai

Hamburger Hafen-Krimis

Rowohlt Taschenbuch Verlag

Originalausgabe
Veröffentlicht im Rowohlt Taschenbuch Verlag
GmbH, Reinbek bei Hamburg, Mai 2003

Der Beitrag «Das leise Lied vom Aufruhr»
von Petra Oelker erschien bereits 1994
im Verlag Georg Simader, Frankfurt
Umschlaggestaltung any.way, Andreas Pufal
(Foto: Fotex Medien Agentur GmbH)
Satz Minion PostScript bei
Pinkuin Satz und Datentechnik, Berlin
Druck und Bindung Clausen & Bosse, Leck
Printed in Germany
ISBN 3 499 23425 4

Die Schreibweise entspricht den Regeln
der neuen Rechtschreibung.

Inhalt

Vorwort

Der Hafen ist ein Ort der Sehnsucht. Wenn diese Sehnsucht zur Begierde wird, kann sie tödlich sein. Der Hafen ist die domestizierte Gestalt des Meeres, der Naturgewalten – ein Haifischbecken der Leidenschaften. Eitelkeit und Einsamkeit. Männlichkeit und derbe Erotik. Seemannsbräute und trister Alltag. Harte Arbeit und leichte Mädchen. Fernweh und Heimkehr. Liebe und Hass. Gier und Geiz. Schillernde Klischees und banale Realität. Der Stoff, aus dem Kriminalgeschichten sind. Und ihr Ort ist Hamburg.

Die Anthologie «Tod am Kai – Hamburger Hafen-Krimis» versammelt vierzehn Kriminalgeschichten, die von den dunklen und abgründigen, aber auch den humorvollen Seiten des Daseins erzählen. Die Autorinnen und Autoren dieses Bandes kommen aus Hamburg und Umgebung – Mord und Totschlag sind ihr Metier. Grundverschieden aber ist der Blick auf Täter und Opfer. Doris Gercke lässt ihre Heldin, eine Gelegenheitsprostituierte, am Hafenrand nicht nur von sonnigen Gefilden träumen. Virginia Doyle und Petra Oelker beleuchten das historische Hamburg – und das Bild, das sie ans Licht holen, ist alles andere als romantisch verklärend. Frank Göhre rückt Menschenhändlern auf den wohlanständigen Leib.

Nina George weiß, dass Spekulationen beim Bau der neuen Hamburger Hafen-City ein tödliches Geschäft sein können. Michael Koglin erzählt vom kleinen Radscha in der Speicherstadt, der einer großen Sache auf die Spur kommt. Robert Lynn zieht es zurück in die sechziger Jahre, Birgit H. Hölscher kennt einen Mann, dessen Schicksal die Barkasse *Mona* war. Jörn Ingwersen entführt nach Sylt, in einen kleinen Fischerhafen auf Hamburgs Hausinsel. Und Gunter Gerlachs sympathisch-unheimliche Helden wollen einfach nur «Dinger wegschaffen».

«Spannung ist das Lebenselement aller guten Literatur», hat der britische Schriftsteller Eric Ambler einmal gesagt. Die in dieser Anthologie versammelten mörderischen Geschichten von der Waterkant belegen das aufs Neue. Denn ohne Spannung ist alles nichts. Gerade auch in einer Welt, in der die Gegensätze das Leben ausmachen – oder eben das Sterben. Die Welt des Hafens.

Volker Albers

Doris Gercke **Hafenrand**

Sie wurde wach, weil sie fror. Auch war da ein Geräusch, das sie nicht gleich einordnen konnte. In der letzten Zeit begannen ihre Tage mit einer gewissen Orientierungslosigkeit. Das beschäftigte sie, nachdem sie zu sich gekommen war, eine Weile. Das Geräusch wurde durch Wassertropfen hervorgerufen, die auf dem Sattel eines Fahrrads landeten. Das Dach war nicht dicht. Es hatte viele Wochen nicht geregnet. Aber nun war Herbst, und der Regen gehörte dazu wie die Kälte, durch die sie wach geworden war. Sie bewegte den Kopf und sah sich um, aber die Sekunden, in denen sie nicht wusste, wo sie sich befand, waren schon vorüber. Sie setzte sich aufrecht hin, lehnte sich an die Wand und stöhnte. Die kalte Mauer in ihrem Rücken würde ihr das letzte bisschen Wärme entziehen, aber sie konnte sich nicht entschließen, aufzustehen. Sie würde hier weg müssen, noch nicht heute oder morgen, aber doch so bald wie möglich.

Der Raum, in dem sie in den letzten Wochen geschlafen hatte, gehörte zu einer Hinterhofwerkstatt. Als sie das kleine, grau verputzte Gebäude zum ersten Mal gesehen hatte, war sie erstaunt gewesen. Es sah heruntergekommen aus, so, als habe man nur vergessen, es abzureißen. Der Hinterhof war eng. An der Stelle, auf der die alte Werkstatt stand, wäre Platz für eine kleine Gartenanlage gewesen. Nachdem sie ein paar Mal dort geschlafen hatte, war ihr klar geworden, dass die Bewohner der Mietshäuser, die die Werkstatt umstanden, kein Interesse an einem gemeinsamen Stück Garten haben konnten. Die Leute waren beinahe so arm dran wie sie selbst. Es gab sogar Tage, an denen sie sich ihnen überlegen fühlte. Dann schien es, als hätte sie den besseren Teil gewählt. In ihrem Leben gab es keinen Kerl mehr, der beim Vögeln grunzte wie ein Schwein. Sie hatte es nicht nötig, einem von diesen dickbäuchigen Unterhemdenträgern nachmittags Spiegeleier mit Speck zu braten, wenn er nach Frühstück gebrüllt hatte. Sie musste keine Kisten mit Flaschen nach oben schleppen, nur um ein festes Dach über dem Kopf zu haben.

Ein festes Dach über dem Kopf – die Frau sah sich um. Der Sattel des Fahrrads glänzte vor Nässe. Um das Rad herum hatte sich eine Pfütze gebildet, die bald an ihren Schlafsack heranreichen würde. Das eiserne Waschbecken an der gegenüberliegenden Wand sah verdreckt aus. Dabei war das Waschbecken neben dem Dach über dem Kopf, das sie für sich allein hatte, den Sommer über ihr ganzer Stolz gewesen. Wegen dieses Waschbeckens hatte sie es nicht mehr nötig gehabt, ungewaschen unter die Leute zu gehen. Gewaschen – das Wort hatte sie von den anderen getrennt und ihr den Sommer über ein angenehmes Leben verschafft.

«Du kannst es mir machen», hatte er gesagt, «aber nicht, wenn du ungewaschen aufs Schiff kommst.»

Sie hatte empört getan, aber gleichzeitig gedacht, dass der Mann Recht gehabt hätte, wenn er ihr im Frühjahr oder im Winter oder im letzten Sommer begegnet wäre. Die verlassene Werkstatt und das eiserne Waschbecken darin waren den Sommer über Geld wert gewesen. Jetzt war der Herbst da. Sie würde morgens aufwachen und im Wasser liegen. Wenn Frost kam, würde sie sich die Zehen abfrieren. Vermutlich würde die Wasserleitung kaputtgehen. Ein Wunder, dass sie bisher heil geblieben war.

Die Frau kroch aus dem Schlafsack. Sie war noch nicht alt, zwischen vierzig und fünfzig, schwer zu schätzen. Sie hatte dünne Arme. Die Hände, die den Schlafsack und die darunter liegende Matte zu einem Bündel zusammenrollten, waren klein und schmal. Es war nicht viel Kraft darin, jedenfalls nicht, wenn man sie nach ihrem Aussehen beurteilte. Bevor die Frau zum Waschbecken hinüberging, nahm sie eine der herumstehenden, leeren Kisten auf und verstaute das Bündel aus Matte und Schlafsack sorgfältig darunter. Auch die unangebrochene Dose Bier, die neben ihrem Kopf auf dem Boden gestanden hatte, verschwand unter der Kiste. Die Sachen räumte sie jeden Morgen weg. Wenn wirklich einmal jemand die verlassene Werkstatt betreten hätte – von ihr wäre keine Spur sichtbar gewesen. Aber es war niemand gekommen. Das Kaugummi, das sie von außen zwischen Tür und Pfosten geklebt hatte, war jedes Mal noch da gewesen. Auf den Trick mit dem Kaugummi war sie besonders stolz. Es hatte schon Leute gegeben, Frauen natürlich, die unangemeldet Besuch von jemandem bekamen, der stärker war als sie. Für die, die überrascht wurden, gingen solche Sachen immer schlecht aus.

Die Frau betrachtete ihr Gesicht in dem Stück Spiegel, das an einem Nagel über dem Waschbecken hing. Die Scherbe war nicht größer als ihre Hand und an einer Seite mit einem hellblauen Kunststoffrand eingefasst.

«Nicht schön, aber selten», sagte sie halblaut.

Sie drehte den Wasserhahn ein wenig auf, bildete mit beiden Händen eine Schale, die sie voll laufen ließ, und tauchte ihr Gesicht in das kalte Wasser. Das Handtuch, mit dem sie sich am Abend zuvor abgetrocknet hatte, lag neben dem Waschbecken über die Griffe einer Schubkarre gebreitet. Der Karre fehlte das Rad. Zum ersten Mal, seit sie hier schlief, war das Handtuch noch vom Abend feucht. Nachdem sie sich die Zähne geputzt hatte, wickelte sie Zahnpasta und Zahnbürste ins Handtuch und versteckte das Ganze in einem altmodischen Nachttisch. Der Griff war abgebrochen, aber die Tür ließ sich mühelos öffnen, wenn man einen langen Nagel oder ein Stück festen Draht in das leere Schlüsselloch steckte.

Als sie auf die Straße trat, hatte der Regen aufgehört. Es war auch nicht wirklich kalt, aber ihr war klar, dass sie sich etwas einfallen lassen musste, wenn sie den Winter heil überstehen wollte.

Sie blieb einen Augenblick stehen und sah sich um. Rechts von ihr, am unteren Ende der Straße, waren die Hochbahnbrücke und dahinter die Masten und Aufbauten der *Cap San Diego* zu erkennen. Die weißen Masten gegen den blauen Himmel waren den Sommer über jeden Morgen ein schöner Anblick gewesen. Jetzt war der Himmel grau, und auch die Masten schienen grau zu sein. Sie leuchteten nicht mehr. Die Frau setzte sich in Bewegung. Obwohl es nicht kalt war, taten ihr die Knochen weh. Vielleicht war es die Feuchtigkeit, die ihre Gelenke schmerzen ließ. Ein Lkw versperrte ihr den Blick auf die Cafés der Portugiesen am anderen Ende der Straße. Als sie an den Männern vorüberging, die den Lkw entluden, gab einer von ihnen schnalzende Laute von sich. Aus einem Bäckerladen zur Rechten duftete es nach frischen Brötchen. Sie hatte Hunger. Die Portugiesen hatten trotz des schlechten Wetters Tische und Stühle auf die Straße gestellt, aber niemand saß dort. Die blauen, weißen, braunen und dunkelgrünen Möbel glänzten vor Nässe. Sie ging an den Cafés vorüber und betrat das letzte, ihr Stammcafé.

Drinnen war es voll. Es gab eine Menge Leute, die hier regelmäßig ihr erstes oder zweites Frühstück einnahmen, Zeitung lasen, redeten. Als noch die Sonne geschienen hatte, waren manchmal auch gut angezogene Angestellte aus dem nahe gelegenen Pressehaus darunter gewesen.

Die Frau sah sich um. Der Raum war verräuchert. Es roch nach Kaffee und nassen Kleidern. Die Eleganten hatten es heute vorgezogen, in ihrer Kantine zu bleiben. Dann fiel ihr Blick auf eine Frau ganz hinten, kaum wahrzunehmen hinter der Menge der Stehenden und Sitzenden. Und plötzlich, so plötzlich, dass ihr Herz einen kleinen Hüpfer tat und ihr warm wurde, ohne dass die stickige Luft im Café daran einen Anteil gehabt hätte, wusste sie, was sie tun würde.

Sie kannte die Frau vom Sehen. Manchmal hatte sie in den letzten Wochen morgens neben ihr in der Sonne gesessen und in Gedanken versucht herauszufinden, was die wohl tat. Aus dem Pressehaus kam sie nicht, obwohl die Sachen, die sie trug, dort hingepasst hätten. Aber die Frau hatte immer Zeit gehabt, während die Angestellten ihren Kaffee schnell tranken, ihr Gesicht schnell in die Sonne hielten, ja, sogar schnell redeten, so, als müssten sie in ihren kurzen Pausen so viel wie möglich von dem privaten Leben unterbringen, das sie gleich darauf im Büro wieder zu vergessen hatten. Manchmal hatte die Frau jemanden getroffen und sich lange mit ihm unterhalten. Meistens aber saß sie allein, vertiefte sich in die Zeitung, die sie immer mitbrachte, obwohl es im Café Zeitungen gab, und ging irgendwann mit einem lockeren, leicht schlendernden Gang wieder weg.

Und wenn es der Frau nun gefiele, ihre Zeitung nur im Sommer im Café zu lesen? Wenn ihr die verräucherte Luft hier drinnen nicht zusagte? Wenn sie heute zum letzten Mal in dieser Saison hier gewesen wäre?

«Quatsch», sagte sie halblaut und begann, sich langsam in die Richtung zu drängen, in der die andere saß.

Sie hatte gleich doppelt Glück. Zuerst wurde ein Platz in der Nähe der Frau frei, und dann stand sie auch noch auf, um auf die Toilette zu gehen, und ließ ihre Zeitung auf dem Tisch liegen. Sauber und deutlich gestempelt war auf der Vorderseite ihre Postanschrift zu lesen.

Aufstehen oder sitzen bleiben war jetzt die Frage. Ihr Ziel hatte sie erreicht. Aber weshalb sollte sie gehen. Wenn ihr Plan gut war, würde sie sehr bald sehr weit weg sein.

Sie blieb sitzen, bestellte einen Milchkaffee und betrachtete ruhig und gleichmütig, so, wie sie es den Sommer über jeden

Morgen getan hatte, die anderen Gäste. Irgendwann stand die andere auf, murmelte einen Gruß, ohne jemanden wirklich anzusehen, und verließ das Café. Sie war ungefähr eine Stunde lang da gewesen, so lange wie sonst auch. Die Zeit würde reichen.

«Eine Nacht noch», sagte die Frau zu sich, und den Tag davor würde sie versuchen, so angenehm wie möglich zu verbringen.

Solange das Wetter schön gewesen war, hatte sie an der Elbe im Sand gelegen, am Hafenrand auf einer der steinernen Bänke gesessen und die Touristen, noch lieber die Möwen, beobachtet oder in einem der Bücher gelesen, die sie ohne hinzusehen aus der Grabbelkiste des Antiquars am Michel mitgenommen hatte. Die Abende waren manchmal sehr lang gewesen. Sie hatte versucht, ihren Alkoholkonsum einigermaßen zu kontrollieren, weil sie dazu neigte, Gesellschaft zu suchen, wenn sie betrunken war. Die Gesellschaft, die für sie in Frage kam, war wenig rücksichtsvoll gegen Frauen. Bis ein blaues Auge wieder verschwunden war, verging in ihrem Alter eine lange Zeit. Sie lief nicht gern als Gebrandmarkte herum. Am besten war noch immer der Abend an Bord des Schleppers gewesen. Es war heute nicht der verabredete Tag, aber sie würde trotzdem versuchen, sich zu verabschieden.

Auf den leeren Platz am Tisch hatte sich ein Mann gesetzt, der sie schon eine Zeit lang beobachtete. Er trug einen fleckigen Overall und hielt eine Bierflasche in der Hand.

«Wir renovieren den Spielsalon gegenüber», sagte er halblaut. «Die Kollegen sind unterwegs, den Schutt abfahren. Wir könnten nach drüben gehen.»

Der Mann sah beim Sprechen vor sich hin. Seine Stimme war nicht besonders laut, aber sie verstand ihn trotz des Lärms um sie herum.

«Du kannst mich mal», sagte sie und stand auf.

Sie sprach leise, und ebenso leise sagte der Mann am Nebentisch «Miststück», während sie sich an ihm und ein paar anderen vorbei zum Tresen drängte. Sie zahlte ihren Kaffee und ging hinaus.

Der Himmel war ein wenig heller geworden. Es regnete nicht mehr, aber die Tische und Stühle vor den portugiesischen Cafés standen noch immer aufeinander gestapelt und nass an den Wänden und vor den Schaufenstern. Sie hatte schon seit einiger Zeit keine Armbanduhr mehr, deshalb ging sie auf die gegenüberliegende Straßenseite, um von dort einen Blick auf die Uhr am Turm des Michel zu werfen. Es war halb elf. Wenn der Mann auf dem Schlepper keinen Auftrag bekommen hatte, würde er jetzt schlechte Laune haben und sich langweilen. Es war nicht ihr verabredeter Tag, und auch die Uhrzeit war eher ungewöhnlich. Aber im Grunde hatte er sich ihr gegenüber immer anständig benommen. Es wäre ihr schäbig vorgekommen, ohne Abschied zu verschwinden.

Weshalb bist du eigentlich so sicher, dass dein Plan funktioniert?

Vor ihr, in Richtung Hafentor, ging ein Mann, der eine Plastiktüte in den Händen trug. Seine Füße waren nackt. Sie steckten in dünnen Gummilatschen. Die Fußsohlen sahen aus, als seien sie angefault. Während sie den Mann überholte, hielt sie die Luft an. Davon wurde ihr ein wenig schwindlig, und sie dachte, dass es besser wäre, sie hätte etwas im Magen.

Es muss einfach funktionieren, dachte sie, und dabei hörte sie hinter sich die Gummilatschen auf den nassen Boden klatschen.

Der Schlepper lag tatsächlich am Hafentor. Während sie die eiserne Treppe hinunterging, riss der Himmel auf. Sie hielt sich am Geländer fest und blieb einen Augenblick stehen. Die schwarzen Leiber, die grün angestrichenen Decks und die braunen und weißen Aufbauten der Schlepper glänzten in der

Sonne, als sei noch Sommer. Aber das Wasser im Hafenbecken war schwarz, und der schmale Ponton zu ihren Füßen bewegte sich heftiger als an schönen Sommertagen. Schon als sie ihren Weg die Treppe hinab fortsetzte, hatte sich der Riss am Himmel wieder geschlossen. Sie schwankte beim Gehen auf dem schlingernden Ponton und hielt sich am Geländer des Brückenstegs fest, der zwei Pontons miteinander verband, als sie den Schlepper erreichte. Wenn das Schiff hier lag, musste auch der Mann an Bord sein. Irgendwann würde er auftauchen. Sie hatte Zeit.

Auf dem Schlepper zeigte sich niemand, aber dann hörte sie einen Hammer auf Eisen schlagen und gleich darauf Schritte, und dann steckte ein Mann den Kopf aus der Tür der Kajüte und sah zu ihr hinüber.

Sie wusste, dass der Mann auf dem Schlepper vierzig Jahre alt war, aber sie fand, er sah älter aus. Er war mindestens einsneunzig groß, hatte einen gewaltigen Brustkorb und muskulöse Arme. Seine Haare waren schwarz und kraus, auch auf den Schultern und auf der Brust. Er war nicht unfreundlich und nicht freundlich und sehr viel weniger brutal, als sie es bei anderen Männern erlebt hatte. Sie nahm an, dass er an seine Frau dachte, wenn er mit ihr schlief, und sich deshalb seine Gewalttätigkeit in Grenzen hielt. An der Backbordseite neben dem Steuer klebten die Fotos seiner Kinder; zwei Jungen, die ihm überhaupt nicht ähnlich sahen.

«Willst du da Wurzeln schlagen?», fragte der Mann.

Sein Kopf verschwand in der Kajütentür. Die Frau war erleichtert. Sie stieg vorsichtig auf den schmalen Pontonstreifen zwischen Brücke und Schiff. Es war nicht einfach, an Bord zu klettern. Ponton und Schlepper bewegten sich heftig gegeneinander. Sie musste einen günstigen Augenblick abpassen. Beim Hinüberspringen kam sie ungeschickt auf und stieß mit dem rechten Knöchel so heftig gegen die Ankerwinde, dass sie vor

Schmerz in die Knie ging. Das eiserne Deck war nass. Sie fühlte die unregelmäßige, vielfach überpinselte Oberfläche in ihren Händen, als sie sich darauf abstützte. Einen Augenblick lang blieb sie auf allen vieren hocken, wartend, dass der Schmerz nachlasse, bevor sie aufstand. Auch die Tür der Kajüte war aus Eisen, aber sie war gut geschmiert und ließ sich leicht öffnen.

Der Schlepper war nicht mehr neu. Früher war er mit tausend PS einer der stärksten gewesen. Jetzt hatten die Schlepper drei- oder viertausend PS. Von denen hatte der Mann manchmal gesprochen und dabei gleichzeitig Bewunderung und Verachtung in der Stimme gehabt. Seiner aber hatte immerhin vier Kojen und einen ausladenden Tisch in der Mitte der Kajüte, an dem bequem sechs Leute Platz gefunden hätten.

Der Mann saß am Tisch und sah ihr entgegen. Sie sah ihn an und verstand, dass sie nicht nur gekommen war, um sich zu verabschieden. Sie wollte mit ihm schlafen und mit ihm reden. So, wie es aussah, würde er sich zumindest auf den Beischlaf einlassen. Vielleicht hätte sie durch seine allzu schnelle Bereitschaft gewarnt sein sollen. Sie aber war so erfüllt von ihrem Plan und von der Vorfreude auf ein bisschen Lust, dass sie erst, als es zu spät war, begriff, dass sie gerade zur rechten Zeit gekommen war für einen, der jemanden brauchte, um seine Wut los zu werden. Er tat ihr zum ersten Mal wirklich weh. Trotzdem begann sie, als sie später nebeneinander lagen, von ihren Reiseplänen zu sprechen.

«Fahren Nutten jetzt auch schon im Winter in den Süden?», fragte er.

Seiner Stimme war nicht anzumerken, ob er sich über sie lustig machte.

«Nicht jede», sagte sie.

«Soll ich dir mal was sagen?», antwortete er. Er richtete seinen Oberkörper halb auf und sah auf sie herunter.

«Du bist wie jede andere auch. Du bist eine ganz gewöhnliche miese, alte Nutte, die nicht weiß, wo's langgeht.»

Seine Wut war noch immer nicht vergangen. Er wollte sie immer noch verletzen. Aber sie wusste, dass er Unrecht hatte, deshalb trafen seine Worte sie beinahe nicht.

«Reg dich ab, Mann», sagte sie. «Was kann ich dafür, wenn dir deine Frau weggelaufen ist.»

Einen Augenblick fürchtete sie, er würde sie schlagen. Sie machte sich klein, während er auf sie hinunterstarrte. Es kam aber nur eine Art Stöhnen aus seinem Mund. Er ließ sich schwer neben sie fallen, lag heftig atmend da und schwieg. Sie lag, an die Kojenwand gedrückt, mit schmerzendem Knöchel und Schmerzen dort, wo er sie bearbeitet hatte. So hatte sie sich ihren Abschied nicht vorgestellt, aber sie blieb liegen, an die Wand gedrängt und stumm, stumm wie der Mann neben ihr, dessen regelmäßiger Atem irgendwann anzeigte, dass er eingeschlafen war. Auch die Frau schlief dann ein.

Als sie wach wurde, stand er mit nacktem Hintern am Waschbecken und wusch sich. Der Anblick erregte sie, und sie hüstelte leise, um anzudeuten, dass sie wach war.

«Ich dachte, ich mach mal Kaffee», sagte der Mann, ohne sich umzuwenden.

An seiner Stimme stellte sie fest, dass er sich beruhigt hatte.

«Muss das gleich sein?», fragte sie.

Er wandte sich zu ihr um, halb nackt und groß, drehte, mit einer Hand nach hinten langend, den Wasserhahn ab und ließ sie nicht aus den Augen.

«Muss das gleich sein?», fragte sie noch einmal, und er sagte «nee» und kam langsam auf sie zu. Diesmal tat er ihr nicht weh, jedenfalls nicht besonders, und als sie miteinander fertig waren, rollte er sich aus der Koje und machte für sie beide heißen Nescafé.

Eine Weile saßen sie am Tisch zusammen. Jetzt hätten sie reden können, aber sie blieben stumm.

Irgendwann sagte sie: «Das war mein Ernst. Ich geh nach Mallorca. Vielleicht auch Teneriffa. Mal sehen, was günstig ist.»

«Sieh zu, dass du Land gewinnst», sagte er. «Und komm bloß nicht angejammert, wenn was schief geht.»

«Bei mir geht nichts schief», antwortete sie, «da mach dir man keine Sorgen. Wenn ich dann um mein Geld bitten dürfte.»

«Aber nur fürs erste Mal», sagte er, während er zwei Scheine aus der Gesäßtasche fischte und sie über den Tisch schob. «Beim zweiten Mal war's das reine Vergnügen. Dafür gibt's nix.»

«Geizkragen», sagte sie und stand auf «Dann mach's mal gut, Geizkragen.»

«Nutten wie du sollten verboten werden», sagte er, und sie schlug ihm leicht mit der Hand auf die Schulter, während sie an ihm vorbei und auf die Kajütentür zuging. Als sie die Tür öffnete, klingelte sein Handy, und sie hörte ihn «ja, Chef» sagen, bevor sie die schwere Tür leise ins Schloss rutschen ließ.

Den Rest des Nachmittags und den Abend verbrachte sie damit, in einer Seitenstraße der Reeperbahn in einem billigen chinesischen Restaurant zu essen und ein paar Bier zu trinken. Das Lokal lag im Keller. Durch ein Fenster beobachtete sie die Beine der Leute, die vorübergingen, und versuchte, sich vorzustellen, wie der dazugehörige Rest aussah. Sie verließ den Keller, als es draußen dunkel geworden war, und suchte ihren Schlafplatz auf.

Eine Weile musste sie warten, bevor sie unbeobachtet in die Werkstatt gelangen konnte. Zwei Jungen und ein Mädchen spielten im Hof Fußball und standen dann in der Dunkelheit zusammen und redeten. Es war zu früh zum Schlafengehen, aber sie wollte ausgeruht sein für das, was sie vorhatte. Endlich kreischte eine Frauenstimme aus einem der Hinterhoffenster, und die Kinder verschwanden.

Im Schuppen blieb sie eine Weile sitzen, bis sich ihre Augen an die Dunkelheit gewöhnt hatten. Erst als sie die Umrisse der verdreckten Fenster, der herumstehenden Kisten, der Möbel und des Fahrrads genau erkennen konnte, begann sie, zwischen dem Gerümpel herumzulaufen und aus verschiedenen Behältnissen ihre wenigen Habseligkeiten zusammenzusuchen. Sie wusste, wie schäbig die Tasche, in die sie das Zeug stopfte, aussah, und ärgerte sich, dass sie es versäumt hatte, am Nachmittag eine billige neue zu kaufen. Das würde sie morgen als Erstes tun. An einer zerlumpten Tasche sollte ihr Vorhaben nicht scheitern. Sie rollte die Matte und den Schlafsack aus, stellte die Tasche daneben und legte sich hin. Sie durchdachte ihren Plan noch einmal und schlief schnell ein.

In dieser Nacht blieb es trocken, aber am Morgen war es ziemlich kalt, und sie war froh, bald aus der Gegend verschwinden zu können. Ihr Gesicht in der Spiegelscherbe sah übernächtigt aus, obwohl sie sehr viel früher schlafen gegangen war als sonst. Irgendwo in ihrer Tasche musste ein Rest Make-up sein, aber für das, was sie nun vorhatte, brauchte sie noch kein zurechtgemachtes Gesicht.

Ein Problem war die Tasche. Sie konnte sie schlecht mitschleppen, wenn sie in die fremde Wohnung ging. Aber es war auch keine Zeit mehr, sie in einem Schließfach unterzubringen. Vielleicht fand sie eine Möglichkeit, die Tasche in der Nähe der Wohnung für kurze Zeit loszuwerden.

Die Frau musterte das Innere des Schuppens, bevor sie nach draußen ging, ein letztes Mal. In ihrem Blick lag fast so etwas wie Dankbarkeit.

Obwohl es kalt war, hatten die Portugiesen ihre Stühle und Tische wieder vor die Tür gestellt. Ein paar Menschen saßen in

Mänteln vor den Cafés, um zu frühstücken. Ihr Opfer war nicht darunter. Sie schlenderte über die Straße, um einen Blick in das Innere des Cafés zu werfen, aber auch dort konnte sie die Frau nicht entdecken. Sie ging über die Straße zurück und setzte sich hinter einer Säule so auf ihre Tasche, dass sie den Eingang zum Café im Auge behalten konnte. Ihr wurde, während sie dasaß und auf die andere Straßenseite starrte, bewusst, dass das Gelingen ihres Plans einzig und allein davon abhing, ob die Frau ihre regelmäßigen Cafébesuche trotz des kalten Wetters fortsetzen würde. Die Erkenntnis fuhr ihr wie ein Schreck in die Glieder. Sie spürte, wie in ihrem Mund Wasser zusammenlief, und begann, heftig zu schlucken.

«Ist Ihnen nicht gut?», fragte eine Frau im weißen Kittel, die neben ihr stehen blieb.

«Alles in Ordnung», antwortete sie mühsam.

Die Frau ging weiter und verschwand in der Apotheke an der Straßenecke.

Dann sah sie auf der gegenüberliegenden Seite die Frau herankommen, auf die sie gewartet hatte. Sie trug einen schwarzen, mit Fell gefütterten Ledermantel und hatte einen schwarzen Schal um den Hals geschlungen. Erst als die Frau sich vor dem Café niedergelassen und die Zeitung, die sie unter dem Arm trug, auf den Tisch gelegt hatte, stand sie auf.

Ihre Beine waren schwerer als sonst. Es kam ihr vor, als sei ihr Gang langsamer als noch vor einer halben Stunde. Die Treppen zwischen der Liegewiese und dem Platz vor dem Michel schienen endlos. Vor der Kirche standen Touristenbusse, dazwischen Gruppen von Menschen, die lachten und sich angeregt unterhielten. Sie ging an den Bussen und Menschen vorüber und gewann langsam ihre Sicherheit zurück. Es hatte keinen Sinn, schon vorher schlapp zu machen. Dazu würde noch genug Zeit sein, wenn sie Pech hatte.

Zur Wohnung der Frau brauchte sie nur zehn Minuten. Das

Haus aus rotem Backstein lag in einer stillen Seitenstraße hinter dem Großneumarkt. Vor den Hauseingängen standen Linden. Der Boden war mit gelben Blättern bedeckt. Sie fand den Hauseingang und hatte Glück. Eine kleine, verwachsene Postbotin schleppte ihre Tasche zur Tür und betätigte eine Klingel. Sie schlüpfte an der Postbotin vorbei ins Haus und sagte laut und freundlich «Guten Morgen». Eine Antwort bekam sie nicht.

Schnell stieg sie die Treppen hinauf. Die Wohnungstüren auf den Etagen hatten kleine Gucklöcher zum Flur hin. Im Treppenhaus roch es nach Sauerkraut. Sie hatte sich ein eleganteres Haus vorgestellt. Die Wohnung der Frau lag unter dem Dach und war die einzige auf der Etage. Darüber war sie froh, denn dass ein misstrauischer Nachbar sie sonst durch den Spion hätte beobachten können, war ihr gerade erst klar geworden.

Wie man mit einer Plastikkarte eine Tür öffnete, hatte sie vor Jahren von einem Mann gelernt, mit dem sie eine Zeit lang zusammengewesen war. Sie hatte den Trick nur einmal gebraucht. Damals war sie von ihrer Familie gerade hinausgeworfen worden. In ihrer Verzweiflung hatte sie unbedingt Erinnerungsfotos haben wollen, und der Mann, dem sie begegnet war, erbot sich mitzukommen, um ihr zu zeigen, wie sich die Haustür auch ohne Schlüssel öffnen ließe. Als sie im Haus gestanden hatten, war ihr übel geworden. Sie hatte auf den Fußboden gekotzt, und sie waren abgehauen. Den Mann hatte sie bald darauf aus den Augen verloren. Die Erinnerung an die Familie war von da an ausgelöscht gewesen. Nur den Kartentrick hatte sie behalten.

Erst als die Wohnungstür hinter ihr leise ins Schloss fiel, merkte sie, dass sie noch immer ihre Tasche mit sich herumschleppte. Sie stellte sie ab und begann, die kleine Wohnung langsam und systematisch zu durchsuchen.

Sie begann mit der Küche. Dort sah sie ein paar gelbe Gummihandschuhe neben der Spüle liegen. Sie zog die Handschuhe über. Sie fühlten sich eng und eklig an. In einem Kaffeebecher auf einem Brett über der Spüle fand sie etwas Kleingeld. Im Wohnzimmer, das nachts anscheinend als Schlafzimmer herhalten musste, denn ein extra Schlafzimmer gab es nicht, fand sie nichts. Dafür stand im Arbeitszimmer eine Kassette mit ein paar hundert Euro, zwei Sparbüchern und zwei EC-Karten. Die Nummern zu den Karten lagen in einem Fach am Boden der Kassette. Sie steckten noch in den Umschlägen, in denen die Bank sie verschickt hatte.

Sie nahm das Bargeld, die Sparbücher, die EC-Karten und notierte die Nummern dazu. Sie nahm auch den Reisepass der Frau, der neben den Sparbüchern am Boden der Kassette lag. Als sie wieder vor der Tür stand, waren nicht mehr als fünfzehn Minuten vergangen.

Im Treppenhaus hatte inzwischen jemand die Fenster zum Hof geöffnet. Der Sauerkrautgeruch hing trotzdem noch in der Luft. Niemand begegnete ihr. Unten angekommen, öffnete sie die Haustür, die ihr aus den Händen rutschte, weil die Tasche sie behinderte. Sie stellte die Tasche ab und hielt die Haustür mit beiden Händen. Mit einem Fuß schob sie die Tasche in den Spalt zwischen Tür und Rahmen. Als sie aufsah, stand vor ihr die Frau, in deren Wohnung sie gewesen war.

In der Wohnung der Frau hatte an einem Haken im Flur ein teurer Schal gehangen. Der erste Gedanke, den sie beim Anblick der Frau hatte, war: «Gut, dass du den Schal nicht genommen hast.» Sie nahm die Tasche auf und entfernte sich langsam.

Bis sie die nächste Hausecke erreichte, glaubte sie, die Blicke der Frau in ihrem Rücken zu spüren. Dann lief sie, lief trotz der Tasche, trotz ihrer weichen Knie, obwohl sie sich eigentlich zwingen wollte, langsam zu gehen. Erst an der S-Bahn-

Station sah sie sich um, außer Atem und darauf gefasst, dass jemand hinter ihr her schrie. Aber es verfolgte sie niemand.

Sie fuhr zum Hauptbahnhof. In einer Bank unternahm sie den Versuch, von den beiden Sparbüchern Geld abzuheben.

«Möchten Sie, dass wir auch gleich nachtragen, was sich inzwischen angesammelt hat?», fragte die Kassiererin.

Sie sagte «ja» und wunderte sich darüber, wie ruhig ihre Stimme klang.

Die Sparbücher waren jedes einzelne mehr als zwanzigtausend Euro wert. Um nicht aufzufallen, hob sie nur von dem einen das Geld vollständig ab. Auf dem anderen ließ sie die Hälfte stehen. Im Vorraum der Bank druckte sie sich die Auszüge der Girokonten aus. Am Geldautomaten zog sie von beiden Konten den Höchstbetrag. Die Konten würden bald gesperrt werden. Deshalb musste sie schnell handeln. Sie kaufte Schuhe, eine Reisetasche, lange Hosen, ein paar T-Shirts, Unterwäsche, eine Jacke und etwas Kleinkram: einen Kamm, einen Lippenstift und eine Dose Creme. Die Sparbücher und EC-Karten warf sie in einen Papierkorb am Hauptbahnhof.

Von dort fuhr sie mit einem Bus direkt zum Flughafen. Als sie dem Busfahrer das Fahrgeld in die Hand gab, einen Betrag, der ihr üblicherweise für einen ganzen Tag zur Verfügung stand, war sie beinahe von Stolz erfüllt.

Im Last-Minute-Reisebüro am Flughafen gab es zwei Angebote, die in Frage kamen: am selben Tag, abends, nach Teneriffa-Süd oder am nächsten Morgen nach Palma de Mallorca. Sie wählte Teneriffa und hielt sich in der Nähe des Flughafens auf, bis die Zeit zum Abflug gekommen war. Die Kontrollen am Flughafen und der Flug verliefen problemlos.

Es war dunkel, als die Maschine Teneriffa anflog. Die Lichter am Boden erinnerten sie an die Beleuchtung der nächtlichen Elbufer. Als sie aus dem Flughafengebäude trat, war die Luft warm. Ihr Herz hüpfte ein bisschen vor Freude.

Der Taxifahrer brauchte eine Viertelstunde bis zum Hafen von Teneriffa-Süd. Sie gab ihm ein kleines Trinkgeld, setzte sich auf eine Steinbank und betrachtete die Schiffe und Segelboote, die dort lagen. Sie wollte für den Winter ein Zimmer mit Blick auf den Hafen. Vom Fenster aus würde sie die Schiffe betrachten. Irgendwann, da war sie sicher, würde sie auf einem der Schiffe einen Mann entdecken, den näher kennen zu lernen sich lohnen würde.

«Sie suchen nicht zufällig ein Zimmer für den Winter?», fragte eine Frau neben ihr.

Sie sah zur Seite. Die Frau gefiel ihr nicht. Irgendetwas an ihr roch nach Verzweiflung.

«Nein», sagte sie, «vielen Dank. Ich hab meinc eigenen Pläne.»

Virginia Doyle **Böse Augen**

Janka stieg aus dem Waggon dritter Klasse und taumelte, weil ihre beiden Koffer verschieden schwer waren. Ein alter Mann mit langem weißem Bart fing sie auf und murmelte: «Sachte, sachte, Mädchen.»

Sie hatte bis eben geschlafen und war noch völlig benommen.

«Wo sind wir?», fragte sie.

«Hamburg, Endstation», sagte der Alte.

«Hamburg?» Sie stellte die Koffer ab und blickte sich um. Jenseits des Bahndamms sah sie Wiesen und Felder. Auf der linken Seite erstreckte sich eine Siedlung. Sie bemerkte vereinzelte Türme und hohe Schornsteine.

«Hamburg habe ich mir viel größer vorgestellt.»

Der alte Mann schüttelte den Kopf: «Wir sind an Hamburg vorbeigefahren. Dieses Stedl haben sie extra für uns gebaut.»

Sie starrte ihn verständnislos an. «Ein Stedl?»

«Nicht nur für die Juden, für alle. Wer nach Amerika will, muss da durch.»

«Was ist das?»

Er zuckte mit den Schultern: «Ein Lager. Die Schifffahrtsgesellschaft hat es gebaut. In der Stadt will man uns nicht haben. Sie denken, wir bringen ihnen Krankheiten.»

Immer mehr Menschen stiegen aus den Waggons. Um sie herum wurde das Gedränge dichter. Frauen mit fransigen Kopftüchern in gestreiften langen Kleidern, manche in Wolljacken, manche in grauen oder schwarzen Mänteln, verschlafene Kinder in verschiedenartigen Trachten, bärtige Männer in schweren Stiefeln mit Fellmützen oder breitkrempigen Hüten, die Hände in den Jackentaschen vergraben, mit Pfeifen im

Mund sammelten sich auf dem Bahnhofsgelände, das eigentlich nur aus einem Bahndamm und einer Laternenreihe bestand.

Sie kamen aus Russland, aus der Ukraine, aus Polen, aus Georgien und vielen anderen Landstrichen. Die meisten waren schon seit Wochen unterwegs. Die Auswandererhallen auf der Hamburger Elbinsel Veddel würden ihre letzte Station in Europa sein.

«Worauf warten wir denn noch?» Janka stieg auf ihre Koffer, um über die Köpfe der Menschen hinwegblicken zu können.

«Da.» Der Alte deutete auf ein quadratisches Gebäude, das von einem hohen Turm gekrönt wurde. Vor dessen Eingang hatte sich eine Kapelle zusammengefunden, die nun auf die Neuankömmlinge zumarschierte. Die Blasinstrumente und Zimbeln blitzten golden im Schein der aufgehenden Sonne. Auf halbem Weg begannen sie zu spielen.

Janka lachte. «Musik? Für uns?», fragte sie verwundert.

«Es scheint so», brummte der Alte.

Alle wandten ihre Gesichter der heranmarschierenden Kapelle zu. Einige Männer nahmen ihre Kinder auf die Schultern, um ihnen zu zeigen, woher die Musik kam.

Janka sah ein paar lachende Kindergesichter. Sie lächelte und drehte sich auf ihrem Koffer um die eigene Achse. War da nicht schon das Wasser zu sehen und sogar ein Dampfer, aus dessen Schornstein dünner Rauch quoll? Sie drehte sich weiter.

«Vorsicht, Mädchen!», sagte der Alte. «Du wirst noch fallen.»

Janka winkte einem kleinen Jungen zu, der über den Kopf seines Vaters hinwegschaute. Der Junge winkte zurück. Ihr Blick fiel auf einen Mann, der neben dem Jungen stand. Im Gegensatz zu den meisten anderen war er bürgerlich gekleidet, trug einen feinen Anzug unter seinem Mantel mit Pelzkragen. Janka starrte ihm jetzt direkt ins Gesicht. Es war schmal und länglich, mit spitzer Nase und einem Mund wie ein Strich. Janka kannte dieses Gesicht. Sie taumelte, verlor das Gleichgewicht und stürzte.

Der Alte fing sie auf. «Hab ich es nicht gesagt?», brummte er mürrisch.

Janka blickte ihn entsetzt an. Es drängte sie, ihm zu erzählen, wen sie da gerade gesehen hatte. Aber warum sollte dieser fremde Alte sich dafür interessieren? Sie stand auf, reckte sich, stellte sich auf die Zehenspitzen, spähte umher. Der Spitznasige war weg. Hatte sie ihn wirklich gesehen?

Jetzt kam Bewegung in die Menge. Uniformierte Beamte drängten die Menschen loszugehen, sich auf das Gebäude mit dem Turm zuzubewegen. Die Kapelle schwenkte um, führte die Masse an, die hinterhertrabte wie eine Schafherde, dankbar, endlich eine Richtung zu haben.

Janka griff nach ihren Koffern und trabte mit. Sie verlor den alten Mann, erblickte gelegentlich ein bekanntes Gesicht aus ihrem Waggon und wurde mit allen anderen ins Lager geschwemmt.

Es war eine regelrechte Stadt, und wer sie betreten wollte, musste ein strenges Ritual über sich ergehen lassen: Zuerst zog man sich aus, dann wurde man in einem kahlen, kalten Untersuchungsraum peinlich genau von einem Arzt untersucht. Anschließend wurden die Kleider und das Gepäck mit einem übelriechenden Mittel besprüht, um mögliche Krankheitserreger abzutöten.

Erst dann durfte man von der «unreinen» auf die «reine» Seite wechseln, wo man seinen Platz zugewiesen bekam. In Jankas Fall war das ein Bett neben vierzig anderen in einem aus Backstein gebauten Pavillon inmitten zahlreicher anderer genau gleich aussehender Gebäude, zwischen denen eine breite, von kleinen Bäumen gesäumte Straße hindurchführte.

Erschöpft sank sie auf das saubere Laken, doch schon kurz darauf wurde sie von einer strengen Dame in hochgeschlossenem Kleid aufgescheucht und mit anderen nach draußen getrieben.

Das Mittagessen wurde früh serviert, in einem Speisesaal, wo man an weiß gedeckten, langen Tischreihen auf Bänken saß. Im jüdischen Speisesaal gab es koscheres Essen, das hatte ihr eine der strengen Damen mitgeteilt. Sie saß zwischen zwei aus Polen stammenden Familien mit zahlreichen Kindern. Die Frauen drängten ihr eine Extraportion auf, weil sie höflich sein wollten. Die Familienoberhäupter brachen das Brot für sie mit. Sie hatte Hunger und aß dankbar, so viel sie kriegen konnte.

Nach dem Essen ging sie die Hauptstraße entlang und gelangte zu einer Grünanlage, wo sie sich auf einer Bank ausruhte. Gemessen an den tristen Dörfern ihrer Heimat war dies hier wirklich ein hübsches Städtchen. War es in Amerika auch so hell, sauber und ordentlich?

Später gesellte sie sich zu den Frauen, die in der Halle des zentralen Gebäudes in einer endlos langen Reihe darauf warteten, zur augenärztlichen Untersuchung vorgelassen zu werden. Ohne diese Untersuchung, hatte ihr eine der strengen Damen erklärt, würde man sie nicht auf das Schiff nach Amerika lassen.

Völlig übermüdet stolperte sie wieder auf die Straße. In der Allee zwischen den Pavillons hatte sich eine weitere Menschenschlange gebildet: Hier warteten die Männer auf ihre Augenuntersuchung, bewacht von Uniformierten, die darauf achteten, dass keiner aus der Reihe tanzte.

Sie sah den alten Mann wieder. Er winkte ihr zu. Sie wollte zu ihm hingehen, aber ein Beamter trat ihr in den Weg und schickte sie zurück.

Während sie die Allee entlangging, musterte sie die endlose

Reihe der wartenden Männer. Sie sah sie sich allesamt genau an, auch auf die Gefahr hin, ungehörig zu wirken.

Sie fand ihn, obwohl er von einem massigen Kosaken beinahe völlig verdeckt wurde. Der Spitznasige. Jetzt war sie sich ganz sicher, dass sie ihn kannte. Sie lief weiter, tat so, als hätte sie ihn nicht bemerkt. Drehte sich nochmal um und winkte dem alten Mann zu, der gar nicht mehr in ihre Richtung sah.

Da sie noch immer nicht in den Schlafsaal durfte, bummelte sie weiter die Straßen hinab, um sich zu orientieren. Sie wusste ja nicht, wie lange sie hier noch bleiben würde. Wann sie auf welches Schiff gewiesen wurde, lag im Ermessen der uniformierten Beamten. Es konnte Tage oder auch Wochen dauern.

Sie entdeckte die beiden Unterkünfte für wohlhabende Auswanderer, die Hotel Nord und Hotel Süd genannt wurden. Wenig später warf sie einen Blick in den großen Speisesaal für die Christen, wo die Tische frisch gedeckt wurden. Frauen in Schürzen breiteten weiße Tücher aus und verteilten Teller und Besteck.

Auf der Promenade begegnete sie Gruppen von Männern und Frauen und ganzen Familien, die spazieren gingen und sich unterhielten. Hier gab es auch zwei Kirchen, eine evangelische und eine katholische; zum Schluss fand Janka auch die Synagoge. Sie trat ein, setzte sich auf eine Bank, richtete ihren Blick auf die Thora und begann zu beten.

Sie verließ das Gotteshaus und spazierte wieder die Promenade entlang. Ihr wurde bewusst, warum sie sich trotz aller Ordnung und Sauberkeit unwohl fühlte. Dies war eine gepflegte und ordentliche Siedlung, hier wurde für alle gesorgt, aber diese Stadt hatte einen Makel: Es war unmöglich, sie zu verlassen. Immer wieder stieß sie an Mauern und Zäune, die den Weg nach draußen versperrten. Der Weg ins Land der Freiheit führte durch ein Gefängnis. Wie frei würde sie sich wohl in Amerika fühlen? Sie hatte keine Ahnung.

Nach dem Mittagessen fand sich eine größere Menschenmenge vor dem Musikpavillon ein, der zwischen dem großen Speisesaal und der Maschinenzentrale lag. Während die Kapelle auf dem Dach des Pavillons spielte, beobachtete Janka, wie die Wohlhabenderen unter den Auswanderern in dem Geschäft für Reisebedarf ein und aus gingen, das sich im Erdgeschoss befand.

Es war nur eine Frage der Zeit, bis auch er das Geschäft betrat. Sie sah ihn kommen und hineingehen und wartete geduldig vor der Tür, bis er wieder herauskommen würde. Es dauerte lange. Nun hatte er einen nagelneuen Koffer bei sich. Sie stellte sich vor, dass er ihn mit nützlichen Reiseutensilien gefüllt hatte. Er war nicht mehr allein, sondern unterhielt sich mit einem Mann, der noch teurer gekleidet war als er. Der Mann bot ihm eine Zigarre an. Der Spitznasige schüttelte den Kopf. Der andere zündete sich umständlich die Zigarre an.

Janka ging zu ihnen hin und zupfte den Spitznasigen am Ärmel.

«Können Sie mir sagen, wie spät es ist?», fragte sie, ohne ihm direkt ins Gesicht zu blicken.

Der Spitznasige zog zerstreut eine goldene Uhr aus der Tasche seines Jacketts und las die Uhrzeit ab. Janka machte einen Knicks, drehte sich rasch um und rannte davon. Noch im Laufen begann sie zu schluchzen. Sie lief immer weiter, bis sie wieder bei der Grünanlage ankam, ließ sich dort auf eine Bank fallen und weinte.

Keiner der Vorbeiflanierenden kümmerte sich um sie. Weinen war in dieser Stadt an der Tagesordnung. Es gab genügend Gründe dafür: Alle hier hatten Hab und Gut hinter sich gelassen, Verwandte und Freunde verlassen, die Heimat verloren. Die meisten hatten beschwerliche Wege und schlimme Erniedrigungen hinter sich und eine ungewisse Zukunft vor sich, in einer neuen Welt, von der sie eigentlich überhaupt nichts wussten. Niemand hatte hier die Kraft, eine Fremde zu trösten, alle waren genügend mit sich selbst beschäftigt.

Der alte Mann tauchte wieder auf und setzte sich neben sie.

«Warum scharwenzelst du denn um den Spitznasigen herum?», fragte er.

Sie blickte ihn aus verheulten Augen an. Hatte sie sich so deutlich danebenbenommen, dass es bemerkt worden war?

«Zweimal habe ich gesehen, wie du ihm schöne Augen gemacht hast», sagte der Alte.

Janka schüttelte den Kopf.

«Es ist nicht recht für so ein Mädchen wie dich. Schon gar nicht bei einem Stutzer wie dem da.»

«Ich hab ihm keine schönen Augen gemacht», sagte Janka.

«Ha», rief der Alte.

«Böse Augen», sagte Janka. «Ich hab ihm böse Augen gemacht.»

Der Alte sah sie verblüfft an.

«Wegen diesem Mann», sagte Janka, «bin ich hier.»

«Sag ich ja», meinte der Alte. «Du bist ihm gefolgt. Machst ihm schöne Augen.»

Janka schüttelte den Kopf.

«Er hat eine goldene Uhr», sagte sie.

«Und das macht ihn zu einem guten Menschen?»

«Nein, zu einem bösen. Es ist die Uhr meines Vaters.»

Der Alte kniff die Augen zusammen. «Erzähl!»

«Ich wäre zusammen mit meiner Mutter aus dem Dorf weggegangen, aber sie ist kurz vor der Abfahrt gestorben. Aus Kummer. Deshalb musste ich ganz allein auf die Reise. Ich habe es ihr versprochen. Sie wollte nicht, dass ich dort bleibe, wo das Leben für uns Juden immer schwieriger wurde. Erst haben sie uns entrechtet, uns verboten, unserer Arbeit nachzugehen, dann haben sie versucht, uns unser weniges Hab und

Gut zu nehmen, und schließlich begannen sie, uns nach dem Leben zu trachten.»

«Das ist das Schicksal von vielen von uns. Deshalb haben wir uns auf den Weg nach Westen gemacht. Aber wolltest du nicht von der Uhr erzählen und von deinem Vater?»

«Viermal haben die Russen unser Dorf überfallen, seit ich denken kann, viermal!»

«Einmal wäre schon zu viel gewesen, Mädchen. Aber was hat das mit der Uhr, deinem Vater und dem Mann zu tun, dem du böse Augen machst?»

«Der Spitznasige gehörte zu ihnen. Beim vierten Mal war er dabei. Er war einer von denen, die am lautesten brüllten, die am härtesten zuschlugen und die am meisten mitnahmen. Als er mich packte und mitzerren wollte, trat mein Vater dazwischen. Auf diese Gelegenheit hatte der Spitznasige nur gewartet. Er schlug mit dem Knüppel auf Vater ein, bis er blutüberströmt am Boden lag. Wir haben ihn monatelang gepflegt, aber er ist uns weggestorben, ohne noch einmal die Augen zu öffnen.»

Janka hielt inne und starrte vor sich hin.

«Die Uhr», sagte der Alte.

«Er hat sie ihm aus der Tasche gezogen und eingesteckt, als Vater regungslos dalag. Dann ist er weggegangen.»

«Hat er dich wiedererkannt?»

«Ich glaube nicht. Wer weiß, wie viele Mädchen, Frauen und Männer er seitdem geschlagen hat.»

«Aber wieso ist er jetzt hier?»

«Vielleicht will er dahin, wo die Juden hingehen, damit er immer genug zum Erschlagen hat.»

Der Alte schüttelte den Kopf. «Es wird wohl eher so sein, dass er nicht nur Juden umgebracht hat. Er ist selbst zum Verfolgten geworden. Das ist es.»

«Das genügt nicht», sagte Janka.

«Genügt nicht wofür?»

«Zur Sühne.»

«Nein», sagte der Alte. «Das genügt wohl nicht.»

«Ich will die Uhr wiederhaben», sagte Janka.

Der Alte stand auf. «Ich will mal versuchen, ob ich herausfinde, wie der Mann heißt.»

«Nein», sagte Janka. «Ich will seinen Namen nicht wissen. Ich will die Uhr zurückhaben.»

«Gut», sagte der Alte. «Wir werden ihm die Uhr abnehmen. Aber bis es soweit ist, wirst du mich Onkelchen nennen.»

Janka sah den Alten erstaunt an.

«Versuch es», forderte er sie auf.

«Ja, Onkelchen. Aber warum soll ich das tun?»

«Beachte ihn nicht mehr, tu etwas Unschuldiges, das dich ablenkt. Was immer dir einfällt. So lange, bis wir ihn in die Enge getrieben haben.»

«Ich werde stricken», sagte Janka. «Ich hole mein Strickzeug aus dem Koffer und stricke.»

«Gut.»

Die Tage vergingen, und Janka strickte von morgens bis abends. Sie saß strickend auf einer der Bänke an der Promenade. Sie strickte und schaute auf den Flussarm hinaus, der am Lager vorbeifloss. Sie strickte im Aufenthaltsraum für die Juden, wo sie gelegentlich neben dem Alten saß, ohne viel mit ihm zu reden. Sie legte das Strickzeug nur beiseite, wenn sie im Speisesaal Platz nahm, um zu essen, oder wenn sie sich im Schlafsaal mit den anderen hinlegte.

Der Alte freundete sich mit dem Spitznasigen an. Pfeife rauchend gingen sie zwischen den Pavillons auf und ab und erzählten sich Geschichten aus ihrem Leben oder spekulierten über Geschäfte, die sie in der Neuen Welt zu machen gedachten. Sie wurden so vertraut miteinander, dass der Spitznasige den Alten sogar auf sein Zimmer im Hotel Süd einlud. Dort tranken sie Wodka.

Der Alte erzählte von seiner Nichte. Sie sei zwar schüchtern, aber durchaus anstellig, erklärte er dem Spitznasigen. Diesem gefiel es offensichtlich, das Mädchen in Verlegenheit zu bringen, wenn er es in Begleitung des Alten auf der Promenade traf. Janka vermied es, ihm ins Gesicht zu sehen, und presste das Strickzeug wie einen Schutzschild fest gegen die Brust, wenn der Fremde lächelnd das Wort an sie richtete und ihr Schmeicheleien sagte.

Schneller als erwartet kam der Tag der Formularausgabe. Janka und ihr «Onkel» halfen sich gegenseitig beim Ausfüllen der Papiere. Am nächsten Tag begaben sie sich gemeinsam in den Abfertigungsraum, wo an hohen Pulten Beamte mit Schirmmützen saßen, die Papiere entgegennahmen, prüften und schließlich die Dampfschiff-Fahrkarten aushändigten, auf denen die Nummer des Schlafplatzes im Zwischendeck gedruckt war. «Mein Feld ist die Welt», stand als Motto der Schifffahrtsgesellschaft über der Eingangstür des Abfertigungsraums.

Am Abend vor dem Abfahrtstag wurden die jüdischen Auswanderer von drei Vertretern des «Israelitischen Unterstützungsvereins», dem nicht wenige ihre Fahrkarten in die Neue Welt verdankten, verabschiedet und mit moralischem Rüstzeug versehen. Anschließend gab es ein reichhaltiges Abendessen.

Am nächsten Morgen fanden sich Janka und ihr «Onkel» zu früher Stunde zusammen mit Hunderten weiterer Zwischendeck-Passagiere auf dem Sammlungsplatz ein. Der Spitznasige war nirgends zu sehen, die Passagiere der höheren Klassen konnten ausschlafen und mussten erst später an Bord gehen. Bewacht von zahlreichen streng dreinblickenden Beamten drängten sie sich vor dem hohen Zaun und warteten darauf, dass die Tore geöffnet wurden.

Vorher jedoch musste das Gepäck auf bereitstehende Wagen gestapelt und dann abtransportiert werden. Schließlich wurde zum Aufbruch geblasen: Die Kapelle schmetterte einen flotten Marsch, und die Menschenmasse bewegte sich zunächst ungeordnet und träge, dann immer schneller und geradliniger die Straße entlang auf den Anleger zu.

In kleineren Gruppen wurden sie auf einen Raddampfer gelotst und mit diesem Tender hinaus auf den Fluss gebracht, wo ein stählernes Monstrum auf sie wartete. Über eine glitschige Brücke stiegen sie vom Raddampfer direkt in den Bauch des Ozeanriesen, wo ihnen, aufgeteilt nach Männern und Frauen, die Schlafkojen im Zwischendeck zugewiesen wurden. Janka und der Alte vereinbarten, dass sie sich später an Deck treffen wollten.

Über endlose Stahltreppen und durch ein Gewirr von Gängen stieg Janka am Abend nach oben an Deck. Längst hatte sich das heftige Zittern des Dampfers in ein gleichmäßiges leises Wummern verwandelt. Das Schiff hatte den Hamburger Hafen verlassen und erreichte bereits das offene Meer.

Im vorderen Teil des Schiffes war ein Bereich abgeteilt worden, in dem sich die Passagiere des Zwischendecks bewegen durften, wenn sie frische Luft schnappen wollten. Als es noch hell war, hatten sich hier viele Männer, Frauen und Kinder gedrängt. Nun, am späten Abend, waren die meisten in ihre Kojen verschwunden. Vom hinteren Deck der ersten und zweiten Klasse wehten gelegentlich die Klänge eines Streichquartetts herüber, manchmal auch helles Lachen und Gläserklirren.

Der Alte stand über die Reling gebeugt und blickte nach unten in die Gischt. Sie trat zu ihm. Er richtete sich auf und nickte über ihren Kopf hinweg ins Dunkle.

Der Spitznasige trat aus dem Schatten.

«Da wären wir», sagte er.

«Ja», sagte der Alte, deutete auf Janka und fügte hinzu: «Und da ist sie.»

«Fein», sagte der Spitznasige, griff in die Innentasche seines Mantels und zog einen Briefumschlag hervor. Er reichte ihn dem Alten, der ihn sofort aufriss und die Geldscheine durchzählte. Dann nickte er zufrieden.

«Du wirst jetzt mit ihm gehen», sagte er zu Janka.

Janka presste ihr Strickzeug gegen die Brust.

«Komm», sagte der Spitznasige, packte sie am Oberarm und zog sie mit sich.

Sie taumelte hinter ihm her. «Onkelchen» lachte.

Der Spitznasige drängte Janka in eine dunkle Ecke und presste sich gegen sie.

«Jetzt gehörst du mir», sagte er. Er versuchte sie zu küssen. Janka wich ihm geschickt aus. Die Klinge des Stiletts bemerkte er erst, als sie schon tief in seine linke Herzkammer eingedrungen war und sein Herzschlag aussetzte.

Seufzend glitt er an ihr herunter, würgte, zuckte ein wenig vor sich hin und blieb dann regungslos liegen.

Janka kniete sich neben ihn, drehte die Leiche auf den Rücken und nahm ihm die goldene Uhr ab. Der Alte kam dazu und durchsuchte den Toten, während Janka sich wieder aufrichtete. Er zog die Brieftasche aus dem Mantel des Spitznasigen und steckte sie ein.

«So», sagte er dann, «nun haben wir beide, was wir wollten.»

Sie vergewisserten sich, dass niemand in der Nähe war, schleppten die Leiche zur Reling und ließen sie in das schwarze Wasser der Nordsee fallen.

Janka warf ihr blutgetränktes Strickzeug hinterher.

«Mein Stilett hättest du mir ruhig wiedergeben können», brummte der Alte.

Dann gingen sie auseinander.

Sie sprachen nie mehr miteinander. Als Janka in New York auf Ellis Island an Land ging, sah sie ihn noch einmal wieder, nachdem sie alle Kontrollen passiert hatte. Er wurde von einem jungen Ehepaar und einer Horde Enkelkinder abgeholt.

Janka fragte einen Beamten in gebrochenem Englisch nach der Zeit und stellte ihre Uhr auf die Sekunde genau ein. Um drei Uhr und siebenundvierzig Minuten nachmittags, am achtundzwanzigsten September des Jahres Neunzehnhundertsieben begann ihr neues Leben in Amerika.

Frank Göhre **Ein Schiff wird kommen**

Sie hob den linken Fuß auf den mit rotem Samt bezogenen Hocker. Sie streifte den dünnen Strumpf hoch und befestigte ihn an den Strapsen. Ihre Beine waren nicht gerade lang und auch etwas zu kräftig, aber sie hatte sie wie immer sorgfältig enthaart.

Oh, mein Gott, wie schön sie doch war! Oh, oh, oh!

Sie drehte und wendete sich vor dem großen Spiegel und wiegte sich schließlich leicht in den Hüften.

Ein Schiff wird kommen.

Das Schiff.

Ihr Schiff.

Es kam aus Rio, aus Rio de Janeiro, und es hatte kaffeebraune Männer an Bord. Milchkaffeebraune, aber auch tiefschwarze. Sie waren kräftig, diese Kerle, und ihre Hosen spannten sich über den Hintern und zwischen den Beinen.

Oh, oh, oh, hauchte sie noch einmal entzückt. Sie war bereit.

Sie spürte sich bereits von ihnen berührt und hörte sich aufstöhnen vor Lust und vor Schmerz.

Oh, war das gut, so irrsinnig gut!

Sie kannte keinen der Männer mit Namen, wollte ihre Namen auch nie wissen. Sie nannte sie dem Alphabet nach, so, wie sie der Reihe nach kamen.

Antonio.

Bertrand.

Cesare.

Daniel.

Sie fassten sie mit ihren starken Händen an den Hüften, und der Schweiß tropfte ihnen von der Stirn.

Dreimal, viermal, wenn nicht gar ein halbes Dutzend Mal würde sie sich ihnen hingeben und eine Weile davon zehren können. Bis, ja, bis sie wieder diese nervenaufreibende Unruhe überfiel, das Verlangen, die heftig auflodernde Begierde und dieser ach so prickelnde Reiz des Heimlichen, der Sog zum nächtlichen Freihafen hin, wo mit routinierter Betriebsamkeit die Frachten entladen wurden und die nach Schmierölen und Metall schmeckenden Männer sie in ihrer kurz bemessenen Ruhepause bäuchlings in die Koje stießen.

Sie steckte einen kleinen Schein in ihr pinkfarbenes Täschchen, Zigaretten, Feuerzeug und den Schlüssel, und verließ die Apartmentwohnung am Grindel, um sich ein Taxi zu nehmen.

Der Ring war geschlossen. Die Mannschaftswagen hatten Position bezogen. Die Trupps waren einsatzbereit.

Halbhohe Schnürstiefel.

Schienbein- und Knieschutz.

Kugelsichere Westen.

Waffen. Schlagstöcke. Helme.

Fünf Frauen waren dabei. Zwei von ihnen hatten ihre langen Haare hochgesteckt, ließen erahnen, dass sie sich unter der Panzerung ihrer Körper bewusst waren.

Versuchungen.

Quentin aber hatte Bettina im Blick.

Die Breuer. Wie er vom KK 10.

Die Einsatzleitung.

Quentin sog an der Filterlosen in der um die Glut gekrümmten Hand.

Bettina war an einer der Lagerhallen in die Hocke gegangen. Sie überprüfte ihr Sprechfunkgerät.

Quentin kam ein Kinderreim in den Sinn. Häschen in der Grube. Armes Häschen, bist du krank?

Bettina hatte in den vergangenen Tagen stark geschwitzt.

Wie schlief sie? Bedeckte sie sich nur mit einem dünnen Laken? War sie darunter nackt?

Quentin hatte viele Fragen. Er war berüchtigt für seine Verhörtaktik. Er war der absolut böse Cop, konnte aber auch den Guten mimen. Kaffee anbieten und verständnisvollen Text ablassen. Kurzfristig der Beichtvater sein.

Quentin war hager und rauchte Kette.

Er hatte sich von seiner Frau getrennt. Sie hatte nicht aus ihrer Depression herausgefunden. Er hatte Zerstreuung gesucht, Affären gehabt. Er hatte gelegentlich Huren in Anspruch genommen.

Bettina hob den Kopf. Sie lächelte ein kleines Lächeln, richtete sich auf.

Leichtfüßig kam sie zu ihm herüber.

Ihr Gang war geschmeidig. Ein Katzengang. Eine Wildkatze.

Sie trug das übliche Zivilfahnder-Outfit.

Levi's mit Knopfleiste.

Nikes und die schwarze Lederjacke, darunter ein Muskelshirt.

Quentin nickte knapp.

«Alles klar?», fragte er. Wollte aber keine Antwort hören. Er trat die Kippe aus und wies zum Kai hin. Ein Kran glitt über die Schienen, wurde in Stellung gebracht. Männer tauchten auf. Arbeiter. Die Schauerleute.

«Der Pott läuft ein», sagte Quentin. «Wenn er festgemacht hat, stürmen wir. Auf mein Kommando.»

Er fasste Bettina am Arm, drückte ihn kurz.

Kollegial.

Doch er wünschte sich mehr.

Zuvor. In Rio de Janeiro. In einer schwül feuchten Nacht.

Beim Einbiegen in die düstere Gasse hatte Udo zugeschlagen. Zwei harte und exakt platzierte Stöße mit der zur Faust geballten Rechten. Mit zusammengepressten Knöcheln. Aus der Schulter heraus. Selbst auf engstem Raum effektiv und auch oft genug eingesetzt. Bei irgendeinem blöden Krakeeler oder sonst wem. Zeitraubend allerdings war gewesen, das zuvor mit reichlich Cachaca abgefüllte Großmaul zu entsorgen. Doch es war dunkel genug, und im Moloch Rio verreckten auch heute noch unzählige Menschen auf den Straßen. Udo hatte den Matrosen in unmittelbarer Nähe des als Klappe bekannten Pissoirs abgeladen.

An Bord der *Santos Bahia* hatte man ihn, ohne viel zu fragen, gleich angeheuert. Jorge war nicht der einzige Abgang aus der alten Mannschaft. Udo feilschte nicht groß um den Lohn. Er wollte nur so schnell wie eben möglich raus aus dieser verkackten brasilianischen Metropole. Es gab dafür Gründe genug. Jorge konnte man vergessen. Scheiß drauf. Mit der Tante von der Copacabana aber würde man ihn höllisch nageln, das war klar. Doch wie hätte er vorher wissen können, wem er da in der stickigen Absteige den ultimativen Kick gegeben hatte?

Baby Doll war da.

Die fette Anna war da, Jeanette natürlich auch und ebenso Tara, die Strohblonde aus Barmbek.

Jamie die Beinschere war da, Mausezahn und Elvira mit ihrem Pudel.

Sie hockten beim Schiffsausrüster und schluckten Cola-Rum und Kümmerling. Sie waren die einzigen Gäste, und bis auf Jamie waren sie allesamt mit ihren Handys zugange, hatten Verbindung zu den Festmachern und auch schon zu den bereits in den Hafen einfahrenden Schiffen, zur Besatzung.

Jamie stand mit dem Rücken zum Tresen und hörte nicht auf das Gequake. Sie war die Älteste, die einzige alltäglich Gekleidete. Sie trug bequem sitzende Jeans und ein gelbes XXL-T-Shirt mit dem Aufdruck «Hard Rock Café Winsen/Luhe».

Kim nickte ihr flüchtig zu und zündete sich mit vor Nervosität bebenden Händen eine Zigarette an.

Oh, oh, oh, oh, war das wieder mal aufregend!

Der mit Kisten und Kartons voll gestellte Raum.

Das schummrige Licht.

Die Werkzeuge, armdicke Seile. Trossen. Trossen und große, eiserne Haken. Eingefettetes Metall.

Diese Gerüche. Billige Parfüms, Puder und Körperschweiß.

Das Stimmengewirr.

Die in die Handys gehauchten Versprechungen.

Das gurrende Lachen.

Elviras Pudel hechelte asthmatisch.

In wenigen Minuten würden die ersten Frauen aufbrechen.

Mausezahn hängte sich immer an die fette Anna.

Jeanette und Tara arbeiteten prinzipiell als Paar. Sie gingen auch zu den Russen, mit denen sich sonst niemand ohne Not einließ. Die Russen knallten sich schnell zu und hatten eine entsprechend niedrige Hemmschwelle.

Oh, no, no, no! Auf der Intensiv wollte Kim nun wirklich nicht zu sich kommen. Mein Gott, nein! Das nicht!

Die Polen waren ebenfalls üble Hauer.

Baby Doll hatte von einem eine Narbe am Oberschenkel zurückbehalten. Sie machte es jetzt nur noch mit Filipinos. Die waren witzig. Die drehten die Karaoke-Anlage voll auf und sangen «Love Me Tender». Die waren süß und löhnten zumeist mehr, als vereinbart worden war.

«Tschau, tschau», sagte Baby Doll in die Runde und stöckelte raus in die Sommernacht.

Kim rauchte ihre Zigarette runter.

Sie hatte ihre Nägel frisch lackiert. Pink. Pinkfarben wie ihr Täschchen. Passend zum dunkleren Fummel, eng tailliert und seitlich geschlitzt.

Oh, oh, oh! Die Härchen auf ihren sehnigen Armen stellten sich hoch. Oh, oh, oh, ihr Lieben, auch ich eile gleich zu euch!

Die *Santos Bahia* musste bereits festgemacht haben.

Die *Santos Bahia* war ein konventionelles Stückgutschiff. Hafenarzt, Wasserschutzpolizei und die Inspektoren der Linienagentur waren sicher schon an Bord. Sie brauchten zumeist nur knapp eine Stunde. Dann begann das Löschen. Das Entladen.

Dann war der Weg zum Messraum frei.

Zum Messraum und in die Kajüten.

Oh, oh, oh!

Kim wurde noch kribbeliger, als sie schon war.

Kriminalhauptkommissar Fedder zückte seinen Dienstausweis. Der Wachmann winkte den Wagen durch. Schweckendieck schnaubte entrüstet.

«Was, was, was?! War's das etwa schon?!», blaffte er. «Dem Penner verpass ich 'ne Dienstaufsichtsbeschwerde.»

«Erschieß ihn», erwiderte Fedder knapp. Er gab bereits Gas. Bei Schweckendieck konnte man nie wissen. Schweckendieck nahm nahezu alles wortwörtlich. Bei ihrem letzten gemeinsam durchgeführten Zugriff hatte er den Tatverdächtigen tatsächlich auf den Kopf gestellt. Nun ja, er hatte ihn an den Beinen aus einem Fenster im fünften Stock gehängt.

Diesmal jedoch schüttelte Schweckendieck nur unwillig den Kopf.

«Dieser Killer hat's nötiger. Wenn er sich nicht schon bei der Arschbacke vorbeigedrückt hat.»

«Unmöglich», sagte Fedder. «Solange die Kollegen kontrollieren, hat er keine Chance.»

«Was, was, was?!», tönte Schweckendieck wieder. «Sind die Wasserratten jetzt doch informiert?»

Fedder seufzte genervt.

«Udo steht nicht auf der Mannschaftsliste», sagte er. «Also suchen sie auch nicht nach ihm. Nein, das ist allein unser Job. Aber dieser abgefeimte Hund weiß, wie's läuft. Der wartet, bis die Ladung freigegeben ist, und erst dann sucht er sich seinen Weg.»

«Er kann schwimmen, da wette ich drauf.»

«In der Brühe schwimmt keiner.»

«Scheiße. Scheiße schwimmt drin. Er ist nichts anderes.»

Fedder gab es auf. Er hatte eine ziemlich genaue Vorstellung, wie Udo es angehen würde. Schon im letzten Jahr hatte er sich sein Profil erstellen lassen. Udo nutzte vor allem Bewegungen. Passantenströme. Arbeitsabläufe. Geschäftigkeit. Er tauchte ein, flink wie ein Wiesel, passte sich an und schlüpfte auch noch durch die kleinste Masche.

Udo Matzke, 38, gewalttätiger Türsteher und im Wahlkampf Bodyguard des nun amtierenden Justizsenators Kurtz. Nach entsprechenden Presseveröffentlichungen von diesem geschasst. Überfall auf die Haspa-Zweigstelle Eidelstedter Weg. Den sich ihm in den Weg stellenden Erwerbslosen Michael T. mit einem gezielten Schuss tödlich niedergestreckt. Udo hatte sich durch Flucht entzogen. Er musste aber auch Helfer gehabt haben. Helfer und Helfershelfer.

Udo hatte sich nach Brasilien abgesetzt. Nach Rio. Dort offenbar das geraubte Geld restlos verprasst. Karneval, Luxushotels an weißen Stränden. Weiber. Als man ihm über Interpol auf die Spur kam, war er erneut untergetaucht. Vermutlich hatte er in einem der Elendsviertel Unterschlupf gefunden. Oder im Strichermilieu. Bei den jungen und gut aussehenden Männern, die Tag für Tag vor den Hotels an der Copacabana herumlungerten und fast ausschließlich sexuell angetörnten Touristinnen zur Befriedigung dienten. Udo war jedenfalls an eine attraktive Deutsche geraten, die sich dem Vernehmen nach als Reisende ausgegeben hatte. Tatsächlich aber war sie die Gattin des deutschen Botschafters in Rio gewesen.

War gewesen.

Sie war in einer Baracke tot aufgefunden worden.

Mit einer Plastiktüte über dem Kopf und auf den Rücken gefesselten Händen. Nackt und brutal missbraucht.

Fedder nickte grimmig.

Er bog auf den Veddeler Damm ein. Fuhr am Indiahafen vorbei. Am Hafenbahnhof Hamburg Süd. Zum Stückgut-Terminal.

Schweckendieck rückte seinen Gürtel zurecht und nestelte am Holster seiner Waffe.

Synchron entsichert und fixiert. Auf den Bruchteil einer Sekunde. Quentin sprang den Kapitän der *Iron Wind* an und schlug ihm das Handy aus der Hand. Bettina winkte den Brückenoffizier ein Stück weit von ihm weg. Sie hörte, wie Quentin den Singapur-Inder übel anging.

Peitschenworte.

Fäkalslang.

Sie gab dem Kranführer das verabredete Zeichen.

Die Löscharbeiten konnten beginnen.

Das MEK hielt die Waffen auf die sich ängstlich in Bewegung setzende Mannschaft gerichtet. Hielt Mann für Mann im Fadenkreuz.

Bettina hatte sich die Aktion unaufwendiger gewünscht.

Sie wussten schließlich, wonach sie suchten.

Yvonne hatte geredet. Sie lief in Bettinas Revier.

St. Georg. Straßenstrich.

Yvonne war hassig gewesen. Hatte über alles und jeden hergezogen. Ausgepackt, was ihr zu Ohren gekommen war an Gerüchten, an angeblichen Fakten.

Bettina war den Hinweisen nachgegangen. Sie waren von

mehreren Seiten bestätigt worden. Schließlich hatte auch Quentin seine Quellen angezapft. Skeptisch vorerst. Doch dann hatte er den Vorgang an sich gerissen. Zur Chefsache erklärt.

Er war der Chef. Ihr Chef.

Bettina träumte mitunter von ihm.

Quentin war ein harter Brocken, ein Zyniker. Er sah in allem nur das Schlechte, die hässliche Seite. Gewalt, Niedertracht und Lügen. Er hatte sich dagegen gewappnet. Vernebelte sich ohne Ende mit Zigaretten, soff sich zu. Zur ausschließlichen Wahrheit, wie er sagte. Zu seinem kalten Wodka-Blick auf eine durch und durch verrottete Welt.

Im Grunde genommen war er total verbittert. Und einsam. Er tat ihr Leid.

Manchmal.

Manchmal phantasierte sie sich in eine innige Umarmung mit ihm. Glaubte, ihn aufbrechen zu können. Zog ihn zu sich ins Bett. Gab sich ihm hin, bis ihm die Tränen kamen und er sich schluchzend aufbäumte und seinen Schmerz herausschrie.

Danach war ihr schlecht. Fand sie keinen Schlaf mehr. Hatte sie ihren prügelnden Vater vor Augen, heulte sie und biss in die Kissen.

Ein Scheißkerl.

Scheißkerle, denen letztlich doch nicht zu helfen war.

Mumien. Wandelnde Mumien.

Aus den Augenwinkeln registrierte sie, dass Quentin den Kapitän vor sich her nach unten trieb. Sie eilte ihm nach.

Der Inder stammelte irgendwas. Quentin gab ihm einen Tritt.

Bettina fiel ihm in den Arm.

«Lass das!», fauchte sie. Quentin schüttelte sie ab.

Er wütete weiter. Er stieß den Mann an den gestapelten Containern vorbei.

Es war die letzte Box in der Reihe, eine orangefarbene. Ein übler Geruch drang aus den Ritzen.

«Vorsicht!», schrie Quentin. «Zurück!», schrie er. «Polizei! Police!» Er schoss die Schlösser entzwei. Vier, sechs schnell aufeinander folgende Schüsse. Ohrenbetäubend.

Der Inder presste wimmernd die Hände an den Kopf.

Quentin riss die Klappe auf. Sie brach aus den Angeln. Schepperte zu Boden.

Bettina hielt sich unwillkürlich die Nase zu.

Es dauerte, bis die erste Frau ins Freie kroch. Mager und verdreckt. Zu schwach, um sich aufzurichten.

Irritiert blieb Kim an der Rampe des Lagerschuppens stehen. Sie sah zu dem Schiff hin. Zu ihrem Schiff. Zur *Santos Bahia*. Es hatte festgemacht, aber nichts tat sich.

Der Kran war nicht in Betrieb. Am Kai gingen einige Männer auf und ab. Andere standen in kleinen Gruppen zusammen, rauchten. Mehrere Wagen parkten auf dem Platz. Bei einem waren die Türen weit offen und die Scheinwerfer noch eingeschaltet.

Von einem der Gabelstapler aus schlenderte ein Uniformierter auf den Schuppen zu. Ein Wasserschutzpolizist.

Kim sah sich von ihm entdeckt.

Sie nickte grüßend. Zaghaft grüßend.

Der Mann warf einen Blick zurück. Es hatte sich nichts verändert.

Kim entschloss sich, den Polizisten zu fragen.

Er würde ihr schon keinen Ärger machen, bestimmt nicht! Oh, nein. Anschaffende wurden im Freihafen toleriert. Dockschwalben. Zeigten sich auch immer wieder erkenntlich. Was also sollte sein? Wenn er wollte, würde er für sie in dieser Nacht der Erste sein.

Ihr Alexander. Ein Eroberer.

Oh, oh, oh!

Kim lächelte.

Ein lockendes Lächeln.

Es erstarb ihr auf den Lippen.

Der Mann war näher an sie herangetreten.

Udo, durchzuckte es sie grell. Schmerzhaft. Mein Gott, Udo! Oh, mein Gott!

Udo war doch. Udo hatte doch. Udo wollte, sollte.

Ihre Gedanken rasten. Was sollte sie tun? Udo würde sie erkennen, keine Frage. Er würde sie.

Oh nein, bitte, bitte nicht! Sie zitterte am ganzen Körper.

Udo taxierte sie flüchtig. Er nickte. Nickte nachdenklich. Sah sich erneut um und warf sich dann unversehens auf sie, stürzte mit ihr zu Boden, war hinter den zur Rampe führenden Treppenstufen über ihr, hockte auf ihr und drückte ihr die Kehle zu.

Oh nein, nein, nein! Nein!

«Hast du ’nen Wagen?», zischte er.

Sie konnte nur noch krächzen. Ein kläglicher Laut.

«Verdammt!», fluchte Fedder. Der bis auf die Unterwäsche ausgezogene Beamte stemmte sich ächzend hoch, tastete seine Rippen ab, seine Brust. Griff sich in den Nacken.

Schweckendieck forderte bereits über Handy Verstärkung an. In seiner Stimme schwang eine gewisse Genugtuung mit. Genugtuung darüber, dass er Recht behalten hatte. Fedder hörte es deutlich heraus. Er wünschte Schweckendieck zum Teufel! Und sich selbst sonstwohin. Dass Udo ihnen entwischt war, würde man ihm ewig und drei Tage unter die Nase reiben, ja. Wenn er ihn nicht doch noch packen konnte. Noch im Hafen. Noch in dieser Nacht.

Einen Moment dachte er daran, diesen Dreckskerl dann gleich zu erledigen. Mit einem finalen Fangschuss.

Scheiße, nein! Ein Scheißgedanke. Das würde ihn keinen Deut besser dastehen lassen. Im Gegenteil. Er wäre seine Marke los, seinen Job. Alles.

Die Kollegen des Wasserschutzpolizisten polterten in den Laderaum. Nahmen sich ihres Kumpels an.

Fragen. Fragen. Fragen.

Aufgeregte Fragen. Besorgte Fragen.

Schweckendieck blaffte irgendwas zurück.

«Tolle Koordination!», schrie er Fedder zu. «Das MEK ist drüben im Containerhafen!»

Fedder glotzte ungläubig.

«Ja was, was, was?!» Schweckendieck drängte sich zu ihm durch. «Was weiß ich, warum?! Das hier ist jedenfalls nicht die einzige Kacke! Gratuliere noch mal!»

«Eine flüchtige Person?» Quentin schüttelte unwillig den Kopf. Er verfolgte den Abtransport der siebzehn Thai-Frauen.

Das von der Schweinebande in St. Georg angekündigte Frischfleisch. Das Etagenfutter. Von wegen!

Dürre, kraftlose Gestalten waren das. Vollgeschissen und mit panischer Angst im Blick.

«Ein Mordverdächtiger», ergänzte Bettina. «Udo Matzke.»

Quentin schnellte zu ihr herum. Atmete flach.

«Matzke? Der Ex vom Kurtz?»

Bettina verstand nicht.

Quentin spuckte es aus. Wortwörtlich. Er hatte einen tief verwurzelten Hass auf den neuen Justizsenator. Ein schlimmer Finger. Ein übler Typ. Gewissenlos. Heimtückisch. Falsch. Mit populistischen Sprüchen hausierend, von Fachkenntnis unbeleckt. Eine Dreckschleuder. Ein Medienkasper mit Forever-Young-Fresse.

War es nur das?

Bettina hob fragend die Augenbrauen. So jedenfalls hatte sie

Quentin noch nie erlebt. Gab es da noch etwas anderes? Etwas Persönliches?

Quentin bellte ein paar Kommandos. Winkte Bettina mit sich zum Wagen.

«Wer ist an Matzke dran?»

«Schweckendieck oder so.»

«Dann ist es Fedder», sagte Quentin. «Fähiger Mann, aber auch schon mit der Ehe im Arsch.»

«Ich denke, da bist du längst drüber weg.» Bettina stieg ein. Quentin machte eine wegwischende Geste. Er startete.

«Wenn ich Matzke habe, kriege ich ihn zum Reden, das schwör ich dir.»

«Über was?»

«Wart's ab.» Er trat das Gaspedal voll durch, setzte sich an die Spitze der nachfolgenden Mannschaftswagen. «Frühstückst du dann mit mir?»

Udo lachte. Er lachte ein lautloses Lachen. Es zerriss ihn beinahe. Er würde sich noch bepissen. Scheiß drauf.

Er zog diesen Schleimbeutel zu sich hoch. Meine Fresse! Wenn er das auch nur geahnt hätte! Er gab dem Stück Dreck einen Klaps auf den Hintern. Dirigierte das sabbernde Teil hinter den Schuppen. An der Rückfront entlang.

Das Kackviech setzte zu immer neuen Erklärungen an. Zu Rechtfertigungen. Udo stoppte das Gewäsch.

«Schnauze. Halt deine verdreckte Schnauze.»

Er hielt nach einem geeigneten Platz Ausschau.

Nach einer Nische. Einer möglicherweise offen stehenden Tür. Er musste weg, das war klar. Aber vorher, vorher.

«Kann sein, dass ich dich noch brauche», schnauzte er. «Stell dich mit der Fresse zur Wand und mach den Adler, das kennst du doch.»

Es war letztendlich egal, wo er sich rächte.

«Udo!», flehte das Miststück. «Udo, bitte! Mein Gott, ich musste doch.» Weiter kam dieser wimmernde Scheißhaufen nicht.

Bekam was auf die Ohren.

Udo zerrte den Fummel hoch. Fetzte den Seitenschlitz auf. Den Slip runter.

Ein Tanga. Höllisch geil, klar doch.

Udo griff dem Jammerlappen zwischen die Beine. Griff zu, als habe er eine rohe Kartoffel zu zerquetschen.

Fedder blieb stehen. Lauschte. Er glaubte, einen Aufschrei gehört zu haben. Schweckendieck keuchte dicht hinter ihm.

«Was, was, was?!»

«Da. Von rechts. Da kam was.»

Schweckendieck zögerte keine Sekunde. Trabte in die angegebene Richtung. Seine Sohlen klackten auf dem unebenen Kopfstein.

Fedder holte rasch auf.

Gleichzeitig mit Schweckendieck sah er die stämmige Gestalt rüber zum Güterbahnhof hasten.

Matzke. Es war Matzke. Es musste Matzke sein.

«Matzke!», schrie Fedder. «Stehen bleiben! Halt, stopp, Polizei! Wir schießen!»

Ein höhnisches Lachen war die Antwort.

Schweckendieck schnaubte grimmig.

Fedder registrierte zu spät, dass er den Revolver schon in der Hand hatte. Den Arm weit nach vorn ausstreckte. Und schoss.

Matzke stolperte. Fing sich. Drehte sich.

Warf etwas in die Luft.

«Nein!», schrie Fedder.

Schweckendieck schoss noch einmal. Und noch einmal.

Matzke kippte weg.

Fedder rannte hin. Er hatte ebenfalls die Waffe gezogen.

Sein Fuß verfing sich in etwas.

Etwas Haariges.

Ein Haarteil.

Ein langhaarige Perücke.

Fedder bückte sich. Er hob sie mit spitzen Finger auf.

Kim wusste nicht, wie lange sie schon so gelegen hatte, so elendig zusammengekrümmt.

Der Schmerz hatte ihr das Wasser in die Augen getrieben. Ihr Gaumen war knochentrocken, oh, nein, nein, nein! Sie wagte noch immer nicht, sich zu rühren, fühlte sich nackt, war halb nackt und glaubte zu bluten, all ihr Blut zu verlieren, ihr Leben.

Doch lediglich ihr Darm hatte sich entleert, ihr Darm und ihre Blase. Sie lag wimmernd in ihren Exkrementen, und hin und wieder zuckte ihr Körper, als verabreiche man ihr Stromstöße.

Fern war das Schiff, weit, weit weg.

Ihr Schiff, und mit ihm all die süße Lust, die Wonnen, das Paradies. Ein kurz aufblitzender Gedanke, ein Moment, in dem sie sich liebevoll umarmt sah, Ma, Mama trägt mich zu Bett und deckt mich zu, bleib bitte, bleib.

Das Pflaster aber war hart und schien zu vibrieren.

Kim hörte Wagen vorbeirasen, sah kreisendes blaues Licht, vernahm Rufe, laute Stimmen, und sie hob flehend den Arm, versuchte zu winken, auf sich aufmerksam zu machen.

Sie dachte nicht an die Fragen, die man ihr stellen würde, nicht daran, dass sie sich würde ausweisen müssen. Sie wollte nur Hilfe, brauchte Hilfe, einen Arzt, schmerzstillende Medikamente, eine Spritze, nach der dann alles wieder gut war, sie sich wieder bewegen konnte, gehen, laufen, ja, oh, ja, und vergessen. Vor allem vergessen. Vergessen, vergessen, vergessen.

Ihr würde übel.

Sie würgte bittere Galle.

Quentin kniete neben der leblos daliegenden Person. Er hob den Kopf, blickte zu ihnen hoch.

«Erwürgt», sagte er. «Eindeutige Würgemale am Hals.» Er stand auf, nickte nachdrücklich.

«Was, was, was?! Eine Nutte?» Schweckendieck drängte sich vor. Fedder seufzte schwer.

«Sieh dir das Gesicht an. Das gibt einen Skandal.»

Er gab Schweckendieck den Blick frei.

Bettina schüttelte mechanisch den Kopf. Sie konnte es noch immer nicht fassen.

In dem bis zum Rücken hoch aufgerissenen Kleid steckte ein Mann. Er trug ein stramm sitzendes Haarnetz über dem dunklen Schopf, war stark geschminkt und dennoch eindeutig erkennbar.

Es war Kurtz. Carsten Kurtz, der Justizsenator.

Schweckendieck kriegte den Mund nicht mehr zu.

«Matzke», sagte Quentin. «Er ist Matzke in die Arme gelaufen. Ihr habt den Richtigen erwischt, in jeder Hinsicht.»

Fedder nickte. Er sah nicht gerade glücklich aus.

Quentin hatte ihm drüben auf der Straße die Perücke aus der Hand gerissen. War zu den Hallen gerannt. Weit vor ihnen. Vor allen anderen.

War abrupt stehen geblieben. Hatte sich vorgebeugt. Wild gestikuliert. War in die Knie gegangen. Bettina hatte eine ruckartige Bewegung wahrgenommen.

Ein kalter Schauer überlief sie.

Sie zog die Lederjacke eng an sich. Verschränkte schützend die Arme. Sie brachte es nicht, Quentin in die Augen zu sehen.

«Schafft ihn weg», hörte sie ihn. «Ruft die Ambulanz.» Sie nahm wahr, dass er sich an Fedder wandte. «Dass er 'ne Tunte war, muss nicht in die Öffentlichkeit.»

«Wie willst du das verhindern?»

«Das war quer durch alle Parteien bekannt und auch der Presse. Die werden das auch weiterhin unter dem Deckel halten.»

«Wir wussten das nicht. Jedenfalls nicht die Nummer.»

«Eine Hafennutte!» Schweckendieck schnaubte verächtlich.

Quentin blickte zum Kai hinüber. Er strich sich über die Stirn. Über seinen schmalen Schädel.

«Kurtz war nach beiden Seiten offen», sagte er. «Er trieb es auch mit Jungs.» Er atmete tief durch. «Mein Junge hat sich danach erhängt. Ja, nun glotzt mich nicht so an. Ich hab den Tag herbeigesehnt, an dem ich es diesem Schwein hätte heimzahlen können. Aber gut. Matzke hat es mir abgenommen.»

Niemand reagierte.

Sie standen nur da und starrten Quentin an.

Bettina spürte, dass ihre Augen feucht wurden.

Jörn Ingwersen **Ein dicker Fisch**

Okay, stimmt schon, vielleicht sollte ich erzählen, wie es wirklich war, wie es angehen kann, dass mir nach allem, was passiert ist, jetzt doch noch die Abendsonne ins Gesicht scheint und ich meine Sonnenbrille vermisse, wieso ich hier sitze, am Fenster, im Raucher, mit meinem Stoffbeutel auf den Knien. Eins kann ich euch jedenfalls sagen: Glaubt bloß nicht alles, was morgen in der Zeitung steht!

Übermorgen wickeln sie schon ihre Fische darin ein.

Kaum zu glauben, und doch: Es war erst gestern, kurz vor Sonnenaufgang, als mich ein dumpfer Schlag aus wirren Träumen riss. Einen Moment lang lag ich schwitzend in der engen Koje, sah die Kajüte im trüben Licht des Morgengrauens schwanken, sah im Bullauge abwechselnd das blaue Nachbarboot und dann den rötlich grauen Himmel.

Draußen klapperten die Leinen an den Masten, drinnen klapperte alles, was nicht festgebunden war, Werkzeug, Dosen, Henkeltöpfe, am Boden klirrten leere Flaschen. Und irgendwas scharrte an der Bordwand entlang, ganz langsam, wippte mit den Wellen vom Heck zum Bug, Wasser schwappte, und dann war da wieder so ein dumpfer, hohler Schlag. Hörte sich an, als drückte der Wind eine Boje an den Rumpf.

Ich wischte mir den Sand aus den Augen.

Mann, hatte ich schlecht geschlafen. Etwas flackerte in mir auf, wollte an die Oberfläche. Ich schüttelte den Kopf. An meinen Traum wollte ich mich lieber nicht erinnern.

Draußen kreischten Möwen.

Seit Tagen schob ungewöhnlich warmer Wind das Meer mit Macht von Osten her in den kleinen Hafen, und nur der Seenotrettungskreuzer und die großen, weißen Ausflugsschiffe wagten sich noch hinaus. Ein paar Segelboote klammerten sich an ihre Anleger, um nicht fortgerissen zu werden.

Wieder rumpelte es draußen an der Bordwand.

Ich stellte meine Füße in die warme Pfütze am Boden, suchte müde meine Latschen zwischen dem Zeug, das überall herumlag, und stieß zum millionsten Mal mit der Stirn gegen die baumelnde Messinglampe an der Decke, weil sich der kleine Kahn zur Seite neigte und ich ins Leere griff, als ich mich irgendwo festhalten wollte.

Es ist wirklich kein Vergnügen, auf so einem Plastikboot zu wohnen, das kann ich euch sagen, wie ein Hering in der Tupperdose, aber ich konnte froh sein, dass ich überhaupt ein Dach über dem Kopf hatte – auch wenn das Dach eigentlich meinem alten Freund Sven-Uwe gehört. Auf Sylt fand sich im Sommer nicht mal ein voll gelaufener Heizungskeller, den ich hätte bezahlen können.

Und wieder schlug die Boje an den Rumpf.

Von allein würde sie wohl kaum wegschwimmen.

Fluchend kam ich hoch und drückte das klapprige Plastikschott nach außen.

Warmer Wind schlug mir ins Gesicht. Ich reckte mich und gähnte, bis meine Augen tränten. Es war heller als erwartet. Bald würde die Sonne wie eine Riesenmandarine aus dem Wattenmeer auftauchen.

Mühsam schüttelte ich die letzte Nacht aus meinem Kopf und schmeckte das Salz, roch den Fisch, hörte die Möwen schreien.

Sie machten einen Höllenlärm, stritten und stürzten sich ins Hafenbecken, als hätte jemand einen ganzen Eimer Fischköppe ausgekippt.

Vorn an meinem Bug.

Ich hielt mich an der rostigen Reling fest, beugte mich weit vor, aber es reichte nicht. Irgendwas trieb da in der schwankenden Brühe.

Sah aus wie ein Sack.

Auf den Knien rutschte ich dem Bug entgegen, um nicht über Bord zu gehen. Die Möwen stritten gierig und gefräßig, wollten sich von niemandem das Futter neiden lassen. Wild hackten sie mit ihren Schnäbeln darauf ein.

Da sah ich, was es war.

Es hätte wohl ein Sack sein können, wenn auch ein seltsam bunter Sack. Und wer bewahrte seine Fische schon in Säcken auf? Noch dazu in dicken, runden Säcken, die wie rote Strickpullover aussahen?

Mittellanges, graues Haar schwamm hin und her, und immer wieder schlug der Schädel an den Bootsrumpf, als wollte das Meer sichergehen, dass er auch wirklich tot war.

Ich schluckte.

Am Mast hatte Sven-Uwe so ein Ding mit Widerhaken stehen. Das nahm ich mir. Ich verstehe nicht viel vom Segeln und hab keine Ahnung, wie das auf einem Boot so alles heißt, aber mit diesem Stock stieß ich den Mann im Wasser kräftig an, dass er ins Schaukeln kam.

Argwöhnisch hielten die Möwen Abstand, denn das Ding in meiner Hand hatte eine böse Spitze. Mit einem Ruck gab ich dem Toten einen Stoß, versuchte, ihn umzudrehen.

Er schwankte hin und her, und als ich ihm im richtigen Moment den nächsten Schubs gab, rollte er wie ein dressierter Seehund einmal um sich selbst, sodass ich einen kurzen Blick auf das bärtige Gesicht werfen konnte, bevor sich die Mutigste der Möwen auf seine Augen stürzte. Dann tauchte er ab, der Wassermann, und wandte mir den Rücken zu, als wollte er nichts von mir wissen.

Mir stand der Schweiß auf der Stirn.

Odin Petersen, der Krabbenkönig.

Verdammt.

«Ahoi, da drüben!»

Ich war so verdattert, dass ich gar nicht begriff, woher die Stimme eigentlich kam.

«Was treibt denn da im Wasser? Bleiben Sie zurück! Lassen Sie lieber die Finger davon!»

Drüben, auf dem blauen Zollboot, stand ein Mann im weißen Uniformhemd und hielt ein Handy in der Hand. Er tippte darauf herum und gestikulierte mit seinem freien Arm, während er aufgeregt in das Ding sprach und Haar und Hemd im Wind flatterten.

Ich wusste, was jetzt kam.

Ich sah den Zollbeamten am Telefon, ich sah den toten Sack im Wasser treiben, ich sah die Möwen über mir, stand nur da und wusste nicht, was ich tun sollte.

Kaum hatte die Sonne ihren ersten, wärmenden Blick über die Hafenmauer geworfen, da hörte ich die Sirene schon.

Zwei Sirenen, um genau zu sein.

Jeder andere wäre vermutlich vor Scham im Boden versunken, wenn man ihn im strahlenden Sonnenschein durch ein Spalier gaffender Urlauber geführt hätte. Ein Mann mit roter Birne und weißen Stachelbeerbeinen probierte seine neue Digitalkamera aus, hielt sie auf Armeslänge vor sich ausgestreckt und nahm mich auf. Ich winkte ihm, und er gab mir Zeichen, dass ich gut zu sehen war. Eine Schwangere im himmelblauen Stretchkleid hielt ihren Strohhut fest und klammerte sich ans weiße Geländer, als wollte ich ihr Ungeborenes entführen.

Jeder andere hätte sich geschämt.

Ich nicht.

Jeder hier am Hafen kennt die Geschichte. Jeder, der sich hier auch nur ein bisschen auskennt, weiß, wie das damals alles gelaufen ist. List ist ein Dorf … und das ist nicht nur so eine Redensart. Die Touristen werden hier den Sommer über wie die Ochsen durchgeschleust und abgefüttert. Im Winter steht am Dorfeingang ein Lattenzaun mit großen, schwarzen Blockbuchstaben. ARSCH DER WELT steht da geschrieben.

Hier kennt jeder jeden.

Irgendwer rempelte mich im Gedränge an, und als ich mich unwillkürlich umdrehte, sah ich über die Köpfe hinweg, dass drüben an der Mole der Notarztwagen abfuhr und das Feld zwei käsegesichtigen Männern überließ, die mit ihrem Kombi rückwärts so weit wie möglich den Anleger zu den Booten hinuntergefahren waren. Sie wollten den toten Petersen nicht weiter schleppen als nötig.

Eine kräftige Hand schob mich von hinten an.

Ich ließ mich schieben.

Im Hafenamt war es kühl und dunkel hinter den halb geschlossenen Gardinen. Ein Funkgerät blinkte vor sich hin, rechts am Fenster starb ein Ficus benjamini den Wüstentod, und auf jeder Bank der halbrunden Fensterfront ließ ein verstaubter, kleiner Flaggenständer müde seine Fahne hängen. Offenbar hatte der Hafenmeister den Beamten das Büro zur Verfügung gestellt, damit sie sich bei den Ermittlungen die Touristen vom Leib halten konnten.

«Sie sind also der junge Mann, der den Toten heute Morgen im Hafenbecken gefunden hat?»

Ich zuckte zusammen. Aus dem dunklen Flur gleich links von mir trat eine untersetzte Frau im braunen Kostüm hervor, wischte die Hände am Kostüm ab, als hätte sie auf der Toilette kein sauberes Handtuch gefunden. Mit den schmalen Lippen und ihrem Topfschnitt sah sie aus wie Angela Merkels hartherzige Schwester. Sie kniff die Mundwinkel zusammen, sah zu mir auf. Am Schreibtisch blätterte sie in ihren Unterlagen herum. «Wachtmeister Christiansen hat Ihre Personalien aufgenommen?»

Ich drehte mich zu Christiansen um, der von seinen Schuhen aufsah und brummte. Den alten Dorfpolizisten kannte ich schon, seit ich denken konnte. Vor ein paar Jahren, als mein Vater gestorben war, hätte er fast meine Mutter geheiratet.

«So ein Zufall, hm? Das mit dem Toten.»

Ich nickte.

«Bitte nicht so leise sprechen.» Sie hielt eine Hand an ihr fleischiges Ohr und zog die Augenbrauen hoch, beugte sich vor.

Ich nickte wie ein Esel.

«Sind Sie stumm, oder was?»

Ich sah der Frau in ihre kleinen Augen. «Sind Sie blind, oder was?»

Wachtmeister Christiansen würgte sein Lachen herunter.

«Witzig. Sie scheinen gar nicht zu wissen, was wir von Ihnen wollen …»

Ich lächelte. «Sie nehmen mir das Wort aus dem Mund: Ich weiß nicht, was Sie wollen. Ich hab den alten Petersen nur gefunden. Wer sind Sie eigentlich?»

Christiansen räusperte sich und trat einen Schritt vor. «Frau Hauptkommissar Koschinski ist erst seit vorgestern auf der Insel. Sie wurde aus Rostock hierher versetzt und hat den Sommer über die Leitung der Kripo auf …»

«Vielen Dank, HERR Wachtmeister! Ich bin sehr wohl in der Lage, für mich selbst zu sprechen, wenn mir danach zumute ist, und wie ich mit einem Tatverdächtigen umzugehen habe, muss ich mir ganz bestimmt nicht von einem … von einem …» Sie überlegte es sich anders und schüttelte widerwillig ihre Fransen. Am Fenster zogen die plappernden Schatten einer vielköpfigen Reisegruppe vorüber.

Ich zwang mich, ruhiger zu atmen. «Mir war nicht klar, dass ich unter Verdacht stehe», sagte ich. «Ich bin heute Morgen aufgewacht, weil irgendwas an mein Boot …»

«An *Ihr* Boot?»

Ich stutzte. «Okay, das Boot gehört einem Freund von mir, aber das ändert ja nichts an der Tatsache, dass ich heute Morgen …»

«Sie nehmen es mit der Wahrheit nicht so genau, was?»

Ruhig, ganz ruhig bleiben jetzt.

«Die Wahrheit ist, dass heute früh bei Sonnenaufgang …»

«Weiß Ihr Freund, dieser …», sie blätterte, «… dieser Sven-Uwe Sönnichsen aus Tinnum eigentlich, dass Sie seit Monaten auf seinem Boot wohnen?»

Irgendwie durchschaute ich nicht so ganz, was hier eigentlich los war. Ich brachte dieser Frau gegenüber noch nicht mal einen ganzen Satz zu Ende.

«Sie kannten den Toten, wie ich höre.»

«Odin Petersen. Den kennt hier jeder. Er ist der …»

«Odin? Wieso Odin?» Sie sah Christiansen an.

Ich schnaubte. «Weil es besser klingt als Adolf.» Ob sie Bescheid wusste? Ich sah Wachtmeister Christiansen an. Blonde Locken quollen unter seiner Schirmmütze hervor.

«Ihre Familie war mit Herrn Petersen gut bekannt?»

Ich holte tief Luft. Es machte keinen Sinn, etwas zu verbergen, solange ich nicht wusste, was sie wusste. Also sagte ich: «Odin Petersen ist … war der größte Lumpenhund, der auf dieser Insel je frei rumgelaufen ist.»

«Ach ja?» Die harten Lippen zogen sich seltsam in die Breite. Eigentlich hätte es wohl ein Lächeln werden sollen. «Interessant. Sie mochten ihn nicht?»

Ich runzelte die Stirn. «Doch, klar. Er hat meine Familie in den Ruin getrieben, aber was macht das schon? Ich bin nicht nachtragend.»

«Klingt wie ein Motiv.»

Ich schnaubte und sah aus dem Fenster. Jenseits der grauen Wellen blitzten die Windrotoren auf dem Festland. «Jeder hier hätte ein Motiv gehabt. Der Typ hat alles an sich gerissen, den ganzen Hafen, mit allem, was dazugehört. Sehen Sie sich doch mal um da draußen. Odins Krabbenbude, Odins Aalreuse, Odins Leckere Fischspezialitäten, Odins Heringshappenkiosk, Odins …»

«Gut, gut, gut. Ich glaube, wir haben es begriffen. Und weil er geschäftstüchtiger war als Sie, haben Sie ihn aus Neid einfach mal kurz unter Wasser gehalten.» Diese Frau saß am Schreibtisch und kritzelte etwas auf ihren Block. «Ja?»

«Ziemlich warm hier drinnen. Kann ich mich setzen?»

Siegessicher sah sie mich an. «So sehr lastet die Schuld auf Ihren Schultern, dass Sie nicht einmal mehr stehen können? Ein Mann in Ihrem Alter?» Sie sprach langsam, hob die Worte hervor.

«Glauben Sie ernstlich, ich wäre so blöd, jemanden, den ich umbringen will, gleich neben meinem Boot zu ertränken?»

«*Ihrem* Boot?»

«Glauben Sie das?»

«Ich bin nicht hier, weil ich ein gläubiger Mensch wäre, aber Sie scheinen sich ja schon eine ganze Weile Gedanken um Herrn Petersen gemacht zu haben.»

Vielleicht verrieten mich ja meine roten Ohren oder irgend so was, aber damit hatte sie natürlich Recht. Ich schob die Unterlippe vor. «Odin Petersen kann schon froh sein, wenn außer dem Pastor und den Sargträgern überhaupt irgendjemand zu seiner Beerdigung kommt.»

«Sie wissen, dass Herr Petersen nicht ertrunken ist?»

Ich stutzte.

Sie nahm einen Zettel aus ihrem Ordner und warf einen

Blick darauf, als müsste sie es ablesen: «Er war schon eine Weile tot, als man ihn ins Wasser geworfen hat.»

Ich nickte, wartete, was jetzt kam.

«Es sollte wohl so aussehen, als wäre er ertrunken.»

Eigentlich war es ja egal, aber ich fragte trotzdem: «Wenn er nicht abgesoffen ist, was ausgesprochen zu ihm passen würde, woran ist er dann gestorben?»

«Das wollten wir eigentlich von Ihnen erfahren. Und auch, wo Sie letzte Nacht waren ... so gegen eins, halb zwei.»

Wie es aussah, musste ich mir dringend was einfallen lassen. «Wahrscheinlich war er um die Zeit nicht mehr ganz nüchtern, wie so oft, ist ausgerutscht, hingefallen, hat sich den Schädel aufgeschlagen, und dann ist er ...»

«Herzstillstand», sagte Christiansen kopfschüttelnd. «Äußerlich war er unverletzt.»

Ich runzelte die Stirn. «Dann frag ich mich doch aber, was Sie eigentlich von mir wollen. Was hab ich damit zu tun, dass jemand, von dem alle Welt weiß, dass er sich eines Tages noch zu Tode saufen wird, genau das dann auch tatsächlich tut?»

«Er war nüchtern», sagte die Frau.

«So gut wie», fügte Christiansen hinzu.

«Oh», sagte ich.

Frau Hauptkommissar Koschinski seufzte, als täte ihr Leid, was sie jetzt sagen musste: «Junger Freund, damit wir uns richtig verstehen ... Sie können sich hier drehen und wenden, wie Sie wollen, aber um *eine* Erklärung werden Sie nicht herumkommen. Sie sind heute Nacht gesehen worden, als Sie sich bei Herrn Petersens Fischbude herumgetrieben haben. So etwa gegen zwölf.»

Müde nahm Christiansen seine Mütze ab und seufzte wie ein kinderloses Walross: «Junge, wie willst du das nur deiner Mutter beibringen?»

Okay, also: Der Fairness halber sollte ich an dieser Stelle vielleicht einräumen, dass ich den Verlauf der fraglichen Nacht bisher nicht in jedem einzelnen Detail geschildert habe. Wer will es mir verdenken? Je mehr man sagt, desto mehr werfen sie einem später vor. Deutet man nur leise an, dass man vielleicht in seiner Kindheit, vor hundert Jahren, als sowieso die ganze Welt noch anders war, als es noch so was wie Moral und Sitte und Anstand gab und die Menschen nicht so geldgeil und selbstverliebt und rücksichtslos waren, dass man damals also ein einziges Mal seine Lieblingsoma angeschwindelt hat, einem sei die Milchkanne auf dem Weg umgekippt, sodass man sich auf diese Weise vielleicht eine Mark oder was ergaunern konnte, um sich dafür bei H. B. Jensen den neuen E-Type von Matchbox oder bei Charlott Frank ein Pixie-Buch oder was weiß ich zu kaufen, schon haben sie dich am Sack.

Wer einmal lügt, dem glaubt man nicht.

Heuchler.

Gut, ich gebe zu, ich wollte mal sehen, ob die Tür an Petersens Fischbude auch wirklich abgeschlossen war, nur mal so, um sicherzugehen. Ich war pleite, hatte keinen müden Cent mehr in der Tasche, nachdem mich Petersen vor zwei Monaten rausgeworfen hatte, mitten in der Saison. Natürlich hab ich da keinen anderen Job mehr gefunden … als ob es nicht ohnehin schon schlimm genug gewesen wäre, dass ich ausgerechnet in «Odins Kaulquappenparadies» hinterm Tresen stehen und kleinen Kindern maschinengestanzte Fischfrikadellen in Seesternchenform andrehen musste. Aber was blieb mir anderes übrig?

Ich konnte ja froh sein, dass ich Arbeit hatte, ohne Führerschein und so, und dass mich Sven-Uwe – solange der Hafenmeister mitspielte – auf seinem Boot wohnen ließ. Johanna hatte mich im April endgültig rausgeworfen, weil ich nicht jeden zweiten Abend brav wie ein kastrierter Kater die beiden

Kleinen hüten wollte, wenn sie mit irgendwelchen Kerlen um die Häuser zog. Den Polizisten hatte sie gesagt, sie fühle sich von mir bedroht. Das reichte schon.

Zack, saß ich auf der Straße.

Mann, Mann, Mann, wenn ich überlege, wie das alles so gekommen ist …

Christiansen sah mich an, als sollte ich sein Weltbild retten, also sagte ich: «So gegen zwölf?» Ich tat, als müsste ich nachdenken. «Könnte sein … da war ich vorn beim Zigarettenautomaten … aber in Petersens Bude einbrechen? Wozu denn? Außer totem Fisch ist da doch nichts zu holen.»

«Und die Tageseinnahmen?»

In diesem Moment klopfte es laut und vernehmlich an der Tür, sodass die Frau Hauptkommissar den Wachtmeister anknurrte und der brav nachsehen ging.

Von da an löste sich alles in Wohlgefallen auf.

Mehr oder weniger.

In der Tür stand Sven-Uwe, freundlich lächelnde Einsachtundneunzig, mit blauen Augen und blonden Wimpern. Er klopfte Christiansen auf die Schulter und trat unaufgefordert ein, reichte Frau Koschinski leutselig seine Pranke mit den schwarzen Fingernägeln und dröhnte: «Hat der Bengel mal wieder was angestellt?»

Also, um es kurz zu machen: Es war nicht das erste Mal, dass Sven-Uwe seine Hand für mich ins Feuer legte, und jetzt behauptete er steif und fest, wir hätten die ganze Nacht auf seinem Boot gesessen, Karten gespielt und Musik gehört, und gegen zwölf etwa seien uns die Zigaretten ausgegangen. Er hätte mich rüber zu Petersens Bude geschickt, um welche zu besorgen. Nach zehn Minuten hätten wir dann weitergespielt.

«Und wer war der dritte im Bunde?», fragte Frau Hauptkommissar und kniff dabei die Augen zusammen, als könnte sie uns nicht mehr so genau erkennen.

«Welcher dritte?», polterte Sven-Uwe gut gelaunt. «Wir spielen immer Schwimmen, und das spielt man zu zweit.»

Von da an dauerte es nicht mehr lange. Ich kann nicht eben behaupten, dass wir die Frau überzeugt hätten, aber abgesehen von meinem – zugegebenermaßen stichhaltigen – Motiv, sprach eigentlich nichts dafür, dass ich mit Odin Petersens abruptem Ableben irgendwas zu schaffen hatte. Vielleicht hatte sie auch nur geblufft und den Mund etwas zu voll genommen, um zu sehen, wie weit sie damit kam.

Na, und da sitze ich jetzt auf meinem Fensterplatz im Raucher, sehe mir draußen die Vögel im Watt an, lass mich über den Damm kutschieren und weiß gar nicht so recht, wie mir geschieht.

Denn tatsächlich stand Petersens Fischbude offen. Es war nicht zu übersehen, als ich zum Automaten kam. Ein schmaler, gelber Lichtschein fiel durch den Türspalt, und ich warf einen Blick hinein, lehnte kurz meinen duseligen Schädel ans Holz, und schon stand ich im schmalen Gang. Ganz hinten am Ende lag Petersens Büro.

Ich weiß nicht, welcher Teufel mich geritten hat. Ich wollte wirklich nur mal mit ihm reden. Ich dachte, vielleicht sieht er ein, was er angerichtet hat, vielleicht gibt er mir Arbeit oder irgendwas. Ich hätte auch die Tische abgeräumt, den Platz gefegt, die Teller abgewaschen, ganz egal.

Ich bin wohl doch naiv.

Wie eine fette Kröte saß er in seinem Kabuff und zählte Geld. Die Wände um seinen Schreibtisch waren mit Grußpostkarten aus aller Welt gepflastert, und hinter ihm, gleich über seinem Stuhl, hing ein gerahmtes Bild von Odin Petersen mit Mike Krüger und noch irgendwelchen anderen Nasen Arm in Arm.

«Du bist doch wohl nicht gekommen, um dir meine Fotos anzusehen?», sagte er und zog betont langsam die oberste

Schublade an seinem Schreibtisch auf. Er legte den Revolver neben die gestapelten Scheine. «Damit du gar nicht erst auf dumme Gedanken kommst …» Er grinste hinter seinem grauen Bart.

Es ging gleich schief, von Anfang an. Ich wollte mir echt Mühe geben, wirklich wahr, hab versucht, mein Sprüchlein aufzusagen, dass ich Arbeit bräuchte und er mir doch auch irgendwie was schuldig sei, aber dann kamen wohl doch die falschen Worte raus. Ich weiß es nicht. Ich sagte was, er sagte was, und schon war ich auf hundertachtzig. Dann fing er wieder davon an, was für ein Versager ich sei, genau wie mein Vater, dass ich bloß nicht glauben sollte, er hätte irgendwas damit zu tun, dass mein Alter sich erhängt hatte, hinten am Ende der Mole, an der letzten Laterne. Der hätte es doch nicht mal geschafft, wenn er die einzige Fischbude auf der ganzen Insel gehabt hätte. Er redete und redete, dass ihm das schlechte Gewissen nur so aus dem Mund quoll. Es war einfach ekelhaft, dieser Typ war echt das Letzte. Als er damals auf die Insel gekommen sei, hätte er doch auch nichts gehabt, rein gar nichts. Alles, was ihm jetzt gehörte, hätte er mit seiner eigenen Hände Arbeit … bla bla bla … Kein Wort davon, dass er sie alle bestochen hatte, um seine Konzessionen zu bekommen, die Gemeinde geschmiert, die Fischer erpresst und alle anderen Händler am Hafen gnadenlos mit seinen Preisen unterboten, bis er das Monopol besaß und tun und lassen konnte, was er wollte. Kein Wort davon.

Und plötzlich hielt ich die Waffe in der Hand. Es ging ganz schnell, ich weiß selbst nicht, wie. Plötzlich stand ich da und richtete das schwere Ding auf ihn, als wollte ich ihn erschießen.

Er sah mich nur an. «Und jetzt?», sagte er.

«Jetzt gehen wir nach vorn und sehen mal nach den toten Fischen», sagte ich und spannte den Hahn am Revolver, dass es laut klickte. Da muss ihm wohl klar geworden sein, dass ich echt verzweifelt war, dass er doch lieber tat, was ich von ihm verlangte.

Ich trieb ihn vor mir her. Bei den Kühltruhen blieben wir stehen, und ich ließ ihn einen Rieseneimer Krabben nehmen, einen dicken Bottich Mayonnaise und einen Sack mit labberigen Brötchen. Damit setzte ich ihn an einen Tisch und ließ ihn Krabbenbrötchen schmieren, eins nach dem anderen.

«Und schön viel Mayonnaise drauf», sagte ich. «Wie bei den Dingern, die ihr den Touristen andreht. Nicht so viele Krabben, lieber ordentlich Mayonnaise. Genau so ... und jetzt: Guten Appetit.»

Ich saß da, mit dem Revolver in der Hand und sah mir an, wie der alte Mann ein Brötchen nach dem anderen runterwürgte. Er wollte gern was trinken, aber bei so viel Mayonnaise fand ich das unnötig. Anfangs war es fast ein Spaß, in gewisser Weise, aber nach sechs, sieben, acht von diesen Dingern wurde es dann doch etwas mühsam. Sein roter Pullover sah auch nicht mehr ganz frisch aus.

«Junge, hör doch, ich weiß, wie du dich fühlen musst ...», würgte er hervor.

«Keine Sorge, ich fühl mich gut», sagte ich, und das stimmte auch.

Ich muss zugeben, dass ich mir eigentlich gar nicht überlegt hatte, wie lange das so weitergehen sollte. Es war ja eher eine spontane Idee. Na ja, ab dem zwölften, dreizehnten Brötchen hab ich dann nicht mehr mitgezählt. Es wurde auch langsam eklig, wie ihm das fettige Zeug aus den Mundwinkeln quoll und er schwitzte und schnaufte. Natürlich wollte er immer wieder aufhören, aber ich hielt ihm die dicke Mündung seiner Waffe an die Schläfe, und da hat er dann doch weitergegessen.

Er wusste wohl am besten, was sie anrichten konnte.

Und plötzlich sah es so aus, als würden ihm gleich die Augen aus den Höhlen quellen. Puterrot lief er an, ruderte mit den Armen, dass er fast mit seinem Stuhl umfiel, dann riss er den Mund auf, die letzten Krabben kamen ihm hoch, und er fasste sich röchelnd ans Herz.

Erst dachte ich, er markierte, spielte mir was vor, als er rückwärts hintenüber fiel und dumpf auf die Bohlen kippte. Ich wartete einen Moment, redete noch mit ihm, aber als ich nach einer Weile noch immer keine Antwort bekam, wurde ich doch stutzig.

Ich stieß ihn an, und er schwabbelte nur so.

Aber er atmete nicht. Und sein Herz, wenn er denn überhaupt eins hatte, meldete sich auch nicht mehr.

Wenn ich es recht bedenke, schäme ich mich ein bisschen, dass es mich so gar nicht berührte, diesen Mann da liegen zu sehen. Aber er lag ja auch nicht lange da. Hinter den Buden fand ich eine Schubkarre. Vielleicht hab ich zu viele Filme gesehen, als ich mir noch einen Fernseher leisten konnte … ich hätte ihn auch einfach liegen lassen können, aber das war mir nicht geheuer. Ich räumte auf, wischte die Sauerei weg und karrte den Alten bis ans Ende der Hafenmauer. Wir hatten ablaufendes Wasser, der Sog vom Watt aufs Meer hinaus ist stark, die Strömung ungeheuer, und so standen die Chancen gut, dass das Meer ihn mit sich nehmen würde. Schließlich hatte es ihn reich gemacht, und da war es wohl nur fair, wenn er als Fischfutter endete.

So zumindest hatte ich es mir ausgemalt – und ihm die Waffe hinterhergeworfen.

Als ich wieder aufs Boot kam, schnarchte Sven-Uwe wie ein blondes Maultier. Ich warf ihm die Kippen auf die Brust, und schmatzend kam er zu sich, nuschelte mit klebriger Zunge: «Schon wieder da? Wer ist mit Geben dran?»

Tja, und jetzt sitze ich also hier im Zug, mit meinem Wochenendticket in der Tasche und einem von diesen Stoffbeuteln auf den Knien, die sie in Niebüll an der Autoverladung verteilen. Lag in Petersens Büro. Ich hab ihn oben zugeknotet, damit mir die Scheine nicht wegfliegen.

Ich fahr erst mal nach Hamburg. Bei Sven-Uwes Schwester kann ich ’ne Weile unterkommen, die hat noch ein Zimmer frei, unten an der Elbe, bei den Landungsbrücken. Da gibt es reichlich Buden. Vielleicht steig ich irgendwo mit ein. Mal sehen, was kommt.

Ich lass mir Zeit.

Aber eins ist klar: nie wieder Krabbenbrötchen. Ist doch eklig, das Zeug, und mit so einem Eiweißschock ist nicht zu spaßen.

Da muss man echt aufpassen.

Michael Koglin

Der Radscha der Speicher und Schuten

Ach, Maxima, meine Orangen-Prinzessin. Du trittst auf den Balkon und lächelst den Menschen zu. Winkst, drehst dich zu Willem-Alexander, küsst ihn und ... Ich weiß gar nicht, wie oft ich mir dein Hochzeits-Video schon angesehen habe. Manchmal rieche ich dein Parfum und höre die Schleppe deines Kleides über meinen Teppich knistern. Und dann, dann sehe ich diesen blutroten Fleck und er will einfach nicht verschwinden.

Ja, ich wäre gerne dabei gewesen, schließlich bin ich dein Cousin, aber Urlaub ist hier nicht vorgesehen. Muss sich ja jemand um die Teppiche kümmern. Wer weiß, vielleicht wäre alles anders gekommen, wenn ich dich besucht hätte. Vielleicht hätte der Tod einen großen Bogen um den Hamburger Hafen gemacht.

Maxima, wie dringend bräuchte dein Cousin jetzt einen Rat. Aber du sitzt weit entfernt in deinem Palast in Amsterdam, und diese Adresse steht nicht im Telefonbuch. Klar, für eine Reise in den Hamburger Hafen fehlt dir die Zeit. All die Bälle und Wohltätigkeitsveranstaltungen, der Besuch der Botschafter und die königlichen Hochzeiten. Dabei hätten wir viel zu besprechen. Über Willem-Alexander und die Pflichten am Hof, über deine Schwiegermutter Königin Beatrix nach ihrem schwerem Verlust. Und wie geht es Prinz Johan-Friso und Prinz Constantijn?

Am Abend zeige ich dir die alten Teppiche mit den Berggöttern und den Prinzen des Wassers. Mit den geheimen Zeichen und Botschaften und den Geschichten, die sich die Nomaden in der Wüste abends am Feuer erzählen. Und die sie in ihre

Teppiche knüpfen. Von einsamen Hirten und dem durch die Luft treibenden Sand. Vom Kampf um das Wasser und den Weissagungen der Alten. Von listigen Vögeln und Windgeistern. Ich zeige dir Teppiche aus Schiras, Täbris und Isfahan. Aus Buchara, Samarkand oder Seichur. Und jeder von ihnen erzählt dir etwas. Auch ich habe eine Geschichte, Maxima. Eine blutige Geschichte.

Irgendwann wirst du diesen Brief erhalten. Ich lege ihn in meine Kammer. Zu deinem Bild. Neben die von Tante Elizabeth und Prinzessin Mette-Marit und Prinzessin Diana und all den anderen Mitgliedern unserer großen Familie.

Ich heiße Radscha. Das ist ein Wort aus dem Sanskrit und heißt König, und deshalb, Maxima, deshalb sind wir sogar Verwandte ersten Grades. Einen Namen sucht man sich nicht aus, den schickt dir der Kosmos. Meinen haben mir mein deutscher Vater und meine indische Mutter in einem Ashram in der Nähe von Kalkutta überbracht. Als Boten. So ein Name bestimmt dein Leben, ein Name ist deine Zukunft, ist eine Verpflichtung. Verpflichtung kann schwierig sein. Du weißt das. Schließlich heißt du jetzt Prinzessin von Oranien, Prinzessin der Niederlande, Prinzessin von Oranien-Nassau und Frau von Amsberg. So viele Namen, so viel Verantwortung.

Glaube mir, liebe Maxima, eigentlich bin ich glücklich, denn ich bin hier der Radscha der Speicher und Schuten, der Fleete, Lastenaufzüge und Teppiche. Mein Reich duftet nach Koriander und Sackleinen, nach Paranüssen, Kakao und Petroleum. Groß ist mein Reich und bunt, doch jetzt, jetzt weiß ich nicht mehr weiter.

Maxima, wo soll ich anfangen?

Gestern Morgen dringt ein Ächzen aus dem Toilettenhäuschen bei St. Annen. Ich horche an der Tür, und es gurgelt und rasselt, als sei die Spülung kaputt. Ich drücke die Tür auf und da liegt er auf dem Boden: mein Freund Leon. Blut läuft über die Kacheln. Seine Augen sind geöffnet, und die Brust ist mit einem Sackhaken aufgerissen. Sein Körper zuckt, die Augen treten hervor. All das Blut. Wir Menschen haben so viel Blut. Und so viel Leben. Doch für Leon ist es jetzt vorbei. Kein Puls mehr, die Augen brechen, der Kopf fällt nach hinten.

Gerade zwei Stunden vorher hat er mich besucht.

«Leon», sage ich, «lass die Hände davon.»

Aber er legt mir einen Stapel Papiere auf die Knie. Seine Hände zittern.

«Pass gut darauf auf. Ist meine Lebensversicherung.»

Immer wieder redet er über den Zweiten Chef.

«Das ist eine heiße Spur», sagt Leon. «Wenn das über die Ticker rausgeht, gibt es einen mächtigen Knall. Nicht nur in Hamburg. Vielleicht hält sogar ein Senator seine Hände auf.»

Ich habe keinen Ärger mit dem Zweiten Chef, aber Leon riecht die «ganz große Geschichte». Leon arbeitet als freier Journalist für eine Zeitung, und er sagt: «Ich will die Seite eins.» Er redet über Drogenschmuggel und Korruption und über Geld. Und dass es Zeit wird, dass auch er mit einer «Bombenstory endlich mal Kasse macht».

Ach, Maxima, Geld war für Leon nie wichtig, aber seitdem diese Frau an seiner Seite aufgetaucht ist, war er wie verwandelt. Von einem Cabrio hat er geträumt. Vom Leben in der Sonne. Von der Copacabana. Von einem Bungalow auf Jamaika. Seine Augen leuchten, und er sagt: «Diese Geschichte ist meine Eintrittskarte für die große Welt, Radscha. Das ist der Platz in der ersten Reihe.»

Ich sage, was willst du an der Copacabana, und was um Himmels willen soll ein Cabrio? Hier in Hamburg?

Weißt du, Maxima, in meiner kleinen Kammer steht ein Mercedes-Sitz. Aus Leder und mit zwei Rissen. Abends stelle ich ihn an die Speichertür, und dann zieht die Welt an mir vorbei. Ich muss nicht einmal schalten und steuern. Keine Steuern und kein Benzin. Alles automatisch. Einen Führerschein brauche ich nicht, und es stinkt nicht. Weht der Wind von den Kais herüber, dann riecht es manchmal nach Bananen und Gewürzen und Kautschuk, nach Weizen und frischem Holz. Manchmal umrunde ich die ganze Welt an einem Abend. Und sehe dabei in den Himmel.

Ich verstecke Leons Dokumente also in meiner Kammer.

«Ganz dicht bin ich dran», flüstert er und zwinkert dabei seiner Freundin zu. Sie sitzt im Auto und nickt. Dreht eine braune Locke um ihren Finger. Leon lacht. Wie ein Sieger, dabei hat er noch nicht einmal den Platz betreten. Ich sage: «Vorsicht mit dem Zweiten Chef. Der handelt mit Teppichen, und wer mit Teppichen handelt, der ist …»

Leon winkt ab.

«Ich habe die Beweise», sagt er, «du verstehst das nicht, es steht schon eins zu null für mich.»

Dann steigt er ins Auto und umarmt seine Freundin. Sie sieht mich an, aber obwohl es Tag ist, kann ich ihr Gesicht nicht erkennen. All die Schminke und die Sonnenbrille.

Weißt du, Maxima, manchmal wünschte ich mir direkt, Ernst-August wäre hier. Aber, würde der gegen den Zweiten Chef antreten?

Maxima, seit Tagen grüble ich über Leons Dokumenten. Es sind Zollpapiere für Teppiche und Adressen von Zwischenhändlern. Dazu eine Bestellung für Spiritus-Fässer. Hunderte von Litern Spiritus und dazu andere Chemikalien. Wieso stirbt ein Mensch wegen Spiritus und Adressen und Zollpapieren? Das kennt doch jeder. Auch die Adressen sehen nicht verdächtig aus. Stehen alle im Telefonbuch.

Ich beobachte den Zweiten Chef. Alles ist normal. Wir schieben die Paletten aus den Lastwagen und ziehen sie an den Seilzügen hinauf zu den Luken der Böden. Wir packen die

Teppiche aus, legen sie übereinander. Werden reisefertig gemacht. Bekommen neue Papiere und Etiketten, und dann geht es nach Paris und Lausanne, nach Antwerpen oder Rom. In feine Salons oder dunkle Zimmer, in Landhäuser, Reihenhaussiedlungen oder Stadtwohnungen. Auch Teppiche haben ein Schicksal.

Manchmal kommen die Touristen und schlendern durch unsere Lagerhalle. Vorbei an den Paletten mit Teppichen und den gewebten Bildern, den chinesischen Vasen und dem Porzellan «Made in Hong Kong». Der Zweite Chef redet mit ihnen, und dann handeln sie, und der Zweite Chef macht ein trauriges Gesicht. Schließlich nickt er, als hätte er gerade seine Großmutter verkaufen müssen. Und wenn die Käufer gegangen sind und haben die Bestellung unterschrieben, dann stoßen sie mit Teegläsern an. Und lachen. Und dann gibt es Pizza. Auch für uns im Lager.

Nein, Maxima, als Teppichhändler tauge ich nichts. Das ist eine Berufung. Abends steigt der Zweite Chef in seinen BMW und fährt davon. Ich bleibe lieber bei den Teppichen.

Was soll ich tun? Ich frage den Buddha von Bamyian um Rat. In Afghanistan haben die Taliban ihn gesprengt. Und jetzt steht er hier im Afghanischen Museum. Nicht 52 Meter hoch, aber in all seiner Ruhe und mitten in seinem Felsen, aus dem er entstanden ist. Abends, wenn die Touristen nicht mehr kommen, setze ich mich auf eine Teekiste vor seine Füße und lasse die Gedanken ziehen. Und manchmal weht etwas heran, und ich weiß plötzlich, was ich machen muss.

Drei Tage schon habe ich mich vor seine Füße gesetzt, aber der Buddha schweigt. Und auch die tausend anderen Buddhas und Boddhisatwas, die ihn umgeben.

Später kommt meistens Mohammed vorbei. Wir trinken Tee an seinem Tisch und essen Rosinen und Nüsse und schauen den Teppichknüpfern zu, die sich in ihren Vitrinen über die

Webstühle beugen. Gleich daneben ist das kleine Teehaus aufgebaut. Alte Männer mit Wollhaaren und Glasaugen rauchen die Wasserpfeifen und spielen Schach. Weiter hinten arbeitet der Bäcker.

«Das Brot, der Bäcker, die Pfeife», sage ich zu Mohammed.

«Das Brot? Das Unsinn!», sagt Mohammed.

«Wieso?»

«Brot nicht neutral, Brot ist Seele, *das* Brot also Unsinn.»

«Das Deutsch», sage ich und lese ihm die nächsten Sätze aus seinem Übungsbuch «Deutsch für Ausländer» vor.

«Das Brot schmeckt gut.»

Mohammed lächelt mir listig zu.

«Die Brot schmeckt gutt.»

Vielleicht war es gar nicht der Zweite Chef? Vielleicht steckt hinter dem Mord an Leon etwas ganz anderes? Auch die Polizei weiß nichts. Einen ganzen Tag haben sie das Toilettenhäuschen untersucht.

Sie spannen ein rot-weißes Band um das Gebäude, und die Männer schreiben in kleine Notizbücher. Andere Männer in weißen Overalls, Handschuhen und schwarzen Köfferchen gehen hinein, und irgendwann kommt der Leichenwagen.

Ich pflanze Leon eine Rose vor das Toilettenhäuschen und zünde ein Teelicht an. Seine Seele muss zur Ruhe kommen. Sich verabschieden. Mein Freund soll nicht als Geist über die Brücken und Fleete wehen und an die Schiffe klopfen.

Maxima, das Leben hier im Hafen ist anders. Die Menschen ziehen die Teppiche und Säcke an ihren Winden hinauf, und nebenan arbeiten die jungen Männer in ihren Anzügen. «Computersoftware» steht auf den Firmenschildern oder «Medien-Agentur» und immer seltener «Im- und Export/Kabul–Lausanne–Hamburg». Viele Anzüge, wenige Teppiche.

Ich sitze in meinem Mercedes-Sitz, und der Duft nach grünen Kaffeebohnen weht am Lagerhaus vorbei. Ich denke an die

Adressen. Was würde wohl Tante Elizabeth machen? Sicher, sie würde lächeln und reden. Und jemanden schicken. Einen Minister vielleicht?

Sollte ich mit dem Zweiten Chef reden? Aber ich habe Angst.

Wer einen Journalisten tötet, der hat ganz sicher keinen Respekt vor einem Radscha mit Schwielen an den Händen.

Wie soll der wissen, wie stark meine Familie ist. Prinz Harry und Prinz William würden das verstehen. Sicher. Und auch du, Maxima. Und ganz bestimmt Königin Inaara und ihr Mann Karim Aga Khan. Aber sie blicken alle stumm von der Wand meiner Kammer zu mir herunter. Und ich habe kein Telefon. Und der Buddha von Bamyian schweigt auch.

Maxima, ich habe einige Adressen abgefahren, die ich in Leons Dokumenten gefunden habe. Zwischenlager und kleine Händler und manchmal nur Briefkästen. Als Letztes bin ich zu einem Haus auf St. Pauli.

Das mit den Adressen ist ein Gedanke, den mir der Buddha von Bamyian geschickt hat. Aber ich verstehe nicht, warum.

Die Menschen auf St. Pauli laufen über die Bürgersteige und schreien und suchen. Und keiner weiß, was er sucht. Und tragen Bierflaschen und riechen nicht gut. Und sind aufgeregt. Und manchmal reißen sie sich an der Kleidung, und nackte Frauen tanzen auf Tischen.

Das Haus in der Seilerstraße steht da wie ein müder Matrose am Straßenrand. Einer, der nicht mehr auf sein Schiff mag. Ein bisschen vornüber gebeugt von der schweren Arbeit, und sein Gesicht ist grau und voller Falten. Aus dunklen Augen sieht er auf die Menschen hinunter und gähnt aus seinen zahnlosen Fensterscheiben.

Keine Firmenadressen an der Tür, nur ein paar herrenlose Klingelknöpfe. Der Eingang ist dunkel. Nichts Besonderes in dieser Gegend.

In der Luft steht eine Wolke aus Alkohol und Parfum. Ich schlendere also die Große Freiheit hinauf. Die Menschen mustern mich von oben bis unten. Wahrscheinlich sehe ich schon aus wie ein Teppich? Und nun wissen sie nicht, was sie mit einem laufenden Teppich aus Deutsch-Indien anfangen sollen.

Ein thailändisches Mädchen fällt in meine Arme und krallt sich fest. Der Stoff knirscht.

«Guten Tag», sage ich.

Ihre Augen sind verbrannt. Sie sieht durch mich hindurch, als würde ich zwei Meter hinter mir stehen. Sie umarmt mich und sagt: «Dreißig Euro. Massage spezial.»

«Dreißig Euro?»

«Verhandeln?», sagt sie und reißt an meinem Ärmel. Hält sich kaum auf den Beinen. Sie schüttelt den Kopf.

«Geissiges Asslooch.»

Sie stolpert in ein Striplokal.

Ist das jetzt die Antwort des Buddha von Bamyian?

Sicher, Leon hat von Drogengeschäften gesprochen. Aber genau da würde ich mich gerne heraushalten. Der Zweite Chef ist mächtig. Und ich brauche Arbeit. Und meine Kammer darf ich auch nicht verlieren. In zwei Wochen wehen die Oktoberstürme über Hamburg. Es wird kalt.

Ja, raushalten wollte ich mich, aber dieses Mädchen aus Thailand stolpert in meine Arme, und für einen Moment taucht vor mir das Gesicht des Buddhas von Bamyian auf. Und das gefällt mir gar nicht, Maxima. Ich weiß nicht, wie ich dir das erklären soll. Eigentlich hat der Buddha von Bamyian kein Gesicht. Und wer kein Gesicht hat, der besteht aus allen Gesichtern. Und manchmal ist das Gesicht ein Mädchen aus Thailand.

Sicher muss ich noch andere Gesichter finden.

Ich nehme mir also frei und fahre auch die anderen Adressen

ab. Hamburg ist ein großer Teppich. Die Stadtteile liegen nebeneinander wie die Knoten der Teppiche und die einzelnen Muster. Jeder hat seine eigene Farbe und seine eigene Form, und doch sind sie zusammen ein Teppich. Ein großes Bild. Eine Stadt. Eine Geschichte mit vielen, vielen Abenteuern.

Keine der Adressen hat ein Geheimnis. Vielleicht sollte ich es einfach mit dem Haus des Zweiten Chefs versuchen?

«Gute Idee», sagt mein Freund Mohammed. «Nichts schaden, wenn du vorsichtig. Viel vorsichtig.»

Der Zweite Chef wohnt in einem neuen Haus. Sechs Namen stehen auf der Klingelleiste. Mächtige Bäume wachsen vor den Fenstern, zwei Kinder bauen in einer Kiste Türme aus Sand, und auf der Straße stellt eine Frau ihre Plastiktüten für ein paar Minuten ab.

Neben dem Haus duckt sich ein grauer Flachbau. Zugewachsen mit Efeu und Büschen. Auf der Tür lese ich die Autonummer des Zweiten Chefs. Genau wie auf dem Parkplatzschild. Dabei hat der Chef nur ein Auto.

Die Tür ist abgeschlossen. Rost rieselt herunter, aber sie gibt einfach nicht nach. Durch ein paar Risse in der Tür sehe ich Fässer und eine große Wanne. Daneben Walzen und auf dem Boden herausgerupfte Teppichwolle.

Ein scharfer Geruch sticht mir in die Nase.

Maxima, Teppiche sind sauber. Sie sind teuer oder billig, alt, erlesen oder von schlechter Qualität, aber sie sind sauber, und sie riechen nicht. Schlecht riechende Teppiche werden nicht gekauft. Nicht für tausend Euro und nicht für zehn. Teppiche sind wie neugeborene Babys. Selbst wenn sie die Windeln voll haben, mögen die Mamas sie riechen. Mit den Füßen massieren wir ihre Rücken, und wenn sie es gut mit uns meinen, dann halten sie uns warm, und manchmal, manchmal können sie auch fliegen. Aber das ist ein Geheimnis. Mohammed hat davon erzählt.

Plötzlich höre ich das Auto des Zweiten Chefs. «Fang bloß nicht an, mutig zu werden», hat Mohammed gesagt. Ich springe hinter ein Gebüsch und hoffe, dass mich nicht etwa eine brave Hausfrau aus ihrem Küchenfenster beobachtet hat. Ein indisch-deutscher Teppicharbeiter in Poppenbüttel – da schließen die Leute ihre Türen gleich zweimal ab. Und kontrollieren die Fenster. Selbst im zweiten Stock.

Der Chef springt aus seinem BMW und verschwindet im Haus. Er hat es eilig. Wie immer.

Ich will mich davonschleichen, da entdecke ich Teppichfasern vor meinen Turnschuhen. Sie sehen seltsam verschrumpelt aus. Keine Farbe mehr. Und riechen nach Säure. Was macht der Zweite Chef mit den Teppichen? Ach, Maxima, dabei habe ich immer gedacht, ich verstehe etwas von Teppichen. Aber Teppiche kann man eigentlich nicht verstehen. Sie sind unter deinen Füßen, und doch fliegen sie mit dir durch das Weltall. Oder durch den Hamburger Hafen. Weißt du, man kann die ganze Welt mit Teppichen auslegen, und dann stören dich keine spitzen Steine mehr. Aber es ist einfacher, Schuhe zu haben. Gute Schuhe sind wichtig. Besonders im Hafen. Aber jetzt bin ich hier in Poppenbüttel. Und hinter mir werden die Zweige auseinander geschoben.

«Hey, was machst du da?»

Maxima, manchmal schlendere ich über den Holländischen Brook und denke an die Menschen, die hier vor über hundert Jahren lebten. 18 000 Menschen, stell dir das vor! Eine eigene Stadt mit Geschäften und Straßen, mit Händlern, Kindern, die zur Schule gehen, und den Sorgen um die Miete. So etwas verschwindet nicht einfach. Nein, ihre Seelen streichen hier um die Speicherhäuser und trippeln über die Bohlen der Böden. Manchmal kann man sie hören. Drüben von der St. Katharinenkirche kommt ein dumpfer Glockenschlag, und das Gold am Turm glitzert in der Abendsonne. Soll aus dem Störtebeker-Schatz stammen. Und gleich daneben das verzuckerte Rathaus der Hamburger Hafen- und Lagerhaus-Gesellschaft. Das richtige Haus für eine holländische Prinzessin. Du würdest gut darin schlafen. In den kleinen Erkern und Türmchen Kaffee trinken und den Barkassen nachsehen. Der Duft nach Hefe zieht über die Fleete.

Maxima, manchmal müssen wir nur einfach warten und auf den Kosmos hören. Und der schickt dir dann wie in Poppenbüttel einen kleinen Jungen mit einer Gießkanne in der Hand. Streckt sie mir entgegen und sagt: «Nimm.» Er will sie mir unbedingt ausleihen. So plötzlich bist du ein Gärtner. Dem lächelt man zu, und niemand schließt die Türen zweimal ab. Nicht mal in Poppenbüttel.

Am Samstag fährt der Zweite Chef nach Köln. Hat er jedenfalls gesagt. Die Papiere für einen Großauftrag unterschreiben. Ein guter Zeitpunkt für einen Gärtner.

Der Radscha stolpert also mit einer Gießkanne in der Hand und in Mohammeds Kittel durch Poppenbüttel.

Trotzdem, Maxima, jetzt wird es gefährlich, und du bist die Einzige, der ich vertrauen kann. Ich weiß, du bekommst diesen Brief. Irgendwann. Und dann wirst du an deinen Verwandten Radscha denken. Entschuldige, dass ich immer nur von mir schreibe. Wie geht es deiner Familie? Ist Beatrix immer noch so zickig? Und wie verstehst du dich mit König Harald und Königin Sonja? Weißt du, wenn ich an einem Stand mit Orangen vorbeigehe oder ein orangefarbenes T-Shirt sehe, dann weiß ich, dass du bei mir bist. Mir hilfst. Wie ein Engel.

Sicher ist sicher. Ich lege die Hand auf die Überwachungskamera und läute an der Wohnungstür. Nichts zu hören vom Zweiten Chef. Auch sein Parkplatz ist leer.

Immer wieder rutscht die Haarnadel durchs Schloss, bis es endlich mit einem Knirschen nachgibt. Fünf Minuten dauert es, aber Gärtner dürfen das.

Ich drücke gegen die Tür, und dann schlägt mir eine Woge aus scharfen Gerüchen entgegen. Tränen schießen aus meinen Augen. Ich huste in meinen Kittel. Im Dämmerlicht steht eine Palette mit Teppichen. Kein Zweifel, die habe ich erst vor zwei Wochen gestapelt.

In der Mitte des Raumes eine Wanne, in der die Reste zweier anderer Teppiche schwimmen. Auf der braunen Brühe setzen sich weiße Kristalle ab. Daneben Regale voller Chemikalien.

Eine Tür führte in den hinteren Raum. Sieht aus wie bei einem Zahnarzt. Blitzblanke Spülen, dazwischen Waagen, Reagenzgläser und immer wieder kleine Fläschchen mit Chemikalien. Auf einem silberfarbenen Tablett ist ein weißes Pulver angehäuft.

Ich tippe ein wenig davon an meine Zunge, und plötzlich ist sie taub. Zweifellos Kokain. Leon hat mir die Wirkung beschrieben.

«Sieh nach, ob du irgendwo unter den Teppichen ein weißes Pulver entdeckst», hat er gesagt und: «Wenn du dran leckst und es ist süß …»

Und dann hat er gelacht.

«… dann ist es Zucker oder Pudelscheiße. Aber wenn du deine Zunge an die Wand nageln kannst und nichts merkst, dann hast du den Hauptgewinn gezogen.»

Wie kommt das Kokain in die Garage? Und in die Teppiche?

Maxima, ich wünschte, ich wäre diesem thailändischen Mädchen nie begegnet. Ihre «Massage spezial» hat mein ganzes Leben verändert.

Durch meinen Kopf fliegen die Gedanken. Und sie sagen: Radscha verschwinde, und Radscha, denk an das Mädchen.

Und der Buddha von Bamyian lacht. Und dann bricht mir der Schweiß aus. Bin ich jetzt ein Rauschgiftschmuggler?

Maxima, ich habe die Teppiche verpackt und sie auf den kleinen Lastwagen geladen! Eben noch war ich ein kleiner Lagerarbeiter und jetzt …?

Die Teppiche werden mit Kokain getränkt, getrocknet, verschickt, und dann wird das Rauschgift wieder herausgelöst. Wird den Teppichen nicht gefallen.

Und dann tänzelt gestern der Zweite Chef ins Lager. Rate, wen er im Arm hält? Die Freundin von Leon! Nein, nicht jeder kann Glück mit den Frauen haben. Sie hat mich finster angesehen. Und dann dem Zweiten Chef etwas zugeflüstert. Der hat genickt. Ich habe Angst, Maxima. Schließlich weiß sie von meiner Freundschaft zu Leon.

Er hat mich ins Speicherstadt-Rathaus geschickt. Irgendwelche Papiere abholen. Wollte mich da weghaben.

Während mir ein müder Beamter Frachtformulare und Containerbegleitpapiere heraussucht, müssen sie meine Kammer durchsucht haben. Vorsichtig. Trotzdem habe ich es bemerkt. Plötzlich hängt dein Bild neben Tante Elizabeth und da gehörst du doch gar nicht hin. Danke für die Hilfe, Maxima.

Manchmal, wenn sich die Angst in meinem Nacken festkrallt, dann schlafe ich einfach ein. Eben sitze ich noch in meinem Mercedes-Sitz, und zack bin ich am Ufer des Ganges. Durch den heiligen Fluss schwimmt das thailändische Mädchen von der Reeperbahn. Direkt vor mir. Ich denke, warum ist sie jetzt tot? Sie ist blass wie ein großes Stück Käse und schwimmt stumm vorbei. Die Wellen lassen ihre Haare wippen. Und plötzlich hebt sie eine Hand und winkt mir zu.

Und am anderen Ufer steht Leon, und auch er hebt die Hand und winkt.

Maxima, vielleicht bedeutet das: Radscha, verschwinde! Einfach auf einem Schiff anheuern und weit, weit weg. Aber niemand stellt einen Halb-Inder mit einem deutschen Pass ein. «Zu teuer», sagen die Kapitäne und polieren sich die Lesebrillen.

Gestern schleiche ich zum Zollhäuschen und schiebe ein paar Teppichreste aus Poppenbüttel unter der Tür hindurch. Eingewickelt in einem Stück Papier mit der Autonummer des Zweiten Chefs.

Es funktioniert. Als ich am nächsten Morgen in meinem Mercedes sitze, wird drüben hektisch telefoniert. Ein Beamter rudert mit den Armen in der Luft, und eine halbe Stunde später bremsen zwei Mannschaftsbusse mit Polizisten vor unserem Speicher. Irgendwie tut mir der Chef schon leid. Aber dann denke ich an Leon und an das thailändische Mädchen. Na ja, und ein bisschen auch an mich.

Polizei und Zoll durchwühlen das Lager. Jeder Teppich wird umgedreht. Bei einem Ballen mit Kelims aus Kerman fangen die Hunde an zu sabbern und zu winseln.

Insgesamt vier Ballen werden beschlagnahmt, und der Zweite Chef wird in Handschellen abgeführt. Er grinst mich an und sagt kein Wort. Auch nicht zu dem Beamten in dem grauen Anzug, der den Einsatz leitet. Von seinem Haarkranz perlt der Schweiß, über seine Stirn ziehen sich tiefe Falten, und die Tränensäcke sind geschwollen. Er winkt mich zu sich heran.

«Du Papier?», sagt er und streckt die Hände vor.

«Du nix Papier?» Ich reiche ihm meinen deutschen Pass.

Er runzelt die Stirn und befingert ihn, als hätte ich ihm ein gebrauchtes Stück Toilettenpapier in die Hand gedrückt.

Er lässt einen Schäferhund an mir schnüffeln, und dabei mag ich doch keine großen Hunde. Ich zeige ihm meine Narbe am Knöchel, und der Hund beginnt tatsächlich zu winseln. Dann interessiert er sich doch lieber für einen Afghanen-Teppich.

«Sie sind Radscha Ipori?»

«Seit meiner Geburt.»

«Sie sind Deutscher?»

Ich nicke.

«Mein Vater hat mich in einem Ashram gezeugt. Tantra, Sie verstehen?»

Er versteht nicht, zumindest nicht den Scherz, und untersucht weiter den Pass.

«Das tut nichts zur Sache, solange es nicht deutsche Strafgesetze betrifft.»

Er stiert mir in die Augen. Sein Gesicht hat scharfe Kanten wie ein Stempel.

«Haben Sie etwas von diesen Rauschgiftgeschäften gewusst?»

«Ich bin hier Lagerarbeiter.»

«Eben, da kriegt man einiges mit.» Er mustert mein verschwitztes Hemd und wartet.

«Ich kümmere mich um die Teppiche. Abladen, lagern, wieder einladen, Papiere kontrollieren.»

«Und da ist Ihnen also nichts aufgefallen? Irgendetwas Ungewöhnliches? Geheime Treffen, seltsame Besucher, Geschäfte in der Nacht. Waffen? Geldbeträge, die den Besitzer gewechselt haben?»

Ich schüttle den Kopf.

Er verscheucht mich mit einer Handbewegung, als wäre ich eine Wespe, die um seinen Pflaumenkuchen herumschwirrt.

Ich bin dann rüber, um die Blumen zu gießen, die ich für Leon vor der Herrentoilette gepflanzt habe. Ach, Maxima, mehr konnte ich doch nicht tun. Oder?

Maxima, kannst du mir nicht einen Diplomatenpass schicken? Oder mich in ein Sicherheitsgefängnis nach Amsterdam bringen?

Ich verstehe das nicht. Heute Morgen kommt der Zweite Chef ins Büro. Flötet vor sich hin, als wäre nichts passiert. Er grüßt mich freundlich. Noch in der Nacht müssen sie ihn freigelassen haben.

Ich habe in meiner Kammer eine Bohle von unten ausgehöhlt und Leons Papiere hineingeschoben. Ein geheimer Schacht. Wie in der Cheopspyramide. Eigentlich wollte ich die Papiere im Wachhäuschen abgeben, aber jetzt ist der Zweite Chef wieder da, und das verändert alles.

Er ruft mich ins Büro und sagt:

«Da kommt nächste Woche eine größere Partie Hongkong-Kelims, und ich möchte, dass das Zeug schnell von der Straße kommt. Muss ja nicht jeder die China-Etiketten sehen.»

«Okay, Chef, wie viele Ballen?»

Er schlitzt die Augen, als hätte er einen Spion bei der Arbeit erwischt. Er schiebt einen Stapel Papiere, Stempel und das leuchtend grüne Telefon mit dem Brokatkleidchen zur Seite.

«Radscha, geht dich das etwas an?»

«Ich muss wissen, wie viel Platz wir brauchen.»

«Zwanzig Paletten», sagt er und beugt sich wieder über seine Lieferpapiere.

Ja, der Zweite Chef gehört zu den Menschen, die Inder wirklich mögen. Da haben sie immer das Gefühl, dass sie irgendwie darüber stehen. Ich mache Menschen gern eine Freude. Wie du, Maxima.

Frühstückst du eigentlich zusammen mit Willem-Alexander? Und gibt es Marmelade? Oder Kaviar und Hummer-Creme? Sicher zu viel Cholesterin. Ach, ich wüsste gern, wie du in deinem Palast wohnst.

Maxima, ich habe beim Zweiten Chef die Angst gerochen.

Wie eine scharfe Chemikalie. Und wenn man bei einem Menschen die Angst riechen kann, dann muss man gut aufpassen.

Maxima, gestern sehe ich mir das Video mit deiner Hochzeit noch einmal an. All die Menschen mit den orangefarbenen Fahnen. Und den lustigen Hüten. Du trittst gerade mit Willem-Alexander auf den Balkon, da höre ich Geräusche aus dem Büro des Zweiten Chefs. Es poltert, und dann fällt etwas auf den Boden.

Ich ziehe meine Schuhe aus und schleiche durch das dunkle Lager. Drüben steht im Neonlicht der Zweite Chef mit dem Beamten im grauen Anzug.

Erst denke ich, Radscha, du bist bestimmt auf deinem Mercedes-Sitz eingeschlafen. Aber dann reden sie, und in meinen Träumen wird nie geredet.

Der Zweite Chef schlägt die Hand auf einen Stapel Papiere und sagt:

«Olsen, was heißt hier verschmerzen?»

«Achmed, das steht in den Papieren, ist eingelagert. Es gibt Zeugenaussagen, Laborberichte …»

«Da haben wir doch schon ganz andere Sachen ausgelagert. Du bist doch so ein Oberfuzzi bei diesem Verein.»

«Aber das ist Beweismaterial in einem laufenden Verfahren. Ganz unmöglich.»

Achmed singt: «Nichts ist unmöglich.»

Dröhnendes Lachen und er wirft einen Stapel Geldscheine auf den Tisch. Der Mann im Anzug zuckt zusammen. Der Zweite Chef zieht die Scheine blitzschnell zurück und schiebt sie in seine Schublade.

«Teppich für Teppich, Olsen. Wir tauschen den Kram einfach aus. Das merkt keiner, schließlich sind sie schon untersucht. Und dieser Scheiß-Journalist kommt uns auch nicht mehr in die Quere.»

Der Mann im Anzug schüttelt den Kopf.

Kein Wunder, dass Leon keine Chance hatte. Was soll er auch gegen einen Teppichhändler und einen ranghohen Polizisten ausrichten? Ja, Leon ist mächtigen Leuten auf die Füße getreten. Thailändische Mädchen hin oder her, ich muss mich da raushalten. Wenn Leon es nicht geschafft hat, was soll da ein Deutsch-Inder ausrichten? Meine Verwandtschaft kann ich schlecht um Hilfe bitten. Und außerdem rieche ich wieder die Angst. Jetzt kriecht sie unter meinem Hemd hervor. Als ich zurück in meine Kammer will, kippe ich ein Tablett von einem Hocker.

Plötzlich steht der Zweite Chef vor mir.

«Was schleichst du hier herum wie eine Ratte. Hast du nichts zu tun, Radscha, oder bist du dir zu fein zum Arbeiten?»

Maxima, der Zweite Chef blitzt mich schon morgens böse an.

«Radscha, mach den Keller sauber. Radscha, feg die Bohlen, Radscha, putz das Scheißhaus.»

Die ganze Zeit beobachtet er mich. Ich weiß, er hat etwas vor. Gestern greife ich beinahe in zwei blanke Stromkabel, die auf einem Teppich lagen.

Maxima, gestern Nacht holt dieser Olsen in seinem grauen Anzug den Zweiten Chef ab. Mit einem Hubwagen und einer Palette mit Teppichen sind sie über den Sandtorkai, vorbei an den neuen Wohnhäusern, rüber zu einem Speicher. Liegt neben einem Kornsilo. Sieht eine Spur zu unscheinbar aus. Alle Türen und Fensterabdeckungen sind sorgfältig gepflegt. Durch einen Seiteneingang sind sie in das Gebäude. Olsen in seinem grauen Anzug steckt vier verschiedene Schlüssel in die Tür. Bevor die Tür zufallen kann, bin ich hinterher. Im Türrahmen blinkten grüne Lämpchen. Zunächst sind ihre Stimmen noch weit entfernt, doch dann höre ich sie dicht neben mir.

Der Zweite Chef fuchtelt mit einer Taschenlampe herum. Er klopft Olsen auf die Schulter.

«Na, wer sagt's denn?»

Er befühlt die Teppiche auf der Palette.

«Ist ja alles noch vorhanden. Auf euch Jungs vom Zoll kann man sich verlassen. Da geht alles korrekt zu. Wie heißt das hier? Zollverschlusslager?» Er lacht dröhnend. «Nee, da kommt nichts weg.»

Olsens Stimme ist schneidend.

«Da gibt es nichts zu lachen, das hier ist so etwas wie Hochsicherheitsgebiet. Regelmäßige Überwachungen, Bestandskontrollen.»

«Aber du bist hier doch so eine Art Chef.»

«Und wie erkläre ich bitte schön, was ich hier mitten in der Nacht will? Ausgerechnet mit dir? Und außerdem ...»

«Außerdem?»

«Es hat einen Toten gegeben.»

«Aber du wolltest doch, dass wir das Schwein umlegen. Wo er doch dahinter gekommen ist, dass auch der Chef noch einen Chef hat und dass es eine Menge offene Hände und leere Taschen gibt, die wir stopfen müssen.»

«Und wie soll ich das den Leuten ...»

«Du kannst ja sagen, dass wir beide die große Liebe entdeckt haben und auf der Suche nach einem lauschigen Plätzchen waren.»

Der Zweite Chef lässt den Strahl seiner Taschenlampe durch das Lager gleiten. Er pfeift durch die Zähne.

«Meine Güte, allerfeinste Sahne.»

Ich hocke hinter den Kartons und rühre mich keinen Zentimeter von der Stelle.

«Der richtige Ort für eine hübsche Party.»

«Nun komm schon, du verdammter Hurensohn. Wir müssen hier raus.»

Ich schiele an zwei Kartons vorbei, da blitzen mich zwei Augen an. Irgendetwas lauert da hinten in den Regalen. Die Augen sind starr. Was immer es ist, es wartet. Scheint die beiden Männer da vor mir zu beobachten. Ich muss nur schnell zur Tür und … Was ist, wenn sie verriegelt ist? Die Alarmanlage aufheult?

Wir sind hier mitten im Freihafen, und doch ist es plötzlich wie im Urwald. Die Augen glühen und rühren sich nicht. Sieht aus, als würden sich die Pupillen weiten.

Jetzt muss es springen, denke ich, doch was immer da im Regal hockt, es hat keinen Appetit auf die beiden. Vielleicht wartet es einfach ab. Oder es ist ein Liebhaber indischer Leckerbissen.

Der Zweite Chef ist immer noch ganz begeistert.

«Hast du überhaupt eine Ahnung, was hier alles herumliegt?»

«Alles registriert», sagt Olsen und drückt die Taschenlampe des Zweiten Chefs herunter.

«Lass uns verschwinden.»

«Das ist das Paradies, Mann, da verschwindet man nicht so einfach. Registriert! Scheiß auf ‹Registriert›.»

«Die Lage des Verschlusslagers ist nur intern bekannt.»

«Olsen, sieh dir die Felle an. Ich habe einen Abnehmer für Felle. Der zahlt uns dafür jeden Preis. Zumindest bei dieser Qualität.»

«Nur die Teppiche, mehr nicht.»

«Ein Jammer.»

Sie schieben einen Hubwagen unter die Palette mit den Teppichen und ziehen ihn Richtung Ausgang.

Ich schleiche hinter ihnen her, denn in diesem Augenblick weiß ich wirklich nicht, wovor ich mehr Angst haben soll: Vor den beiden, die mich sicher lieber heute als morgen zum Schweigen bringen würden, oder vor diesem seltsamen Wesen, das da im Regal hockt und dieses Lagerhaus bewacht.

Plötzlich trete ich auf etwas Weiches und kann gerade noch einen Schrei unterdrücken. Ich lande in einem Berg aus Turnschuhen. Neben den Ausdünstungen des Gummis liegt der Duft nach Öl und Tabak in der Luft.

Einige Meter entfernt fällt die Tür ins Schloss. Es wird sorgfältig abgeschlossen.

Na wunderbar, denke ich und ziehe mein Feuerzeug aus der Tasche. Reize ich damit dieses Wesen noch mehr? Andererseits weiß es genau, dass ich hier bin.

Vielleicht hat es Angst vor Feuer? Bekommt ein bisschen Respekt?

Ich verbrenne mir den Daumen und taste mich ein paar Meter im Dunkeln an den Regalen entlang. Ich berühre Flaschen und Ballen mit Kleidung, Gläser, Porzellan und dann etwas sehr, sehr Weiches. Ich reiße mein Feuerzeug an, und direkt vor mir flammen sie auf. Die Augen, die mich schon die ganze Zeit beobachten.

Ich weiche zurück und erwarte den Sprung. Krallen, die sich in meinen Brustkorb graben. Doch nichts passiert. Erneut entzünde ich das Feuerzeug. Im flackernden Licht erkenne ich den Kopf und das Fell eines Leoparden. Nur Glasaugen. Gott sei Dank, nur Glasaugen.

Ich taste nach einem Lichtschalter. Die Gefahr, von draußen bemerkt zu werden, ist gering. Schließlich sind die Luken mit Metallplatten verbarrikadiert. Unter meinen Handballen spüre ich den Schalter.

Das Neonlicht flackert mit einem «Ping» auf, und ich stehe inmitten der hochgeheimen und hell erleuchteten Asservatenkammer des Hamburger Zolls. Ein geheimnisvoller Ort, an dem sich die Phantasie entzündet. Man tuschelt im Freihafen darüber, aber nur wenige glauben, dass es diesen Speicher tatsächlich gibt. Auch ich habe immer gedacht, es ist das unsichtbare Shangri-la all der Menschen, denen der Zoll etwas abgenommen hat. Eine Art gelobtes Land, in dem jeder finden kann, was er auf dieser Welt verloren hat.

In einer Ecke stapeln sich die Kartons mit Zigaretten zu wackeligen Türmen. Ausgestopfte Krokodile strecken sich auf einem robusten Holzregal, und in offenen Jutesäcken liegen Tausende von Damentaschen aus Schlangenleder. Gleich nebenan ein Regal mit Elfenbeinfiguren und Stoßzähnen.

Wie ein kleiner Bruder des Himalaya türmt sich in der Mitte ein Gebirge aus T-Shirts, Fußballtrikots, Shorts von Joop und Jil Sander, Lacoste-Hemden und Designerjeans. Und alle haben sie eins gemeinsam: Sie sind nicht das, wofür sie sich ausgeben. Boss, Dolce und Gabana, Versace … lauter Hemden, Hosen, Mäntel und Unterhosen mit falschen Papieren. Ein verlorener Haufen von Stoff-Emigranten aus aller Herren Länder. Ihr letzter Zufluchtsort: ein unscheinbarer Speicher im Hamburger Freihafen.

In einer anderen Ecke stapeln sich Kisten mit Parfumflaschen. Einige sind aufgerissen, und Flakons, Dosen und Schminkutensilien quellen hervor, als wollten sie endlich an das frische Tageslicht, endlich am richtigen Leben teilnehmen. Heraus aus ihrer beengten Schattenwelt, in der sie vor sich hindämmern und nicht gebraucht werden.

Doch so ganz ohne Papiere sind sie nicht. An den Kartons und Regalen hängen Zettel mit Nummern. Alles ist sortiert, gezählt, registriert, verbucht, zugeordnet und festgehalten. Die Aktennummern sind fett gedruckt. Wir sind in Deutschland.

Auch die in Spiritus eingelegten Schlangen- und Krokodilbabys, die Embryo-Echsen und -Frösche, die nun nicht mehr die Potenz asiatischer Geschäftsleute steigern, sind alle zwar nie auf die Welt gekommen, doch eine Nummer haben sie. Für alle Fälle.

Die Außentür ist fest verschlossen. Überall leuchten jetzt rote Lämpchen. Löse ich den Alarm aus, bin ich geliefert. Vielleicht sollte ich mich einfach in den Berg von Kleidern legen und warten, bis die ersten Beamten mit neuer Ware kommen. Geliefert wird hier sicher rund um die Uhr. Vielleicht gibt es ja auch eine Wachmannschaft, die ich salutierend im Joop-T-Shirt begrüßen könnte. Aber wie soll ich erklären, was ein Halb-Inder aus irgendeinem indischen Ashram in ihrem Allerheiligsten macht?

Eine Gittertür führt in einen abgeteilten Verschlag. Auf dem Boden stehen grüne Kisten, die nach Öl und Metall riechen. Ich öffne einen Deckel. «Stinger-Rocket» steht auf einem Zettel, als handele es sich um das letzte Modell einer Kaffeemaschine. Daneben ein rotes Heftchen mit technischen Zeichnungen und Anweisungen, wie man das Ding abschießt. Gebrauchsanweisungen für Raketen, alles hübsch gezeichnet, damit auch der etwas geistesschwache Soldat noch erkennen kann, was er mit dem Ding anfängt.

Vielleicht sollte ich einfach ein bisschen Schwarzenegger einlegen? Einfach das Tor aufschießen … im allgemeinem Getümmel dann ab durch den Rauch. Aber was, wenn ich das Gebäude in Brand setze? Und außerdem, Bedienungsanleitung hin und her, wer kann da schon völlig sicher sein, die richtigen Hebel gezogen und Knöpfe gedrückt zu haben? Bei Raketen gibt es sicher auch eine Art Selbstzerstörung.

Außerdem kann man ja von Glück reden, wenn das Ding überhaupt in die richtige Richtung fliegt.

An den Klappen leuchten die rote Lampen der Alarmanlagen. Ich taste mich durch einen zweiten Raum. Hier sind die Seelen einer ganzen Armee von Gartenzwergen versammelt. Auch diese Wichtel müssen an der Grenze mit falschem Pass erwischt worden sein. Und nun können sie sehen, wie sie zurecht kommen in dieser Welt, in der alles vom richtigen Pass abhängt.

Da vorn auf dem Boden haben sie einen kleinen Staat gegründet. Vornweg leuchtet ein Wicht mit einer Zipfelmütze. Dahinter stehen seine Kumpane mit Spitzhaken und Schaufeln. Ein anderer hält eine Kerze in der Hand. Ein besonders lustiger Kerl hat eine Leiter geschultert. Das bringt mich auf eine Idee.

Sicher, die Fenster sind verbarrikadiert und mit Sensoren versehen, aber was ist mit der Decke? Auch da oben muss es Öffnungen geben. Lüftungsklappen, Notluken, vielleicht einen Rauchabzug?

Plötzlich springt ein Motor an, und Rauschen erfüllt das Lager. Dann spüre ich einen kühlen Windzug auf meinem HSV-Trikot.

Eine silberne Schlange aus Aluminium schlängelt sich bis zur Decke und verschwindet dann durch ein Loch im Dach. Das muss die Klimaanlage sein.

Maxima, ich schreibe dir mit verschorften Händen. Die Aluminiumschlange hat mich ein wenig gebissen. Trotz der T-Shirts, die ich mir um die Arme gewickelt habe.

Immer wieder rutsche ich ab, ziehe mich hinauf. Und dann geht es nicht weiter. Ich hänge da oben an der Decke und finde in letzter Minute einen Hebel, der eine Lüftungsklappe öffnet.

Maxima, ich hatte viel Glück, aber das Glück darfst du nicht zu sehr beanspruchen. Vielleicht wäre das Zolllager ein sicherer Ort für mich?

Wie wär's, Maxima, ich besorge ein paar Stinger-Raketen, und du schickst mir einen General zum Training?

Aus einer Vitrine greife ich mir vor meinem Aufstieg noch ein paar Rohdiamanten. Sind zwar nur aus Glas, aber das wird reichen. Zur Sicherheit stopfe ich mir noch das Leopardenfell unter mein neues Joop-T-Shirt. Und seinen Leopardenschwanz. Lag in einem ganz anderen Raum. Ja, es wird seiner Seele helfen, wenn er sich ein bisschen revanchieren kann.

Leoparden sind stolze Tiere. Mögen keine Gier. Besonders nicht, wenn sie tot sind.

Die neue Freundin vom Zweiten Chef bekommt ganz leuchtende Augen. Ich strecke ihr das Fell und die Diamanten entgegen. Erstaunt blickt sie mich an, schüttelt den Kopf. Ich stopfe das Fell in einen Jute-Sack.

«Ein Geschenk», sage ich. «Muss der Zweite Chef nicht wissen.»

«Klar», sagt sie und greift in die Tasche. «Was kann ich für dich tun?», fragt sie und nestelt an meiner Hose. Dann lächelt sie mich an und knöpft sich die Bluse auf.

«Nicht jetzt.»

«Wann immer du willst», sagt sie. «Ich hab 'ne Menge Schulden bei dir. Zahle ich ganz langsam ab. Versprochen.»

Ach, Maxima, ich verstehe nicht, was Leon von dieser Frau wollte.

An der Zollgrenze werden nur selten Autos untersucht und Pässe verlangt. Baumelt allerdings unter der Motorhaube ein Leopardenschwanz heraus, können die Leute da einen richtigen Ehrgeiz entwickeln.

Der Zweite Chef steigt aus dem Auto und sieht sich die Bescherung an. Er befühlt den Leopardenschwanz und schüttelt den Kopf. Und dann stiert er durch die Windschutzscheibe auf seine Freundin. Die klappt die Sonnenblende herunter und zieht sich die Lippen nach. Ein anderer Beamter öffnet den Kofferraum. Ich weiß genau, dass sie den Jutesack mit dem Fell unter den Sitz geschoben hat. Die Glasdiamanten stecken wahrscheinlich in ihrem BH oder ihrem Höschen.

Zwei Minuten später taucht Olsen auf. Er blitzt den Zweiten Chef böse an. Der deutet stumm auf die Freundin im Auto. Olsen setzt ein strenges Gesicht auf, schließlich muss er jetzt den sauberen Beamten spielen. Er hält den Leopardenschwanz hoch und fixiert den Zweiten Chef. Ich bin jetzt so dicht am Tor, dass ich sie hören kann.

«Sie wollen uns doch nicht weismachen, dass sie nichts von diesem Fellstück wissen?»

Der Zweite Chef schüttelt den Kopf.

«Glauben Sie wirklich, wir lassen uns verarschen? Soll das hier irgendwie ‹Vorsicht Kamera› werden oder was?»

Sie stehen immer noch vor dem Auto. Der Zweite Chef wirft die Arme in die Luft und zeigt dann auf seine Freundin im Auto.

«Ich hab nur eine Erklärung.»

Sie klappt den Spiegel wieder in die Höhe und blickt sich um. Ich kann erkennen, dass sie es langsam mit der Angst bekommt. Sie klammert ihre Handtasche fest.

Hat sie die Diamanten also doch nicht in den BH gesteckt. Da hätte ich sie für cleverer gehalten.

Olsen zischt dem Zweiten Chef etwas ins Ohr. Ich kann es gerade so hören, denn ich hocke jetzt hinter dem Mülleimer.

«Bist du vollkommen bescheuert, Mann. Willst du mich in den Knast bringen?»

Olsen in seinem grauen Anzug winkt einem Uniformierten zu. Der geht zur Fahrertür, öffnet sie, greift zur Tasche.

«Das geht sie nichts an», sagt die Freundin vom Zweiten Chef.

Der Beamte hält die Tasche fest.

«Das ist Freihafengebiet, das geht den Zoll eine Menge an.»

«Das ist mein Eigentum.»

«Ihre Schminke und die Haarbürste dürfen Sie ja auch behalten. Ich möchte trotzdem einen Blick in die Handtasche werfen.»

Sie reißt die Tasche zurück. Der Beamte will sie am Arm festhalten, doch sie rutscht auf den Fahrersitz. Olsen und der

Zweite Chef tuscheln miteinander und nicken dann in ihre Richtung. Haben sich wohl geeinigt, wie die Geschichte weitergehen soll. Der Zweite Chef grinst. Der Beamte neben der Fahrertür zieht seine Pistole, da heult der Motor auch schon auf. Olsen und der Zweite Chef stehen immer noch vor dem Wagen, sehen sich verdutzt an, da lässt sie die Kupplung los, und der BMW rast auf einen Drahtzaun zu. Olsen und der Zweite Chef klappen auf die Motorhaube. Sie rutschen herunter vor den Kühler. Die Beine unterhalb der Knie sind seltsam verrenkt.

Der Motor heult, und dann fängt der Zaun den Wagen auf. Olsen und der Zweite Chef werden hindurchgequetscht wie durch ein Sieb. Die Kleidung hängt am Maschendraht, aber ein Teil der Köpfe kommt auf der anderen Seite heraus. Blut pumpt in einer Fontäne gegen einen Metall-Pfeiler. Die Haare verschlingen sich an den Drähten. Ach, Maxima, kein schöner Anblick.

Ja, Maxima, das Leben ist Leiden, und das Leiden entsteht durch Gier, Hass und Verblendung. Sagt der Buddha von Bamyian. Zuerst kam ein Krankenwagen und dann zwei Leichenwagen. Und als die Freundin in den Polizeiwagen steigt, da will sie ihre Tasche immer noch nicht loslassen. Bis ihr ein Beamter die Hände nach hinten biegt und Handschellen anlegt. Handschellen kannst du wieder aufschließen, Maxima. Aber eine Handtasche mit vermeintlichen Diamanten loslassen, das ist schon schwieriger.

Abends bin ich mit einer Kerze zum Toilettenhäuschen. Dort, wo Leon gestorben ist. Die Flamme flackert kurz auf, und dann ist da nichts mehr. Sein Geist hat sich verabschiedet. Und dann bin ich den Brooktorkai hinauf. Beim afghanischen Museum höre ich ein Geräusch.

Alles ist dunkel und Mohammed sicher längst zu Hause bei

seiner Frau. Aber da ist ganz sicher ein Geräusch. Ein helles Lachen. Maxima, ich schwöre, ich habe es gehört. Es ist nicht so, dass da irgendjemand lacht, nein, es lacht einfach. Und weht über die Brücken und Straßen und manchmal auch über meinen Mercedes-Sitz.

Und dann denke ich wieder, ich träume. Aber vielleicht lebe ich ja in einem Traum und gleich, gleich klatscht jemand in die Hände und sagt: «Radscha, hey, Radscha: Aufwachen!»

Martina Bick **Eine Seefahrt, die ist lustig**

Nur jemand, der Hamburg gar nicht kannte, konnte behaupten, dass es in dieser Stadt immer nur regnete. Stimmte absolut nicht, fand Tomkin. Stimmte genauso wenig wie die Legende, dass London, woher er stammte, immer nur in Nebel gehüllt wäre. Die Leute hatten keine Ahnung. Aber Vorurteile.

Er nahm die Treppen, die hinter der Kersten-Miles-Brücke durch die Anlagen vom Venusberg hinab ins Portugiesenviertel am Hafen führten, und zog auf halber Höhe seine gewachste Jacke aus, um sie sich über die Schultern zu hängen. Die Sonne stach durch die von einem kräftigen Nordwestwind auseinander getriebenen Wolkenberge und heizte in den engen Straßenzügen die Temperaturen hoch, wie es sich für einen Augusttag gehörte.

Ein Bierchen, dachte Tomkin, ein schönes, blondes, kühles Bierchen, das wär's jetzt. Marie war ja nicht da, um seinen morgendlichen Wunsch mit einer bissigen Bemerkung zu kommentieren. Marie war mal wieder, wie so oft, wenn sie sich ihr Beisammensein anders vorgestellt hatten, zum Dienst gerufen worden. Eine Leiche, ein eingeschlagener Schädel, ein Ausdruck menschlicher Perversionen, mit denen sie sich beide auf ihre Weise – Marie als Kripokommissarin und er, seit Jahren mehr oder weniger erfolgreich, als Schriftsteller – auseinander setzten, irgend so ein unappetitlicher Vorfall jedenfalls hatte sie fürs Erste mal wieder in Beschlag genommen. Tomkin konnte das nicht mehr erschüttern. Hamburg, seine zweite Liebe, lag ihm zu Füßen und breitete all seine glitzernde Herrlichkeit aus Wasser und Himmel und Wolken vor ihm aus. Bunte Schiffchen, die auf dem kabbeligen Wasser schaukelten, eine Kolonne von kleinen, dicken Schleppern, die faul nebeneinander am Kai lagen, von Zeit zu Zeit ein großer Kahn, der sein Containerterminal aufsuchte – ein Bilderbuchhafen. Stets anwesend und offen für ein paar gemeinsame Stunden. Von Marie konnte man das nicht behaupten.

Stintfang stand in vergilbten Lettern über einer Kaschemme, deren Fenster direkt auf die Überseebrücke gingen. Tomkin trat ein. Ein übernächtigter Gastwirt mit blutunterlaufenen Augen zapfte ihm sein Bier fachmännisch langsam ins Glas. Zwischendurch hakte er die Daumen in die Ärmelausschnitte seiner speckigen Weste und schwankte auf den Fersen vor und zurück, den Blick auf das herrliche Panorama gerichtet.

«Feine Brise heute», meinte er, schubste einen Bierdeckel über den Tresen und stellte Tomkins Glas darauf ab. «Prost.»

Tomkin trank. Der große weiße Frachter, der an der Überseebrücke festgemacht war, prunkte majestätisch in der Sonne.

«*Cap San Diego*», sagte der Wirt, der Tomkins Blick gefolgt war. «Haben Sie sich den schon mal angesehen?»

«Kann man das Schiff besichtigen?»

«Und wie. Der letzte weiße Schwan des Südatlantik. Gehen Sie mal hin, das lohnt sich. 11 000-PS-Motor, Zweitakter. Der war so schnell über den großen Teich, so schnell können Sie nicht schwimmen. Nich', Mädchen?»

Er sah hinüber zu der Bankreihe unter dem Fenster, wo eine Frau undefinierbaren Alters vor einer kleinen Lage hockte und rauchte. Die Anrede ‹Mädchen› war auf alle Fälle geschmeichelt. Tomkin schätzte, dass sie etwa so alt war wie Marie, Mitte vierzig. Vielleicht aber auch zehn Jahre jünger oder älter. Sie trug ihr Haar hochtoupiert und weißblond gefärbt. Ihre Schminke sah aus, als sei sie schon vor längerer Zeit aufgetragen worden. Die Frau hatte die Augen geschlossen, bewegte aber die Lippen, als würde sie irgendetwas erwidern wollen, hätte jedoch nicht die Kraft, um es laut zu sagen. Ihre Lider flatterten unter den verklebten, langen Wimpern. Die Hand mit der Zigarette zitterte.

Der Wirt schüttelte den Kopf. «Verstehen tut sie wohl, aber sprechen kann sie nicht. Nur Spanisch oder so. Ist angeblich auch mal zur See gefahren. Hab ich jedenfalls so verstanden.»

Tomkin trank sein Bier aus und bezahlte. Der Gerstensaft würde ihm die nötige Schwere geben, um der kräftigen Brise und zur Not auch einem bisschen Seegang standzuhalten. Er nahm direkt Kurs auf die Überseebrücke.

«Zwei Tage», wiederholte Marie und hielt sich die Nase zu. Im Sommer waren zwei Tage genau zwei Tage zu viel für eine Leiche. Der Gestank war betäubend. Sie zwang sich, das Wohnzimmer der Zweieinhalb-Zimmer-Wohnung am Pilatuspool trotzdem genau in Augenschein zu nehmen. Eine abgenutzte Schrankwand mit Glotze, ein Stapel Telefonbücher und ein mehrbändiges bebildertes Tierlexikon im Regal. Immerhin überhaupt ein Buch im Hause. Im Fach über der Hausbar, die bis auf eine angebrochene Flasche Oldesloer leer war, lag aufgeschlagen ein Nageletui mit allem, was dazugehörte. Eine Flasche Pitralon-Rasierwasser stand daneben. Der curryfarbene Teppichboden war sauber, wie überhaupt die ganze Wohnung bewohnt, aber nicht verwohnt aussah. Auf der Couch lagen ein paar knitterfreie Sofakissen, auf dem Tisch davor die aktuelle Fernsehzeitung, am Vortag aufgeschlagen. Auf der Fensterbank vor einem schmalen Balkon standen keine Pflanzen, nur ein altes Marine-Fernglas. Ein Spanner? Die gegenüberliegende Häuserreihe sah uninteressant aus, die meisten Fenster waren mit Gardinen oder Jalousien bestückt. Auf dem Balkon gab es ein Vogelhäuschen. Ob sich hierher außer den allgegenwärtigen Tauben jemals ein Vogel verirrte, war allerdings fraglich. Aber vielleicht war der Tote ein Vogelfreund gewesen und hatte versucht, ein paar Meisen und Spatzen anzulocken.

Über einer Kommode an der Wand dem Fenster gegenüber hing ein Bildkalender, Segelschiffe. Aufgeblättert war der aktuelle Monat. Daneben, mit Stecknadeln an die helle Tapete geheftet, das verblasste Schwarz-Weiß-Foto eines Frachters in voller Fahrt, aus der Luft aufgenommen. *Sangria, 1986* war handschriftlich auf der Rückseite vermerkt. Marie steckte das Foto gedankenverloren in ihre Handtasche.

Der Tote lag zwischen Couch und Couchtisch. Sein Sturz hatte den Tisch schräg in den Raum gestoßen. Er trug Pantoffeln, ein dunkles Freizeithemd, am Kragen offen, Trainingshosen, keine Socken. Das Einschussloch war klein und befand sich direkt neben dem Knopfloch der Brusttasche.

«Herzschuss, hat der Arzt gesagt.» Susanne Bollmann, Maries Mitarbeiterin, hatte bis jetzt schweigend in der Tür gelehnt. «Er wird sofort tot gewesen sein. Kleinkalibrige Waffe, der Schuss wurde aus nächster Nähe abgegeben.»

Angst hatte Heinrich Bröse vor seinem Mörder also nicht gehabt. Er hatte ihm vermutlich arglos die Tür geöffnet, ihn ins Wohnzimmer kommen lassen, einen Platz angeboten und wollte sich gerade wieder selbst auf das Sofa setzen.

«Vielleicht war er mit dem Täter verabredet gewesen», murmelte Marie.

Susanne zuckte die Achseln. «Er hat keinen Terminkalender gehabt, jedenfalls haben wir noch nichts in der Art gefunden. Willst du jetzt mit dem Nachbarn sprechen?»

Marie setzte sich in die Küche. Hier war der Geruch etwas erträglicher. Jemand hatte das Fenster geöffnet. Der Nachbar hieß Schmedding und war etwa so alt wie der Tote, Ende fünfzig.

«Heinrich ging nachts auf Arbeit, Nachtwache, irgendwo im Hafen. Lagerhallen oder sowas. Er konnte nicht gut schlafen, das kam von der Seefahrerei, meinte er. Das sitzt dann irgendwann drin, die ewigen Wachen.»

Marie machte sich Notizen. «Hatte er Freunde, Verwandte, Familie? Aus seinen Unterlagen geht hervor, dass er ledig war.»

Schmedding nickte. «Er hatte nicht viel Kontakt. Am Wochenende ging er wandern, irgendwo im Sachsenwald oder was weiß ich. Kein Fußball, kein Verein, ein ganz ruhiger Zeitgenosse. Hatte ja auch die Welt gesehen, nicht? Verwandtschaft hatte er wohl nicht mehr, aber genau weiß ich es nicht. Gesehen habe ich nie jemanden.»

«Aber er wird doch ein paar Kumpels gehabt haben.»

«Nö. Warum denn? Rauchte nicht, ging nicht in Kneipen – wie soll man da Kumpels finden? Er war eben ein Eigenbrötler.»

«Stimmt. Aber erschossen worden ist er trotzdem.»

«Man wird ja heute schon für nix umgebracht. Letzte Woche waren sie hier nebenan im fünften Stock, Einbruch, Diebstahl. Die ganze Wohnung ausgeräumt. Nicht, dass bei uns viel zu holen wäre, aber die kommen einfach und nehmen, was sie kriegen können. Und wenn ihnen jemand in die Quere kommt – peng. So sehe ich das.»

Marie steckte ihr Notizbuch ein und versuchte Susannes Gesicht zu deuten, die angestrengt ins Telefon lauschte.

«Okay», sagte Susanne. «Wir kommen sofort. Lerchenstraße im Schanzenviertel, Nummer 11, zweiter Stock. Alles klar.» Sie drückte ihr Handy aus und sah auf. «Noch einer. Gerade gefunden worden, ist noch warm, sozusagen. Einschuss über dem Herzen. Nichts gestohlen.»

Schmedding sah aus, als ob er gleich einen Herzanfall kriegen würde. Marie rief ihre Leute zusammen und machte sich auf den Weg.

Tomkin staunte nicht schlecht, als er die Offiziersmesse betrat. Das sah verdammt vornehm aus hier an Deck. Schon die Mannschaftsmesse war ganz gemütlich, aber bei den Offizieren wurde es piekfein. Und dann erst der Speisesaal, wo die zehn bis zwölf Passagiere, die die *Cap San Diego* regelmäßig von Hamburg nach Südamerika und zurück an Bord gehabt hatte, mit dem Kapitän und den Offizieren gespeist hatten. Edle Holzvertäfelungen, Leder, blitzendes Messing, geschmackvolle Stiche an der Wand. Und Platz wie auf einem Traumschiff. Immerhin gab es trotz aller Hierarchie in der Mannschaftsmesse das gleiche Essen wie bei den Offizieren, erfuhr Tomkin aus der Schiffsbroschüre des «Freundeskreises *Cap San Diego*».

Nach einem kurzen Blick ins Ruderhaus, in den Kartenraum und den Funkraum, der voll betriebsfähig aussah und es vermutlich auch war, einem schnellen Rundgang über Palaverdeck, Schwimmbad mit Bar und die so genannte Laube (natürlich für die Passagiere gedacht; die Besatzung durfte sich nur abends zwischen 19 und 20 Uhr in die Sonne legen) stieg er hinab in den Bauch des Schiffes. Steile Metallstiegen führten in die Tiefe, zu Luken und Lagerräumen, in denen seinerzeit alles transportiert wurde, was eilig war: Arzneimittel, Fernsehgeräte, Chemikalien oder Pkws auf der Hinfahrt, Rohkaffee oder Tee, Tabak, Leim und Felle auf dem Rückweg. Und natürlich jede Menge Fleisch, denn die *Cap San Diego* war zu ihrer Zeit eines der größten Kühlschiffe der Welt. Die weiß gekachelte Kühlkammer mit ihren mächtigen Kühlluken stand zur Besichtigung offen. Tomkin fröstelte beim Anblick der dicken Türen mit den vier schweren Schlossriegeln. Wer da mal versehentlich eingeschlossen wurde, von dem hörte man nie wieder etwas. Der wurde im Nullkommanichts zu Eisbein gefroren.

Ein alter Seemann mit Matrosenmütze nahm Tomkin im

Maschinenraum unter seine Fittiche. Er war fast zwei Jahrzehnte lang auf dem Schiff gefahren und betrachtete es noch immer als seine zweite Heimat.

Der Mann konnte so gut erzählen, dass Tomkin nach einer Weile meinte, die Affenhitze des Maschinenraums am eigenen Leib zu spüren, die angespannte Hektik, die die Männer hier unten auf Trab hielt, Stunde um Stunde, tagelang, wochenlang, im Vierstundenrhythmus sich abwechselnd, aber doch nie richtig zur Ruhe kommend.

«So ein Schiff, das ist wie dein eigenes Herz. Es schlägt, ob du willst oder nicht. Und du musst in seinem Rhythmus funktionieren, alles andere zählt nicht. Ein falscher Handgriff, ein Fehler, und mehr als sechzig Menschenleben stehen auf dem Spiel, mal ganz abgesehen von der Ladung und dem Schiff selbst. So eine Maschine wie diese, die lässt nicht mit sich spaßen. Das ist eine Luxusdame, eine Lady, die rächt sich sofort, wenn man sie mal einen Augenblick nicht beachtet oder falsch behandelt, verstehen Sie?»

Tomkin verstand. In seinen Ohren schrillten die Klingelzeichen, mit denen der Maschinentelegraf die Befehle von der Brücke weiterleitete in den Maschinenraum und die erst verstummten, wenn der wachhabende Ingenieur per Handhebel die befohlene Fahrstufe eingelegt hatte. Hier war Kommunikation noch nachvollziehbar. An jedem Knotenpunkt saß ein Mensch und trug Verantwortung, einer für alle und alle für einen. Keine Relais, keine Chips leiteten die Kommandos weiter und setzten sie um, sondern Hebel und Räder, Kurbeln und Wellen. Das Kommandosystem des Schiffes war eine simple Klingelanlage und deren Gehirn ein leibhaftiger Mensch.

Wie betäubt tauchte Tomkin wieder auf an die Oberfläche, tapste über das Deck zwischen den Ladekränen und lehnte sich ein Weilchen an die Reling. Hamburg mit seinen bescheidenen Hochhäusern, den vielen unterschiedlichen Kirchtürmen der Altstadt, dem Blaugrün der Kupferdächer, dem roten Backstein und dem Laubgrün der Bäume und Büsche dazwischen lag friedlich vor ihm in der Sonne. Die Schlepperflotte schaukelte noch immer an der Kaimauer im Wasser. Ein auf alt getrimmter Raddampfer des Hamburger Verkehrsverbunds legte ab für seine Tour nach Finkenwerder oder Teufelsbrück. Wie sehr mussten die unterirdischen Arbeiter aus der Maschinenhölle der Schiffe es seinerzeit genossen haben, wenn sie nach einer solchen Schwitztour wieder in ihrem Hafen ankamen. Eilig sprang Tomkin die steile Treppe hinunter auf den Anleger der Überseebrücke. Er fand seinen eigenen Beruf plötzlich ungeheuer angenehm und bequem. Und er verspürte einen sagenhaften Drang, sich an den Schreibtisch zu setzen.

Es war kurz vor halb zwei Uhr nachts, als Marie die Haustür hinter sich ins Schloss zog. In der Küche brannte noch Licht, aber von Tomkin keine Spur. Rasch streifte sie ihren Mantel ab und warf ihn über einen Küchenstuhl. Sie griff sich ein kleines Glas von der Spüle (hatte Tomkin abgewaschen oder hatte sie es selbst heute Morgen getan? Sie wusste es nicht mehr) und tappte auf Socken ins Wohnzimmer. Tomkin lag ausgestreckt auf dem Sofa und schlief. Er hatte ein Buch in den Armen, das Telefon lag griffbereit neben ihm auf dem Tisch.

Marie goss sich ein Glas Portwein ein und setzte sich neben ihn. Hauptsache, er war da, in welchem Zustand, war ihr letztlich egal. Sie griff nach dem *Abendblatt*, das unordentlich zusammengeschoben auf dem Boden lag, mit dem Fernsehprogramm obenauf. Dann fiel ihr Blick auf ein buntes Heftchen, das unter der Zeitung verborgen gewesen war. «Museumsschiff MS *Cap San Diego* – ‹Weißer Schwan des Südatlantiks›» stand über dem Foto des Frachters, der mit seinem roten Dach über der Brücke wie ein großer weißer Leib mit einem kleinen roten

Hütchen aussah. Irgendwie kam ihr der Kahn bekannt vor, vermutlich weil er seit Jahren im Hafen lag und sie drei- bis viermal in der Woche daran vorbeifuhr.

Marie nippte an ihrem Portwein und schlug die Schiffsbroschüre auf. Ausgerechnet die *Cap San Diego*. Obwohl sie so müde war, dass sie sich zwingen musste, die Augen offen zu halten, fing sie an, in der Broschüre zu blättern. Der zweite Tote heute, Jens-Rüdiger Marx, 43 Jahre alt, war genau wie Heinrich Bröse früher mal zur See gefahren. Unter anderem auch auf der *Cap San Diego*. Dann war er irgendwann an Land geblieben, hatte ein paar Jahre als Kellner im Hotel *Hafen Hamburg* gearbeitet, geheiratet und Kinder bekommen. In den letzten Monaten war er arbeitslos gewesen. Seine Frau hatte sich von ihm scheiden lassen und war mit den Kindern nach Hessen gezogen, wo ihre Eltern lebten. Marx war in seinem Schlafzimmer erschossen worden, noch im Schlafanzug. Vermutlicher Todeszeitpunkt heute, nein, gestern Morgen, zwischen sechs und halb acht. Herzschuss. Die Nachbarn hatten nichts gesehen und nichts gehört. Immerhin galt Marx als Spieler, verspielte sein Geld regelmäßig in Hittfeld und im Interconti. Seinem Aussehen und seiner Garderobe nach zu urteilen steckte in ihm ein kleiner Tonio Kröger. Sein Hang zur Hochstapelei war auch von der Nachbarin aus dem Stockwerk darunter bemerkt worden. Aber wurde man deshalb ermordet? Und wo war der Zusammenhang mit Leiche Nummer eins, dem zurückgezogen lebenden armen Heinrich, der außer seiner Vogelliebhaberei keinerlei Leidenschaften vorzuweisen hatte? Immerhin konnte es kein Zufall sein, wenn zwei Männer kurz hintereinander mitten in Hamburg durch gezielten Herzschuss aus zweifellos derselben Tatwaffe umgebracht wurden. Marie stellte ihr Portweinglas riskant auf der Sessellehne ab und fing an zu lesen.

«Hey», rief sie plötzlich und schlug die Hand auf den Mund.

Aber Tomkin war schon aufgewacht. «*Sangria*, so hieß doch das Schiff auf dem Foto aus Heinrich Bröses Wohnung.» Sie lief in die Küche und verglich das Schiffsfoto aus ihrer Handtasche mit dem Bild auf der Broschüre. Es war ganz eindeutig dasselbe Schiff, nur etwas anders gestrichen.

Tomkin wankte über den Flur und blieb unter der Küchentür stehen. «Gute Nacht. Oder muss man schon guten Morgen sagen?»

«Hier, hör mal», unterbrach ihn Marie. «‹Die *Cap San Diego* fuhr bis Dezember 1981 für die Reederei Hamburg-Süd, danach wurde sie ins Ausland verkauft und befuhr unter zwei verschiedenen Namen (1982 bis 1986 als *San Diego* und 1986 als *Sangria*) weiterhin die Meere.› Ich muss sofort telefonieren.»

Tomkin sah auf seine Armbanduhr. «Wen willst du denn um diese Zeit anrufen? Man sollte dir einen Maschinentelegrafen verpassen. Dann könntest du zu jeder Tages- und Nachtzeit klingeln, so viel du willst. Und niemand müsste antworten.» Er schüttelte den Kopf und verschwand im Schlafzimmer.

«Jedenfalls sind die beiden Männer tatsächlich 1980 drei Monate lang zusammen auf der *Cap San Diego* gefahren», rief Marie, während sie neben Tomkin Schritt zu halten versuchte. Der Wind war noch kräftiger geworden seit gestern und stark böig. Er stand ihnen im Rücken, während sie die Überseebrücke hinabliefen, direkt auf die *Cap San Diego* zu. «Wir haben ihre Seefahrtsbücher miteinander verglichen. Bröse ist vorher jahrelang auf einem anderen der Oetkers-Schiffe gefahren, auf der *Cap San Marco*. Das waren beides Stückgutfrachter, wohl die letzten ihrer Art.»

«Ich weiß», sagte Tomkin und ließ Marie als Erste die steile Treppe hoch zum Schiff erklimmen. An der Kasse, die in einem kleinen Verschlag unter dem Achtermast untergebracht war, ließ man sie passieren, nachdem Marie ihren Ausweis vorgezeigt hatte. Tomkin führte sie direkt hinunter in die Maschine. Der alte Herr mit der Matrosenmütze war gerade dabei, Messingtürgriffe blank zu putzen. Er hörte Marie skeptisch an.

«Bröse und Marx? Nee, die kenne ich nicht. Ich habe 1976 hier abgeheuert. Bis dahin sind die beiden mir nicht untergekommen. Was sollen die denn gearbeitet haben?»

«Marx ist als Steward gefahren, und Bröse hat in der Maschine gearbeitet.»

Der alte Seemann verzog keine Miene.

«Mich würde interessieren, wer sonst noch zu dieser Zeit auf dem Schiff war», fuhr Marie fort.

«Kann ich Ihnen unmöglich sagen. 1980 sagen Sie? Ein Jahr später ist das Schiff ja verkauft worden. Viele sind schon vorher abgesprungen. Man will ja nicht zu den letzten Ratten gehören, die das Schiff verlassen. Vielleicht hätte Fietze noch was gewusst, Friedrich Fitz, unser Koch. Aber der ist letztes Jahr gestorben. Den hat die See schon gekriegt.»

«Aber es wird doch sowas wie eine Besatzungsliste geben. Oder ein Schiffstagebuch.»

Der Seemann schüttelte den Kopf. «Hier gibt es keine Crewlisten mehr. Und Schiffstagebücher erst recht nicht. Hier gab es überhaupt keine Papiere mehr, das Schiff war vollkommen ausgeschlachtet, als wir vom Freundesverein es übernommen haben. Vielleicht kann die Reederei Ihnen weiterhelfen. Bis 1981 gehörte das Schiff zur Hamburg-Süd.»

«Dort habe ich heute Morgen schon angerufen. Die haben alle Unterlagen längst vernichtet.»

«Dann fragen Sie doch mal bei der Seeberufsgenossenschaft nach, Reimerstwiete. Die müssen alle Daten aufheben bis zwanzig Jahre nach dem Tod eines Seemanns. Aber irgendwie verstehe ich gar nicht, wonach Sie eigentlich suchen.»

Marie seufzte. «Das wüsste ich auch gern. Aber im Augenblick weiß ich nur eins: Auf diesem Schiff muss irgendetwas passiert sein.»

«Auf jedem Schiff passiert irgendwas», murmelte der Alte.

«Dann muss ich herausfinden, was es war.»

«Ich schwöre Ihnen, dass Sie das niemals herauskriegen werden. Das ist nun mal so. Auf dem Schiff – das ist das eine Leben. Und an Land, das ist das andere. Dazwischen liegt nur das große Vergessen. Glauben Sie mir, das ist die Wahrheit.»

In der Reimerstwiete war die Nachfrage genauso unergiebig. Zwar wurden hier in einer riesigen Seemannsdatei sämtliche Seeleute, die jemals unter einer deutschen Flagge angeheuert hatten, namentlich geführt und jahrelang archiviert. Aber mehr als aus den Seefahrtbüchern von Bröse und Marx erfuhr man dadurch auch nicht.

«Vielleicht kann das Seemannsamt Ihnen weiterhelfen», meinte der aufgeschlossene Berufsgenossenschaftler zu Marie, der so langsam die Füße wehtaten von der Lauferei. Außerdem hatte sie Durst. «Hier gleich um die Ecke, Alter Steinweg. Dort werden die Heuerlisten geführt, darauf stehen alle Besatzungsmitglieder eines Schiffs und auch alle Passagiere. Die Cap-San-Schiffe hatten ja in der Regel Passagiere an Bord und meistens auch einen Arzt. ‹Hand für Koje›, das heißt, der fuhr als Gast mit und kostete keine Heuer. Wenn Sie die Heuerlisten einsehen wollen, dann ist das Seemannsamt die richtige Adresse. Und dann gäbe es da noch das Hamburger Staatsarchiv …»

Die Türen des *Stintfang* standen offen. Der Wind kreiselte die ersten trockenen Blätter vor die beiden Stufen, die in den Schankraum führten. Ohne Sonne sah das Hafenbecken nur halb so attraktiv aus wie gestern. Die Wolkendecke war geschlossen und an den Rändern bedrohlich dunkel. Das Wasser der Elbe schimmerte opak, fast dunkellila, und lag unnatürlich ruhig unter dem Sturm. So als würden die Winde unter Wasser gesammelt, um dann irgendwann umso heftiger angreifen zu können.

Sie waren die einzigen Gäste. Der Wirt sah übernächtigt aus. Vielleicht hatte er das Schlafen aus Geschäftsgründen gleich ganz abgeschafft. Er zapfte gelassen zwei Biere und starrte ein ganzes Weilchen auf Maries Knopfleiste, ehe er seinen Blick einmal kurz über ihr Gesicht wandern ließ.

«Wie komme ich zu der Ehre», murmelte er. «Polente zum Wochenende?»

Marie und Tomkin stießen an und tranken. Das Bier schmeckte nach Honig und Brot. Marie spürte einen Augenblick lang ihren Kopf ganz klar werden.

«Ich interessiere mich für die *Cap San Diego*, vielmehr für zwei Seeleute, die gleichzeitig darauf gearbeitet haben, und zwar genau von Mai bis August 1980. Genau wie Sie.»

Sie hatte leise gesprochen, wie mit sich selbst. Der Wirt polierte schweigend seine Gläser. In Tomkins Kopf kreisten verwegene Geschichten, in denen Maschinentelegrafen und Kühlluken eine wichtige Rolle spielten. Zumindest der Anfang einer neuen Kurzgeschichte könnte dabei herauskommen.

«Der eine in der Maschine, der andere als Steward», fuhr Marie fort.

Der Wirt stellte das letzte polierte Glas ordentlich ins Regal, genau auf den Abstand zu den anderen Gläsern achtend.

«Sie sind umgebracht worden. Gestern und vorvorgestern, mit je einem gezielten Herzschuss. Beide mit derselben Waffe.»

Der Wirt stützte sich auf die Zinkkante und sah Marie schweigend aus seinen blutunterlaufenen Augen an.

«Passiert viel auf so einem Schiff», sagte Marie. «Und man spricht nicht drüber an Land, nicht wahr?»

«So ist es.»

«Versicherungsbetrügereien, vertuschte Unfälle, Todesfälle.»

Der Wirt hob langsam die Augen, um über Maries Kopf hinweg zur Tür zu sehen. «Kann passieren. Ja.»

«Und was für ein Vorfall hat sich ereignet, als Sie mit Heinrich Bröse und Jens-Rüdiger Marx zusammen auf der *Cap San Diego* gefahren sind?»

Marie drehte sich um. Im Türrahmen war eine Gestalt aufgetaucht, eine Frau, sie schwankte ein wenig, fiel aber nicht.

«Mensch, Mädchen, hör auf!», brüllte der Wirt plötzlich. «Was soll das denn!»

Die Frau in der Tür hob langsam den rechten Arm.

«Runter», schrie Marie und riss Tomkin mit sich zu Boden. Sie stürzten unsanft von ihren Barhockern, während über ihnen der Schuss krachte. Ein Herzschuss, auch wenn er diesmal nicht aus unmittelbarer Nähe abgefeuert wurde.

Marie rappelte sich auf und sprang zur Tür. Die Frau schwankte im Gegenlicht. Sie versuchte nicht einmal davonzulaufen. Ihr Gesicht leuchtete, auch wenn die verschmierte Schminke sie wie einen traurigen Clown aussehen ließ. Sie ließ einen kleinen Damenrevolver zu Boden fallen. Marie fasste nach ihrem Handgelenk und zog sie ins Innere der Kneipe. Wie eine Puppe drückte Marie sie auf die Bank unter dem Fenster und hockte sich vor ihr nieder.

«Warum? Was sollte das?»

«Alle drei», sagte die Frau. «Ich habe sie alle drei hingerichtet.»

«Warum?»

Die Frau fing an zu lachen. Tomkin stand auf und klopfte sich den Staub von den Hosen. Auch er mochte jetzt keinen Blick auf den Wirt werfen, der lautlos hinter seinem Tresen auf den Boden gerutscht war. Marie fing an zu telefonieren.

Erst zwei Jahre später, nach einer intensiven psychiatrischen Behandlung, war Marie-Thérèse Gilbert imstande, die Gewalttat, die ihr im Alter von dreizehn Jahren als Passagierin der *Cap San Diego* durch die drei Besatzungsmitglieder – den Schmierer Heinrich Bröse, den Bäcker Thomas Matt und den Salonsteward Jens-Rüdiger Marx – angetan worden war, in groben Umrissen zu schildern. Das Kind, das sie neun Monate nach der Schiffsreise, die sie und ihre Eltern zu ihrer neuen Existenz in Südamerika befördern sollte, zur Welt gebracht hatte, war ihr nach der Geburt sofort weggenommen worden. Sie hatte ihr Leben wie eine Gefangene auf der Farm ihrer Eltern verbracht, bis diese etwa ein Jahr vor dem dreifachen Mord gestorben waren. Daraufhin war Marie-Thérèse umgehend nach Deutschland zurückgekehrt, um mit ihrer Vergangenheit abzurechnen.

Nina George **Plan B (Nah am Wasser gebaut)**

Ich sollte das Rauchen aufgeben, dachte der Mann, der starb, während er den Wolken nachschaute, die über den Hamburger Himmel jagten. Es ist nicht gesund, vierzig Zigaretten an einem Tag zu rauchen, und da, schau an, ein Schaf. So eins, wie Stefan hatte, als er klein war, ein Kuschelschaf. Stefan. Er wird den Scheißjob hier übernehmen müssen. Ich habe zum ersten Mal im Leben Muße, Wolken zu betrachten und in ihrer Form nach Lebendigkeit zu suchen. Ich spüre meinen Fuß nicht mehr, als ob ich Fieber habe und sich alles ausdehnt, so weit, dass man es nicht mehr spürt. Ein Zentaurus. Ich habe Birgit betrogen, das war nicht gut, aber befreiend. Und gespickt, bei der Vektorgeometrie, aber es hat ja gut geklappt. Wenn ich eine Zeichnung sehe, erhebt sich ein Gebäude vor meinen Augen, in drei Dimensionen, manchmal schon mit einer vierten, der Zeit, weil ich die Zukunft vor mir sehe. Wie Menschen in sonnigen Innenhöfen nach Wolken Ausschau halten. Wie sie freien Blick haben, auf den Hafen, seine Kräne, sein Wasser, seine Kapitäne und Möwen und Wolken. Sie werden die Luft riechen, sich lebendig fühlen. Auch der zweite Fuß ist tot, genauso wie das Bein, schon spüre ich die Hüfte nicht mehr. Birgit. Siehst du, wie der Wind eine Herde Mustangs über das Firmament jagt, siehst du, wie sich Sonnenstrahlen in den Fenstern brechen, in Fenstern, die nur ich sehe, weil ich dieses Haus gebaut hätte, dieses Haus, wie es aus mir wächst, wird es nun auf mir wachsen? Was sollte es Schöneres geben für jemanden, der sogar in Wolken Bauklötze sieht, das erste Mal im Leben. Und das letzte Mal, für immer. Ich spüre, wie es sich um meine Rippen schließt. Nicht meine Augen. Bitte, die nicht. Ich habe Angst. Wird das Paradies ein Haus sein, an dem ich mich versuchen darf, wird es sein, wird es da sein? Wie es zieht, nach mir, die Erde, ausgehoben, umgewälzt, in meinen Händen verändert, da, ein Kätzchen, so klein, aus weißer Luft, und die Erde, sie greift mit ihren Händen nach mir. Ich will nicht sterben. Wolken. Ich bin noch nicht soweit.

Manchmal war sie sich nicht sicher, ob sie ihn liebte. Er hatte schon die ganze Zeit, als sie an der Alster entlanggefahren waren – wie immer trat er den Mercedes G in die rote Drehzahlzone, als gäbe es keinen vierten Gang – vulgär vor sich hin geschimpft und sie noch nicht einmal gefragt, wo sie das hübsche Halstuch her hatte. Wie bekloppt der Meyer war. Wie beknackt der Siebenstein. Wie dummdreist die Holle. Jetzt drückte Matthias aufs Gas, rutschte bei Tiefgelb über die Ampel, bog rechts auf die Krugkoppelbrücke ab und wich hektisch einem Golf aus, der aus der Einfahrt am RedDog kam. Matthias fuhr um ihn herum, übertrieben lenkend wie beim Elchtest, trat heftig auf die Bremse, sodass Lisbeth nach vorn geschleudert wurde. Sie wusste: Er war so. Ein Mann der Tat, alles war Kampf, selbst das Rasieren. Schrubb, schrubb, schrubb, Wasser ins Gesicht, After Shave, ha! Feind erledigt. Er war der Typ Mann, der alles, was er tat, laut tat, um sich seine Existenz zu beweisen. Nun öffnete er die Fahrertür, immer waren die anderen schuld, und ging auf den Golf zu, Neandertaler-Haltung, hochrot im Gesicht, und trat dem VW immer wieder in die Tür, bäng, bäng, bäng, jeder Tritt galt einem seiner Mitarbeiter. Nimm das, Meyer, ich mach dich fertig, Siebenstein, das ist für Sie, Holle-Zicke! Hanseatisch irritiert musterten die Alster-Spaziergänger den cholerischen Mittfünfziger, während sich Lisbeth klein machte und ihre Prada-Sonnenbrille dicht auf die gerichtete Nase schob. Gott, war das peinlich. Der Golffahrer stieg schließlich aus.

Er sah mediterran aus, dachte sich Nani. Türke? Sie war

nach einem unerquicklichen Date mit einem noch unerquicklicheren Werbemacher vom Roma im Hofweg hierher spaziert, wieder mal über die Frage grübelnd, warum erstens Ältere, zweitens Bekloppte und drittens Verheiratete unglaublich auf sie abfuhren, während normale, dünne Singlemänner sie ignorierten.

Natürlich mischte sie sich ein. Der Choleriker mit dem teuren Geländewagen und der Türke wirkten wie zwei kampfbereite Kater auf der Dachrinne, also schob sie sich dazwischen. Leute wurden schon wegen weniger umgelegt, und die Luft schmeckte nach aggressiver Bierzeltstimmung. Matthias Schulz hieß der Rotkopf, Arman Simsek der andere, süß war er, so empört wie er guckte, aber es half ja nix. «Heute tritt er Leuten gegen die Tür, und morgen ballert er Grundschüler ab!» Arman war fassungslos.

«Ich habe einen Namen, hören Sie», drohte Schulz, «mich kann man nicht so einfach anzeigen, Fräulein.» – «Für Sie Frau Kommissar», gab Nani zurück, immer noch angezickt wegen des Werbers, der ihr vorgeschlagen hatte, eine Leibesvisite mit Handschellen-Aktion durchzuführen. Och, nö.

Die Begleiterin des Rumschreiers mochte gar nichts sagen, und sie trug auch keinen Ehering, registrierte Nani. Sie hatte einen Blick für Eheringe, seitdem sie die dreißig überschritten hatte.

Sie riet Simsek, Anzeige zu erstatten und sich einen Anwalt zu nehmen; Demolage wurde nicht über die Versicherung beglichen. Gewissenhaft notierte er sich auch die Nummer des K1. Dass sie ihm die falsche gab, bemerkte Nani nicht. Sie fühlte sich in der Davidwache noch nicht zu Hause.

«Das werden Sie noch bereuen», gab ihr Schulz mit auf den Weg.

«Stellen Sie sich hinten an.» Bei dem Ringen, wer als Erster wegschaut, gewann sie. Sie sah ihm nach, als er mit durchdrehenden Reifen startete. Auf der Visitenkarte, mit der er ihr vor der Nase herumgefuchtelt hatte, stand *Schulz-Systems, Entkernung und Fundament.*

Sie bemerkte nicht, wie Arman Simsek ihr nachsah, mit einem Blick, der heißen konnte: Bleib; ich erzähle dir von meinen Träumen, in denen bald du vorkommst, der Mond und ein Herzenslächeln. Der aber auch heißen konnte: Heiße Schnalle. Man weiß ja nie so recht, was Männer denken.

«Jeder hat einen Grund, Polizist zu werden.» Antonius Sabbahadin Lazarus, KHK und Nanis Vorgesetzter, glaubte an Bestimmung, Arminia Bielefeld und Recht und Unrecht. «Ich wollte meinen Führerschein für billig machen, und wer weiß, bei dir sind es erotische Abgründe. Hübsches Kleid, dass du da übrigens fast an hast.» Er breitete den ‹Masterplan› aus, der die fünf Bauabschnitte der Hafen-City, insgesamt 100 Hektar Entwicklungsfläche, zeigte. Von westlicher in östlicher Richtung sollte in 23 Jahren stufenweise ein neuer Stadtteil entstehen; von der Speicherstadt hin zu den Elbbrücken. 5500 Wohnungen für 12 000 Köpfe voller Hoffnungen, Träume, Wünsche, 20 000 Arbeitsplätze, alles auf satten 1,5 Millionen Quadratmetern Bruttogeschossfläche. Lazarus folgte dem Sandtorkai mit dem Finger, glitt dann zum Magdeburger Hafen.

Nani rauchte aus dem Fenster heraus. «Du glaubst nicht wirklich, dass ich einen Werbeheini ans Bett kette und dann meine Anwärter-Uniform über rote Strapse ziehe, während ich zu YMCA tanze? Sinnfrei!»

«Rot ist eh nicht deine Farbe. Guck an, sie wollen die Stadtbahn wieder einführen. Und hier soll's ein festes Terminal für Kreuzfahrtschiffe geben. Wenn ich pensioniert bin, kann ich in der Welt herumkreuzen und auf der Sonnenterrasse vermögenden Witwen zuprosten, die Martini trinken, Bridge spielen und die Leichen ihrer Ehemänner um Mitternacht über Bord gehen lassen.» Lazarus blätterte weiter, vertiefte sich im Warftenkonzept.

«Ich meine, warum kann keiner meinen Beruf einfach hinnehmen? Ich komm mir vor wie ein Liveexperiment, eine Trophäe. Wow, 'ne Bullenbraut flach gelegt! Es ist leichter, heute mit einem Kerl ins Bett zu gehen als ins Kino! Und du weißt ja, was ich-ruf-dich-an bedeutet. Merde, aber grande.» Gereizt schnippte sie die Kippe weg, dachte an die Augen von Arman und setzte sich Lazarus gegenüber, als der Anruf kam. «Fritz, K1?» Sie hörte zu, sagte: «Wir sind unterwegs. Eh, quelle malade», und holte Luft. «Einsatz.»

«Dein Französischkursus macht Fortschritte», befand Lazarus, und: «Sieh an, im Abschnitt T1 am Dalmannkai sollen 650 innovative Wohnungen entstehen. Toll. Was sind innovative Wohnungen?» Lazarus fragte ernsthaft, weil er ein tiefernsthafter Mensch war, der zum Lachen einen Antrag mit Durchschlag brauchte, und weil der Tod nicht zum Lachen war.

«Blabla. Wir müssen los. Im Holzhafen haben wir eine Leiche. Gehört der Hafenabschnitt auch zu deinem neuen Seniorendomizil?»

Der Hauptkommissar sah seine junge Assistentin an. «Wenn du wüsstest, wie schwer es ist, älter zu werden, ohne alt zu werden», sagte er, sammelte den Masterplan zusammen und hielt Nani beim Hinausgehen die Tür auf. Dann hatte er die Klinke in der Hand.

«Ich hasse Umzüge», murmelte er und steckte sie ein. Auf dem Weg in die Tiefgarage gab ihm ein Kollege von der Aufnahme die Meldung über den Leichenfund. «Danke. Hier Junge, für dich, aber gib nicht alles auf einmal aus.» Lazarus drückte ihm die Klinke freundlich in die Hand.

Nachdem auch die Davidwache an der Reeperbahn als Letztes der 27 Hamburger Reviere von Schutzpolizeistellen in Kommissariate umgewandelt worden war, waren einige Ermittler und Zivilfahnder des K1 vom Präsidium in den neuen Anbau hinter der Traditionsdienststelle 15 gezogen. Lazarus hatte den Umzug nur widerwillig über sich ergehen lassen; er mochte Veränderungen nicht, und die alte Hure Reeperbahn schon gar nicht. Weil hier alles aus Deko bestand. Und weil er jetzt zu seinem Stammbäcker einen Umweg in Kauf nehmen musste. Wenigstens war seine Partnerin dieselbe geblieben; mit ihrer Abneigung gegen Schmuck und ihrer Zuneigung zu willenlosen Adjektiven. Gut, und ihrer Männermacke. Dafür war sie kühn in ihren Intuitionen, belebend für jede Ermittlung. Und ein Gegengewicht zu seiner Melancholie. Sie hatte Leichtigkeit in sein Leben gebracht.

Sie bestand darauf, mit ihrem kürbisfarbenen Karmann Ghia in die Große Elbstraße zu fahren. «Was wissen wir über den Toten?», fragte sie auf der Fünf-Minuten-Fahrt und überholte auf der Hafenstraße gewagt einen roten Doppeldecker-Bus. «Ehlers, Hannes Ehlers, 56, verheiratet. Hat mit Vater Karl die Ehlers Plan & Bau aufgebaut. Das sind die Laster mit den blau-blauen-Schildern, du weißt?! Vierte Elb-Röhre haben die gemacht, und überall wo's 'ne Grube gibt, ist Ehlers nicht weit. Er war der König aller Baugruben, und Architekt, wenn man ihn mal gelassen hat.»

Nani zwinkerte an der Ampel zum Fischmarkt einem Anzugträger im schneeweißen Z3 zu, der ein erdnussgroßes Handy ans Ohr hielt und beim Lächeln zirka 32 Zähne zeigte. Nur oben. Lazarus kurbelte die Scheibe runter. «Mahlzeit. Lazarus, PK 15. Telefonieren am Steuer bringt 30 Euro und kann Ihr Leben kosten. Auflegen!», befahl er und kurbelte die Scheibe wieder hoch. Ungerührt berichtete er weiter. «Die dritte, teilweise noch offene Baugrube neben dem neuen Holzhafen wurde ihm offenbar zum Verhängnis. Er wurde heute vom Polier gefunden, als der den Stand des Wassers überprüfen wollte, das am Wochenende wieder mal durch die Spundwand reingelaufen ist. Plötzlich reckt sich ihm eine Hand entgegen. Der Mann steht immer noch unter Schock. Ehlers' Frau Birgit vermisst ihn seit Samstagmorgen. Zwei Söhne, Stefan und Max. Stefan ist zweiter Geschäftsführer und wird den Laden jetzt wohl übernehmen. Der Holzhafen hier ist nur eine von Ehlers Baustellen; der macht auch das Fundament der innovativen Wohnungen am Dalmann.»

«Das riecht nach Politik. Bemüh mal dein Ermittlergedächtnis: Das *Mercado* in Ottensen ist über einem jüdischen Friedhof gebaut. Und weil das den Investoren viel Ärger bei den jüdischen Gemeinden auf der ganzen Welt einbrachte, hat der Senat ihnen eine Vorzugsbehandlung für den Altonaer Holzhafen zugesichert. Das sind die ersten Neubauten am Elbrand, mehr Prestige geht nicht. Jetzt haben wir da zwei Bauklötze und bald noch den ‹Diamanten›. Wegen der zweiten Glashaut – Lärmschutz muss sein, wer will schon den Schlagermove im Wohnzimmer. Hossa! Diese Klötze da» – sie wies auf zwei Kuben, die über den taumelnden Wellen zu schweben schienen – «sind eine Art Generalprobe für die Hafen-City, so reden die Leute im Rathaus das schön. Ich sag dir: Bauskandal.»

«Schon gut. Kristall heißt er übrigens, der 17-Geschosser», erwiderte Lazarus schlicht, «da hab ich mir auch mal Unterlagen angefordert. Fürs Alter. Genau in dieser Grube wurde Ehlers gefunden. Halt bloß den Mund jetzt.»

Horst Cogho, Leiter der Spurensicherung, kam mit zwei weißen Schutzanzügen heran. «Gibt's eusch eigentlisch nur im Doppelpack?», raunzte er statt eines Guten Tags und ratterte einen Vorabbericht hinterher. Polizeiarzt Nils Ludger hatte den Toten nur oberflächlich untersuchen können. «Bei uns täten wa sagen: Kölsche Lösung. Kopfüber in die Grube, beide Beine gebrochen, einer der Stahlpylonen hat sich durch Niere, Lunge und den Kehlkopf gebohrt. Schreien unmöglich. Das einströmende Wasser hat den Untergrund so weich gemacht, dass Ehlers wie in Treibsand untergegangen ist. Genaues erst nach der Sektion, dat is man sischer. Erstmal muss er ihn waschen, wie dat aussieht.» Cogho war Kölner und stolz darauf. «Ehlers ist seit Samstagnachmittag, früher Abend perdü. Schöner Tach heute, woll?»

«Manchmal hätt ich gern 'nen anderen Beruf», flüsterte Nani Lazarus zu. «Rauch eine. Geht schneller.» In seinem Kopf blätterten sich Szenarien auf, an deren Schluss Ehlers' Tod stand. Selten war man der Lösung näher als im ersten Angesicht des Tatorts. Man war nur ein Jota entfernt von den Befindlichkeiten des Mörders, und er wollte diese Intuition konservieren, um sie später mit Fakten zu stützen. Lazarus sog alles in sich auf wie ein Schwamm. Wenn er arbeiten konnte, spielte Alter keine Rolle.

Sie gingen auf dem abgesteckten Pfad an die Grube, und der Sonnenschein täuschte über die Gänsehaut hinweg, die Nani beim Anblick des aufgespießten Leichnams überströmte. Es war jedes Mal dasselbe Gefühl, als ob ein Staubsauger an ihrem Stammhirn ansetzte, um ihre Seele herauszusaugen und zu zermatschen. Möwen zogen ihre Kreise, die Luft roch nach Salz und Fernweh, ein Containerschiff wurde ins Hafenbecken geschleppt, Touristen machten lange Hälse, auf den Wellen kräuselte sich Schaum; und wieder unterdrückte Nani die Panik, die sie bei der Erkenntnis befiel, sterblich zu sein.

«Er sieht ganz friedlich aus», sprach die Hoffnung mit dünner Stimme aus ihr, während Ludger den Toten mit einem Hebekran bergen ließ und ihm dann sanft die erdverkrusteten Augen schloss, bevor die Zinkwanne in den Leichenwagen geschoben wurde. Nani fand, die Möwen kreischten wie Aasgeier.

Der Vorarbeiter berichtete ihnen, Ehlers Bau habe den Auftrag für die Aushebung des «Kristalls» erst übernommen, als die ursprüngliche Firma auch nach mehreren Wochen die Mängel an der Spundwand nicht beheben konnte; durch das einströmende Wasser hatte sich die Aufschüttung des Fundaments herausgezögert. Sabotage oder Unfähigkeit? Schulterzucken. Die Investoren hatten daraufhin Ehlers an Land gezogen.

Dieser Holzhafen-Job brachte ihnen allerdings mehr Ärger als Geld ein. Aber so konnten sie beweisen, die Elbe im Griff zu haben, wenn das Ding erstmal stünde – beste Voraussetzungen, um bei der Hafen-City mitzuspielen. Hochwasserschutz war die Basis aller Designerträume, und die konnte Ehlers Plan & Bau liefern. Vor allem für das Quartier am Sandtorkai, vis à vis der Speicherstadt – «Das wird ein Schmuckstück.»

Schulz-Systems hätte nach dem Rückzug dieses Auftrages fast Insolvenz angemeldet, wusste der Mann, der einst im Hause Schulz gelernt hatte.

«Unter dem Mann kann man nicht arbeiten. Ich weiß ja nicht, wie's Ihnen so mit dem da geht» – er wies mit dem Kinn auf Lazarus, der wieder seinen weiten Blick bekommen hatte –, «aber der Chef macht viel Lebensqualität aus. Wie der Hannes. Bisschen genial-verrückt, Workaholic, der auch am Wochenende Stichkontrollen auf den Baustellen machte. Vielleicht war er kein guter Mensch, aber 'n feiner Kerl. Schulz ist nix davon.»

«Schulz? Matthias Schulz?», fragte Nani. «Mitte 50, hektisch, rollt immer die Hemdsärmel hoch, fährt Mercedes G? Der hatte den Auftrag vorher?»

«Bingo. Sagen Sie ... sind Sie eigentlich verheiratet?»

«Wir müssen los.» Lazarus erwachte aus seiner Welt, drückte dem blonden Mann seine Karte in die Hand und hielt Nani die Tür auf. «Ich kann so nicht arbeiten», meinte sie ihn murmeln zu hören.

«Gehen wir also mal von Mord aus.» Nani wies auf den

Kran, dessen Hebeseil in der Salzluft pendelte. «Der müsste doch gesichert sein, oder?»

Lazarus nickte. «Wer gut steuern kann, der kann dir mit so einem Kran ’nen Zahn ziehen.» Er schaute nach oben in den Himmel, als ob in den Wolkenformationen ein Zeichen zu finden wäre. «Cogho soll da mal raufgehen.»

«Du schon wieder.» Matthias Schulz hasste es, wenn andere Menschen auf seinem Chefsessel saßen. Fehlte nur noch, dass sie aus seiner Tasse tranken. Und wo war überhaupt diese feiste Fummeltrine Holle, larmoyanter Vorzimmer-Frosch. Lisbeths stumme Blicke hatten ihm Kopfweh verursacht. Eine Geliebte zu haben war schon anstrengend genug, aber eine schlecht gelaunte, die ein Gesicht zog wie eine frustrierte Ehefrau, war ein Albtraum.

«Ehlers ist hinüber», sagte die Frau und drehte sich auf dem Sessel herum. «Wie ungemein praktisch, nicht wahr, Matti? Aber meinst du jetzt ernsthaft, du hättest was davon? Die Hafen-City ist das bedeutendste Projekt, das die hiesige Baubranche je gestemmt hat. Und der ganze große rosa Kuchen mit extra Zuckerguss, den darfst du dir nur von weitem ansehen. Weil das Wasser stärker war als du. Keine gute Referenz. Würde ich dich mögen, würde ich dich bedauern. Matti-Mouse darf nicht mitspielen. Schadeschadeschade. Du hast ihn auf dem Gewissen, nicht?» Sie zog ein Zigarettenpäckchen hervor, zündete sich eine «M» an und ließ das Hölzchen auf den Teppich fallen.

«Ich könnte mir denken, du warst es. Aber hast du die Eier dazu?»

Schulz hasste diese impertinente Person. Aber sie hatte Recht mit der Hafen-City; da lagen Abermillionen, und sollte nichts davon für ihn sein, so konnte er sich darauf einrichten, Keller von Reihenhäusern auszuheben. Eigenhändig. Was diese kleine Schlange in ihrem Sander-Kostümchen nicht wusste, war, dass Schulz nicht mehr auf ihre Gunst hoffen musste, um eine Fürsprecherin für seine Firma zu haben. Der Tag der Rache war da, so süß wie ihr verdammter rosa Kuchen. Sie würde sich am Ende der kommenden fünf Minuten entweder entleiben oder vor ihm auf die Knie gehen. Es war ihm zwar schwer gefallen, Ehlers sterben zu sehen, aber gewisse Opfer musste man auch in diesem Leben bringen. Er erklärte ihr, wie er es hinbekommen hatte, dass sie ab Montag mit ein wenig Pech als gesuchte Mörderin von Ehlers gelten würde. Und was sie tun musste, um Milde erhoffen zu dürfen.

Später schwor sie unter Tränen und Würgen, «Ich war es nicht, ich habe ihn geliebt», aber er wusste aus Erfahrung, dass das nichts heißen musste.

Er hatte die Spuren, die zu ihr führen würden, sorgfältig ausgelegt. Nun musste er nur noch ein Telefonat führen, und seine Zukunft wäre reines Gold. Er war endlich mal zur richtigen Zeit am richtigen Ort gewesen.

Beim Ausstieg aus dem Ghia trat Lazarus direkt in eine Pfütze. Er schaute nach oben, und ein Tropfen Kondenswasser patschte auf sein rechtes Brillenglas. «Kannst du mir mal erzählen, wer den Bau hier abgenommen hat? Man sollte doch annehmen, dass wenigstens Staatsdiener in funktionierenden Neubauten der Verbrechensbekämpfung nachgehen könnten.»

«Wozu? Sag mir lieber, warum nie die Männer anrufen, von denen man sich wünscht, dass sie anrufen. Ach ja: Der Fahrstuhl geht nicht, und ich fahr mal zu Schulz raus und falte ihn Ecke auf Kante.»

«Mir wäre es lieber, wenn wir die Baubranche durchflöhen könnten, um zu sehen, wer was von Ehlers' Tod hat. Ob er wirklich persönlich gemeint war oder doch nur ein Bauernopfer in einer Partie Menschenschach. Bisschen mehr klassische Recherche und weniger Lara Croft. Na?»

«Kann ich dir auch so sagen. Alle anderen.»

«Bisschen genauer hätte ich es schon gern. Sonst wird das nix mit unserer Quote dieses Jahr.» Er setzte seine Brille auf und fingerte nach dem Handy, das in seiner Innentasche vibrierte. «La… ja? Bitte!? Die Ermittlungen …» Nani sah seine Halsschlagader pochen. Grußlos legte er auf und sah sie an. «Gut. Du fährst zu Schulz und machst Lara Croft, und ich geh den Buckel machen. Das war Melle. Die Investoren haben sich beschwert, dass die Ermittlungen den Bau auf unbestimmte Zeit verzögern. Und wer das alles zahlen sollte. Und überhaupt.»

«Allerliebst. In solchen Momenten beneide ich dich nicht um deinen Status Ich-Chef-du-nix. Viel Spaß beim Vizepräsidenten. Und denk dran, ihm zu sagen, wie gut er im Fernsehen rüberkommt. Und geh an mein Telefon!» Nani kurvte elegant aus dem kleinen Parkhaus der Davidwache.

«Genau», sagte Schulz zu dem Mann am anderen Ende der Leitung. «Die Immotana hat zwar dann eine Mitarbeiterin weniger, aber gewinnt dafür meine Firma. Und, mal ehrlich: Wäre es Ihnen lieber, wenn ich meinen Samstagsausflug an die Elbe nicht für mich behalte?» Schulz hörte zu, lächelte wie ein Tiger im Angesicht der jagdwarmen, geschlagenen Antilope, und sagte: «Gut. Wir verstehen uns. Ich hab nichts gesehen, und dafür kommen Sie mir entgegen. Fröhlichen Tag noch.»

Als er auflegte, klopfte es, und Nani trat ein.

«Ach, Sie schon wieder. Frau Kommissarin machen jetzt in Verkehrsdelikten? Darf ich Sie jetzt POM Fritz nennen?!»

«Nein, Sie können mir behilflich sein. Hat was mit Ihrem Job zu tun.» Da er ihr keinen Stuhl anbot, blickte sie auf ihn herab. Wie er so da saß an seinem überdimensionierten Schreibtisch.

«Aber natürlich! Was wollen Sie wissen – planen Sie eine Umschulung?»

«Ihr Hosenschlitz ist offen.»

«Pardon. Verstehen Sie das bitte nicht als Kompliment.»

Sie sahen sich lauernd an. «Ehlers hat Ihr Projekt am Altonaer Holzhafen übernommen, nicht wahr?»

«Ach, der gute Hannes. Tjaha, wie geht's ihm denn?»

«Er ist tot.»

«Oh. Dann geht's ihm nicht so gut.» Er lehnte sich zurück. «Kürzen wir das also ab, Kommissar Fritz. Sie wissen, dass meine Firma abgezogen wurde. Wir hatten Pech. Ehlers ist dahin. Und jetzt kommen Sie in mein Haus und wollen mich nach meinem Alibi fragen? Ist das so?» Sein Gesicht wurde wütend-weiß. «Und mein Motiv ist natürlich Rache, Geldgier oder ein Furz, der mir quer sitzt. Halten Sie mich eigentlich für so dumm?»

«Ich halte Sie für einen Choleriker», sagte Nani, «aber niemand ist perfekt. Was haben Sie am Wochenende gemacht?»

«Gearbeitet. Hier. Fragen Sie Frau Holle, die musste auch ran. Fand sie nicht so toll, aber bei unserer Geschäftslage müssen wir uns was einfallen lassen.»

«Und die Frau in Ihrem Mercedes? Ihre Geliebte, nicht wahr?»

«Moralin steht Ihnen nicht gut. Ja, meine Geliebte. Stimmt, mit der war ich Sonntag unterwegs. So ein richtiges Frauenprogramm, Ausstellung, Bötchen fahren, Essen gehen, Händchen halten. Sie wissen schon.»

«Und am Samstagnachmittag?» Nani zündete sich eine Zigarette an. Er schob ihr den Marmor-Ascher zu, in dem zwei mokkabraune Kippen lagen.

«Wie gesagt. Gearbeitet. Ein paar Baustellen begutachtet.

Allein. Und nur meine eigenen. Meinen Wagen waschen lassen. Wie immer samstags. Bei Aladin und den 40 Hähnchen gegessen. Buchhaltung gemacht.»

«Ich möchte eine Liste der Baustellen. Und Ihren Wagen lasse ich nachher abholen.»

«Sie sind mir ein bisschen zu forsch, junge Dame. Sie können hier nicht rumlaufen und Ehlers' Mitbewerber unter Mordverdacht stellen. Da müssten Sie nämlich so einige aus dem Schatten zerren.»

«Wen denn zum Beispiel? Erzählen Sie doch mal.» Etwas irritierte sie an Schulz. Er war der Typ Beller, nicht Beißer. Und er hatte so gar kein schlechtes Gewissen, das sonst für die entlarvende Unruhe sorgte.

«Wissen Sie, Frau Fritz, auch in dieser Stadt ist Korruption real. Aber es wird nicht an wenige viel gezahlt. Sondern an viele wenig, und das von fast allen. Ehlers hatte es bisher jedoch nicht nötig, jemanden zu korrumpieren. Der lebte so was wie praktische Berufsethik, dieser Gutmensch. Aber war ein Jäger der Unehrenhaften.»

«Solche wie Sie?»

«Wäre ich dann so erfolglos?»

«Falls Sie mir noch was Richtiges sagen wollen ...» Sie gab ihm ihre Karte.

«Wohl kaum», sagte er, riss sie einmal durch und legte sie zu den Kippen.

«M» waren es, fiel es Nani wieder ein. Mentholzeugs. Frauen-Zigarette.

Von unterwegs rief Nani einen Gelegenheits-Lover an. Bernd arbeitete beim *Kurier*. «Zeit für einen Plausch in der Passage?»

«Bist du im Dienst, Fritzi?» Sie hörte bei ihm den Polizeifunk knacken.

«Ja.» Kunstpause. «Leider», sagte Nani.

«Schon gut, Diva. Quid pro quo, und ich werd für einen Augenblick versuchen zu vergessen, wie gut du unter deinen Kleidern aussiehst, okay?»

Es ist immer hilfreich, wenn man jemanden fragen kann, der sich auskennt. Und Bernd Loris kannte sich aus, was das Hamburger Bau-Matadorentum anging. Nani dürstete es nach Hintergrund und nach einem Caramel Macchiato. Ja, gut, und nach Bewunderung.

«Ich mag es, die Konturen deines Pistolenhalfters zu spüren … Gut. Schluss. Hafen-City für Anfänger», leitete Bernd ihr Gespräch ein, nachdem er sich zur Begrüßung unanständig dicht an sie gepresst hatte. «83 Prozent der Fläche gehört der Stadt, der Rest der Bahn und Dritten. Nach einem Wettbewerb hat sich das hamburgisch-niederländische Team Hamburgplan/Kees Christiaanse durchgesetzt. Die haben übrigens auch den Kristall an der Großen Elbstraße erdacht. Der Hafen-City-Masterplan von Kees gilt ansonsten als Grundlage für Bebauungspläne und Grundstücksverkäufe. Die Grundstücksvergaben werden über die Immotana abgewickelt. Die Firmen, die bisher in der zollfreien Zone saßen, werden verlagert, an Alternativ-Standorte. Nicht alle sind davon begeistert.»

«Und? Gemauschel?» Nani streifte seine Hand, als er ihr Feuer gab.

«Nichts, von dem wir wüssten. Der Planungsausschuss der GHS gilt als unbestechlich. Die meisten Gebäude werden nach Wettbewerben errichtet, die Grundstücke im Bieterverfahren über die Immotana verkauft. Und die Investoren der Grundstücke schließen sich zu Quartiersgesellschaften zusammen und entscheiden gemeinsam über Auftragsvergabe an Baufirmen.»

«Das heißt, dass nicht alle Baufirmen profitieren werden.»

«Richtig. Je größer die Stücke Kuchen, desto weniger Firmen dürfen sich auftun. Gut für die Investoren, weniger gut für den Mittelstand. Der kann sich nur als Erfüllungsgehilfe an die großen Bauleute kletten. Oder muss versuchen, eine Investorengemeinschaft zu überzeugen.»

«Wie siehts da aus mit Offenheit für Aufmerksamkeiten?»

«Kann man sich bei dem Projekt kaum leisten, weil sich alle gegenseitig auf die Finger schauen. Oder es wird zumindest gut unter Verschluss gehalten. Hast du übrigens jemanden im Visier deiner hübschen Bernsteinaugen?»

«Jetzt noch nicht, Bernd. Aber du wirst der zweite sein, der's erfährt.»

«Der zweite? Wer ist der andere, ich bring ihn um!»

«Mein Chef.»

«Gut. Lassen wir das. Ich, ewiger Zweiter! Gehst du mit mir ins Bett?»

«Lassen wir das. Außerdem müssen wir beide jetzt weiter arbeiten.»

«Ach ja. Rufst du mich mal wieder an?» Nani nickte und dachte daran, dass der Simsek auch mal anrufen könnte.

«Ach», sagte Bernd, «noch eins. Bringen wir erst übermorgen. Am Baakenhafen kriegt Hamburg ein richtig dickes Ding hin. 288 Meter hoch, Wohnbürotower. Einzelinvestor, und zwar die Immotana selbst. Wenn das Ding steht, wird es geflutet und soll nur noch per Wassertaxi erreichbar sein. Wer auch immer da Steine baut, sollte nicht mit ihnen werfen: Denn dieser ‹Waterstar› ist bisher nicht im Masterplan vorgesehen. Ich frag mich, wer da sein Grundstück mit der Immotana teilen soll. Bonsoir, Frau Kommissar.»

Lazarus hatte bei Nanis Bericht über die Begegnung mit Schulz und mit Bernd – davon allerdings nur das Wesentliche! – die Augen geschlossen.

«Wir müssen Schulz unter Druck setzen. Mal sehen, ob er dann immer noch Spaß hat, andere zu verdächtigen. Und was hat das mit dem Jäger der Unehrenhaften auf sich? Wen wollte Ehlers auffliegen lassen?»

«Das ist in dieser Hanse- und Abrissstadt nicht einfach so zu klären, Chef. Wo sollen wir anfangen? Und hat jemand für mich angerufen?» Nani fingerte sich durch die Hafen-City-Broschüren, die Lazarus auf dem Fensterbrett ausgelegt hatte, um die Ritzen abzudichten; und blieb bei zwei Loftgebäuden am Sandtorkai hängen. Harbour Cube, Harbour Hall – zu teuer für ein Polizistengehalt. «Nein.» Lazarus nahm ihr den Harbour Cube aus der Hand. «2004 bezugsfertig», murmelte er. «Wenn nichts dazwischen kommt … Hatte Ehlers Aufträge in dem Abschnitt? Oder macht der nur Dalmannkai? Lass uns mal mit seinem Sohn sprechen. Der ist jetzt der Einzige, der einen Überblick hat. Und diesmal nehmen wir den neuen Benz, ich will nämlich auch mal fahren.»

«Macho!»

«Nicht in diesem Ton.»

«Halbanatolischer Macho. Chef.»

«Geht doch.»

Stefan Ehlers war der Typ Sohn, der sich in sein Schicksal fügt und darin seine Erfüllung findet. Vierzehn Stunden Arbeit täglich, statt eines Kindes gab's für seine Lebensgefährtin einen Hund, seine einzige Leidenschaft gehörte alten Citroën DS. Sein Vater hatte ihn rechtzeitig in den Laden eingearbeitet, aber eine Ablösung war frühestens in fünf Jahren geplant gewesen. Der Tod kommt meist ungelegen.

Sie fanden ihn über einem Stapel Projektpapiere brütend. «Ich kann's mir nicht erklären», sagte Ehlers junior. «Unsere Subunternehmer haben wir fair behandelt. Wir sind eine der wenigen Firmen, die keinen Stellenabbau durchziehen mussten. Mein Vater hatte vielleicht Konkurrenten, aber keine Feinde. Ich versteh's einfach nicht.» Er sah müde aus. Älter, als ein Mann Ende dreißig aussehen sollte.

«Ihr Vater war auf der Jagd nach Kollegen, die mit ihren Finanzen arg freigebig umgehen. Wussten Sie das?», fragte Nani und zündete sich eine Zigarette an. Die letzte in der Packung. Stefan Ehlers wies mit einem erschöpften Nicken auf einen orangefarbenen Ascher.

Es lag nur eine Kippe darin. «M». Nani fingerte eine Pinzette und ein Tütchen aus ihrer Innentasche hervor. «Sie hatten Besuch», stellte sie fest. «Was wollte sie?» Sie stellte die Frage intuitiv.

Man sah, wie in Stefan Ehlers etwas brach. Das war das Gute an dem Job: Emotionen konnten nie vom Verstand beeinflusst werden, aber der Verstand immer von Emotionen. Man musste nur genau hinsehen.

«Illegale Preisabsprachen. Für das Quartier am Sandtorkai. Den Dalmann haben wir über Ausschreibungen bekommen, Sandtor wäre das Goodie gewesen. Ein bisschen Preisnachlass, dafür hätten wir den Job sicher gehabt. Goodie. Ich rede schon wie mein Vater.» Er fuhr sich über die Lippen, sah auf einmal blutjung aus. «Bevor Sie fragen, warum mein Vater vielleicht darauf eingegangen wäre: Er hatte einen Traum. Europas höchstes Hochhaus. Als Co-Architekt von Turoni. Der grandiose Abschluss eines langen Lebens im Wartestand. Aber der Weg zu diesem Traum hätte nur über Fürsprache funktioniert. Und die Fürsprache nur über die Sandtor-Geschichte.»

«Ach. Diesen ‹Waterstar› am Baakenhafen?», fragte Nani, und dachte laut in den Raum hinein. «Ehlers wäre perfekt gewesen, auch ohne Fürsprache. Er hätte gewusst, wie das Fundament aussehen muss, damit es geflutet werden kann. Als Fachmann für Wasserfragen.»

Lazarus zog seine blauschwarzen Brauen hoch. «Da hat ja jemand seine Baustelle im Griff. Also. Rabatt gegen Traum. Ist das öfter vorgekommen?»

«Nein. Es schien fast, als ob sein Leben davon abhinge, den

‹Waterstar› nicht zu bauen. Er hatte was dagegen, mit Vitamin B hochzukommen. Er sagte immer, zu viele Vitamine sind Gift. Er hatte in dieser Woche Besuch von dem Grundstückseigner. Heinrich Severin. Erst nach diesem Gespräch wollte mein Vater den ‹Waterstar› nicht mehr. Ich weiß nicht, warum.»

«Und Sie?» Lazarus fragte wie ein väterlicher Freund.

«Ich bin meines Vaters Sohn», sagte Stefan einfach. «Ich habe seine Schwarze Liste übernommen, und werde es nicht anders machen. Wir werden die beobachten, die bestechen, und jene, die sich bestechen lassen. Severin war auch so ein Fall. Der darf sich nicht mehr erwischen lassen. Aber wir werden niemanden korrumpieren, auch wenn er drum bittet.»

«Wer hat Severin zuletzt darum gebeten?»

«Margit Leonardi. Von der Immotana. Sie hat ihn bekniet, mitzumachen.»

«Warum haben Sie uns nicht längst Bescheid gesagt?»

«Sie verstehen das nicht. Wenn wir einen aus der Branche dabei erwischen, gibt es immer eine zweite Chance. Erst wer die verpasst, wird angezeigt. Jeder hat mal eine schwache Phase, da kann man denen nicht noch das letzte Hemd aufknöpfen. Und außerdem hatte Vater mit ihr ein Verhältnis.»

«Einmal für deine Kammer», sagte Nani zu Cogho und reichte ihm das Tütchen mit der M-Kippe. «Zufällig jemand nach mir gefragt?»

«Meinste 'nen Kerl? Jo. Sitzt in eurem Büro. Binisch eigentlisch Eure Tippse? Sischer dat, darf's noch ein Stückschen Apfelkuchen sein für die Herrschaften …» Dann erst nahm er die Einaugenlupe aus dem Gesicht. «Ha. Ich dachte, das gibt's nur in den Pfefferli-Lehrbüchern aus dem Kriminalistik Verlag. Könnte ein Passstück sein. Ihr habt mich ja da oben rausgejagt, auf euren Mordskran. Danke noch mal. Toller Ausblick, wenn ich mich nicht in eine Tüte übergeben hätte.»

«Es wäre schön, wenn du jetzt auch mal was ausspucken könntest.»

«Na jut. Hier, habisch gefunden. Am Aufgang zum Kran.» Er hielt ihr ein identisch gefülltes Tütchen hin. «Na? Jetzt biste baff, Fritzi. Bis dat vermodert, dauert's dreihundert Jahre. Da biste schon hinüber, da können wir noch an der Kippe gucken, mit wem du Sex hattest.»

«Die Zeit müsste hinkommen. Wann gibt's die Vergleichsergebnisse?»

«Gestern. Den Wagen von dem Schulz haben wir auch schon gefilzt. Zeuch liegt da drüben. Und zieht die Tür feste zu, sie klemmt.»

Nani ging die nummerierten Spuren durch. Es war nichts dabei. Nicht mal ein Schild, auf dem stand: Ich war's. Cogho steckte nochmal den Kopf durch die Tür. «Ach so. Eine Frau ist auch da. Leonardi. Die will euch was sagen. Wartet seit zwanzig Minuten. Habisch bei den Kollegen geparkt, dat is 'ne richtige Dame, der kann man Eure Baustelle da oben nicht zumuten.»

«Erst ihn?» Nani wartete auf Lazarus' Entscheidung.

«Erst ihn.» Es war besser so.

Der wartende Mann stellte sich als Lupinio Turoni heraus, der heißeste Architekt der Stadt, sein ‹Waterstar› würde der Hamburg-City seinen Stempel aufdrücken. «Ich kann so nicht mehr weiterleben!», begrüßte er sie wie Don Giovanni, «No, no, no!» Dann sank er zusammen. «Ehlers war mein Freund. Nie hätte ich gedacht, dass unsere Freundschaft so endet! Ich werde ihm ein Mausoleum bauen, das größte, monumentalste …» Als Lazarus ihn bat, sich auf die Fakten zu beschränken, kam plötzlich Licht in den Fall. Als Turoni aus der Tür war, sagte Nani: «Abgang, Vorhang, Applaus. Wie nannte er den ‹Waterstar›? Klimatisierter Totempfahl … und …?»

«Lichtschwert für den Gott Mammon.»

«Was würden wir machen, wenn es da draußen keine wie Turoni gäbe?»

«Dann hätten wir nicht unsere Aufklärungsquote. Irgendwer weiß immer mehr als wir, er muss nur seinen Weg hierher finden.»

«Ach ja. Schauen wir mal, ob die anderen Beteiligten das auch so sehen.»

Sie ließen Schulz aufs Revier holen. Er schwitzte bereits, als Lazarus ihn in den Verhörraum bat. Nani hörte über Lautsprecher zu, wie Lazarus Schulz weismachte, die Indizien am Tatort, an den Reifen seines Wagens, sein Verplapperer, vom Rachemotiv ganz zu schweigen, würden reichen, ihn für mehr als fünfzehn Jahre wegzuschließen. Wenn er dann siebzig wäre, bliebe ihm vielleicht noch Golf, auf jeden Fall blutende Hämorrhoiden. Es war ein bisschen ekelhaft. Aber Strafe muss sein. Schließlich hatte Schulz versucht, jemand anderem einen Mord in die Schuhe zu schieben.

Schulz wand sich wie eine Blindschleiche. Schließlich gestand er, wen genau er bei seinem Samstagsausflug an die Große Elbstraße beim Morden gesehen hatte. Nani gab Lazarus ein Zeichen und ging ein Stockwerk höher, um Margit Leonardi zu holen.

Die Frau trug Sander, ging vor dem Fenster zur Davidstraße auf und ab, beobachtete die jungen Nutten vor dem Schnellrestaurant, rauchte in hastigen Zügen. Auf einem Unterteller lagen die Kippen von dünnen, braunen Mentholzigaretten. Sie sahen aus wie kleine Kissen mit Kniff. Nani ließ sie erst reden, bevor sie zuschlug. Genau wie Schulz belastete die Leonardi einen anderen des heimtückischen Mordes. Die beiden waren wie füreinander geschaffen. Wäre Turoni nicht gewesen, hätten die Ermittler jetzt ein Problem gehabt – so ließen sie die «Zeugen» in ihre eigenen Fallen laufen.

Auch Margit Leonardi erhielt ihre Strafe in Form eines gezielten Verhörs unter Strafandrohung. Die Reid-Technik – Vorspiegeln erdrückender Beweisketten, um ein Geständnis zu provozieren – hielten Lazarus und Nani ansonsten für unanständig. Diesmal jedoch war es eine Art moralische Ohrfeige. Leonardi brach ein, genau wie Schulz. Nichts hatte sie gesehen, fast nichts.

Wenig später kam Lazarus mit Schulz herein, der nur kaum merklich ins Stocken geriet, als er seine Ehefrau sah, mit der er seit sechs Jahren keinen Sex mehr gehabt hatte, bis auf das eine Mal, heute im Büro. «Du schon wieder», brachte er lahm vor.

«Das kommt davon, wenn zwei Menschen sich so sehr hassen, dass sie sich gegenseitig einen Mord zuschieben …», begann Lazarus sein Wortballett.

«Ich schäme mich kein bisschen, dass ich einen groß angelegten Bauskandal vermutet habe», sagte Nani, während sie den Bericht tippte. «Und dann landen wir dort, wo Verbrechen ihren Ursprung haben: Bei der Liebe und der Eifersucht. Ich fasse zusammen: Ehlers und die Leonardi hatten eine lose Liaison. Sie wollte mehr, Ehlers nicht. Ihr Matti-Mouse ist stattdessen mit Ich-richte-mir-die-Nase-Lisbeth Bötchen gefahren. Gekränkt und von allen Männern ignoriert beginnt Margit, Ehlers und ihren Mann gegeneinander auszuspielen. Am liebsten wäre es ihr, wenn beide Kerle kaputtgehen. Aber es funktioniert nicht. Sie versucht es mit Plan B: Ehlers zu schmeicheln – indem sie ihm eine Kooperation mit Turoni anbietet. Das Einzige, was er dafür machen muss, ist eine kleine illegale Preisabsprache. Und übersehen, dass die Immotana sich das Grundstück ermauschelt hat. Ehlers lehnt ab – das ist ihm sein Traum nicht wert. Sie verspricht, nach einem letzten Liebesabenteuer, ihn in Ruhe zu lassen. Frauen!»

«Sehr schön, Watson, nur weiter.»

Nani lächelte. «Hey. Das war ja fast ein Witz. Also gut. Sie verabreden sich für Samstag. Während Margit in der Haifischbar vergeblich auf Ehlers wartet, sieht sie erst ihren Vorgesetzten Marcus Klinge, dann ihren Mann auf Ehlers' Baustelle rauschen.» Nani schüttelte den Kopf. «Schulz hingegen betrog zwar seine Frau, aber das hieß noch lange nicht, dass sie mit jemand anderem schlafen durfte. Er will die Sache von Mann zu Mann klären. Er beobachtet tatenlos, wie Ehlers ermordet wird. Anstatt dem Sterbenden zu helfen, reift in ihm ein Plan, wie er seine Frau loswerden kann und gleichzeitig seine Firma wieder aufs Fahrrad hievt. Männer!»

«Die sind nicht schlimmer als die Frauen», sagte Lazarus, «denn sie hatten beide denselben kreativen Gedanken: Es dem eigenen Ehepartner in die Schuhe zu schieben. Schulz verteilt ein paar Kippen von Margit, löst das Hebeseil, und die Leonardi legt sich schon mal eine hübsche Zeugenaussage zurecht. Dabei wurde Ehlers von Marcus Klinge erledigt. ‹Waterstar›-Verantwortlicher bei der Immotana. Weil Ehlers herausgefunden hatte, dass die Immotana sich das Grundstück für 50 Cent unter den Nagel reißen wollte. Der Preis kam zustande, weil Klinge die Grundstücke berechnete und alle Kuchenteile einen Tick teurer wurden als angedacht. Das läpperte sich; der Überschussbetrag konnte den Grundstückspreis des ‹Waterstar› tragen. Das Einzige, was fehlte, war die Einwilligung des Eigners Severin, der Immotana das Grundstück zu überlassen. Und der war ausgerechnet einer der Leute, die Ehlers vergangenes Jahr beim Bestechen erwischte und gemäß seiner Quotenchance laufen ließ. Der Mann weigert sich also, sein Grundstück der Immotana zu überlassen, auch nicht gegen einen erstklassigen Alternativstandort, und sucht Ehlers auf.» Lazarus lehnte sich zufrieden zurück. «Ehlers bespricht sich mit seinem Freund Turoni. Der, geborener Dramatiker, stellt Klinge empört zur Rede. Klinge versucht verzweifelt, Ehlers mit ins Boot zu ziehen. Ehlers stellt sich stur – so will er seinen

Traum nicht verdienen. Klinge beseitigt Ehlers nach einem fruchtlosen Gespräch. Ein kräftiger Schubs genügt. Affekt. Direkter Zeuge: Schulz. Der erpresst Klinge, auf dass er nun in der Hafen-City mitmachen kann. Was ist das für eine Welt?»

«In der Liebe und Ehre als Schwäche gelten, und ein netter Anruf sowieso. Aber vielleicht geht auch nur das Telefon nicht, hast du die Leitungen rausgetreten?» Lazarus bückte sich, um unter seinem Schreibtisch das Knäuel an Kabeln zu entwirren, in das er beim Sitzen immer wieder mit dem Fuß geriet. Abrupt schreckte er hoch, stieß sich den Kopf. Er hatte eine gewischt bekommen. «Aptal herif!»

«So was sagt man aber nicht in Anwesenheit einer so hübschen Lady.»

Arman Simsek stand in der Tür, ein paar Gänseblümchen in der Hand. «Sie haben mir eine Telefonnummer ohne Anschluss gegeben», sagte er, und in seinen Augen tanzten kleine Lichter. Nani errötete. «Ich habe sämtliche Dienststellen abgefahren. Jetzt habe ich Sie gefunden. Endlich.» Er gab ihr die Blumen, während Lazarus da saß, sich den Kopf hielt und spürte, wie sowas wie Eifersucht in ihm hochstieg: Sie ist meine Assistentin. Meine! Sie sucht die wahre Liebe und bringt nichts als Ärger. Aber das dachte er nur, das Sprechen fiel ihm schwer nach dem Stromschlag. Stattdessen suchte er fast gelassen in den Hafen-City-Broschüren weiter nach einem hübschen Apartment, nah am Wasser gebaut.

Petra Oelker **Das leise Lied vom Aufruhr**

Dass Anneken starb, war nichts Besonderes. Alle Tage starb jemand in den nassen Löchern unter den Häusern der Handwerker am Hamburger Burstah. Vor allem im Frühling des Jahres 1576. Ständig war Sturm, und Hochwasser ließ die Keller voll laufen wie die alten Tonnen im Stadtgraben. Die Nacht auf der Straße zu verbringen war nicht erlaubt. Die Wächter machten ihre Runde und scheuchten die Hungerleider, Tagelöhner und Mägde mitsamt ihrer Brut in die düsteren Höhlen, deren Feuchte bis in den Sommer hinein jedes wärmende Feuer ersticken würde.

Anneken starb nur wenige Stunden nach dem mageren Kind, das sie am heiligen Freitag vor Ostern geboren hatte.

«Karfreitag ist immer ein schlechtes Omen», sagte Margarete aus dem Nachbarkeller, «nun ist eben ausgelitten.»

Sie wickelte sich selbst in das letzte trockene Tuch und die tote Anneken mitsamt ihrem toten Kind in die klebrigen Lumpen, die das Sterbebett gewesen waren. Was sollte man tun? Leicht gesagt, dass die Menschen schön und sauber vor Gottes Richterstuhl treten sollten. Annekens Kleid aus blauem Tuch mit feinen grauen Streifen war längst gegen eine Kumme Roggen und eine Karre Holz verhökert worden.

«Dummes Gör», murmelte Margarete zornig und schnürte ein Stückchen Hanf um Lumpen, Mutter und Kind, «als ob je ein Reicher einem armen Ding Glück gebracht hätte.»

Ihren letzten Platz bekam Anneken auf dem Friedhof vor dem Wall. Das Loch in der Erde war schnell zugeschaufelt, und der Nordwest jagte den Pastor und die Nachbarn, die zur letzten Ehre gekommen waren, schnell zurück in die Stadt.

Geweint hatte niemand.

Auch der Junge weinte nicht. Er wusste nicht, wie das geht. Aber als alle weg waren, stand er noch auf der nassen Erde. Stand einfach da, fühlte nicht den Wind, sah nicht die untergehende Sonne und die Masten im Elbehafen, deren Spitzen sich wie ein lautloser, staksiger Wald hinter der Schaar gegen den Himmel abzeichneten.

Schließlich begann er zu singen, zittrig zuerst, doch dann klang seine raue Jungenstimme klar und fest. Er hätte gern ein frommes Lied gesungen. Eins von Engeln und grüne Auen im Himmel. Aber ihm fiel keines ein. Auch war ihm nicht fromm zumute, und so sang er seiner Schwester zum Abschied das Lied der Korsaren. Ein verbotenes Lied von Aufruhr und Totschießen, von Säbelhieben und Kaperei gegen die hanseatischen Pfeffersäcke. Zu seinem Glück hörte ihn niemand.

«Vorsicht, Herr!», schrie eine helle Stimme. Dann fühlte Joost Herrmanns einen kräftigen Stoß und fand sich auf der Erde wieder.

«Was zum Teufel ...», schimpfte er, aber da raste mit kreischendem Getöse ein herrenloser Karren an ihm vorbei, polterte den abschüssigen Weg hinunter auf den Kai, zerschlug donnernd die Holzrampe und stürzte mit seiner Fracht, drei großen Tonnen Bier, in die Elbe. Herrmanns wurde blass. Er war ein kräftiger Mann, noch in den besten Jahren, und es hieß, er habe auf seinen Reisen manchen Räuber in die Flucht geschlagen und fürchte weder Tod noch Teufel. Doch der Karren hätte ihm alle Knochen zerschlagen, und er erinnerte sich gut an das jämmerliche Ende des Ratsherrn Sögel, dem ein wild gewordener Hengst die Beine zerschmettert hatte.

«Verzeiht den Stoß, Herr», sagte die Stimme, «der Karren ...»

Herrmanns rappelte sich auf und sah sich nach seinem Retter um. Ein Junge. Zerlumpt, aber offensichtlich kräftig. Er fühlte den Stoß noch im Rücken.

«Das war knapp», sagte Herrmanns, «du hast wache Augen.»

Der Junge sah ihn an, und Herrmanns nahm etwas eigenartig Vertrautes wahr. Unsinn, dachte er, ein Tagelöhner, ein Hafenkind. Aber wach. Er kramte in seinem Rock nach einer Münze für seinen Lebensretter. «Wie heißt du? Wer sind deine Eltern?»

«Jan, Herr», antwortete der Junge und sah ihn aufmerksam an. «Ich bin Jan vom Burstah. Ich hab keine Eltern.»

Wer die Bremssteine von den Rädern des Karrens genommen hatte, konnte später niemand sagen.

Joost Herrmanns galt als gottesfürchtiger und gerechter Mann, und die Leute sagten, dass er den Lohn dafür wahrlich schon im Leben erhalte. Seine Segler fuhren nicht nur nach Flandern, Schonen und Amsterdam, sondern weiter bis nach Frankreich und nach Santander an der spanischen Küste. Die besten Kapitäne führten seine Schiffe, und noch nie war ihm eine Fracht verloren gegangen. Vor allem exportierte er das begehrte hamburgische Bier. Seine Hopfengärten hinter dem Eichholz gediehen, die Malzpfannen in seinen Brauhäusern waren Tag für Tag unter Feuer, und nur die beste Gerste aus dem Holsteinischen war ihm gut genug. Seine Schiffe verließen den Hafen bis an die Luken gefüllt mit Fässern, beladen mit kostbaren Waren aus südlichen Ländern kamen sie zurück.

Herrmanns war geachtet. Wegen seines wachsenden Reichtums und weil sein Haus ein ordentliches Haus war. Selbst seine Küchenmägde waren immer in reines Tuch gekleidet, blau mit feinen grauen Streifen. Er achtete streng auf Sitte und Anstand.

In seinem Kontor in dem großen Haus an der Deichstraße empfing er Händler aus ganz Europa. Seine Hausfrau hatte er klug gewählt. Das Beste an ihrer Mitgift waren die guten Handelsbeziehungen ihrer flämischen Familie gewesen. Als sie im vergangenen Winter am Pyp, dem spanischen Fieber, starb, hatte er ihr ein Begräbnis ausrichten lassen, dessen Pracht jeder Hochzeit zur Ehre gereicht hätte.

In seinem Kontor beugten sich nur die besten Schreiber über Verträge, Lieferlisten und Abrechnungen, jüngere Söhne aus guten Familien. Ohne Aussicht auf ein Erbe, aber mit solidem hanseatischem Ehrgeiz.

Jan fügte sich lautlos in diesen Haushalt ein. Sie gaben ihm saubere Kleidung, für die Nacht einen Platz am Feuer, und er hatte nie mehr Hunger. Er tat jede Arbeit ohne Klage, und wenn die Kutsche in den Hof rollte, war er zur Stelle, seinem neuen Herrn die Tür zu öffnen. Abends saß er oft bei der alten Hanne, lauschte ihren Geschichten von ehrlosen Nonnen, gefallenen Engeln und allerlei düsteren Geistern. Am liebsten ließ er sich die Kräuter und Wurzeln erklären, die sie in Säckchen und Holzschachteln verwahrte. Hanne wusste alles über die alte Heilkunst. Sie kannte Hilfen gegen den bösen Blick, das Kindbettfieber, die Gicht oder den schwarzen Husten. Sie wusste, was der Liebe förderlich war, aber auch, welche Gewächse tödlich sein konnten. Bilsenkraut und Teufelspetersilie. Oder Fingerhut, der rote war am giftigsten. Das Gesinde ließ sich gern von ihr kurieren. Der Hausherr hingegen vertraute auf die Kunst des Baders.

Nach einem halben Jahr bekam Jan ein anderes Wams. Er war nun Kontorbote, immer unterwegs zwischen dem Haus und dem neuen Hafen am Vorsetzen. Der alte an der Trostbrücke war längst zu eng und zu flach für die neuen großen Segler geworden. Bald war Jan auf den Herrmanns'schen Schiffen so bekannt wie im Haus an der Deichstraße. Jeder mochte den Jungen, auch wenn mit ihm nie viel Spaß zu haben war.

«Wie alt bist du, Jan?», fragte Herrmanns ihn eines Tages.

«Ich weiß nicht genau, Herr. Wohl zwölf Jahre.»

«Fast ein Mann», sagte Herrmanns lächelnd und steckte ihm eine kleine Münze zu. «Warum lachst du nie?»

«Ich weiß nicht, Herr. Ich bin es so zufrieden.»

Die Leute gewöhnten sich daran, dass der vornehme Kaufmann seinen schweigsamen Boten gern um sich hatte. Zwischen seinen Wegen saß Jan bald nicht mehr im Hof, sondern im Kontor. Er lernte schreiben.

Das gehe doch zu weit, sagten die Leute, da verlöre so einer schnell den Sinn dafür, auf welchen Platz der Herrgott ihn gestellt habe. Aber der Herrmanns sei ja von jeher eigen gewesen. Wenn Herrmanns nun am Vormittag zur täglichen Zusammenkunft mit den anderen Handelsherren zur Börse ging, ließ er sich von Jan begleiten. Es könne doch eilige Nachrichten geben, erklärte er den Börsianern, Vertragsabschlüsse, die schnell ins Kontor gebracht werden müssten. Niemand war so schnell wie Jan.

«Ich fühle mich eben sicherer, wenn du in der Nähe bist», sagte Herrmanns einmal lachend, als die beiden, Herr und Bote, am Hafen über die Hohe Brücke zu den neuen Lagerplätzen und Speichern am Cremon gingen, «falls mal wieder ein Karren angesaust kommt und mich erschlagen will …»

Wer fremd in der Stadt war, mochte die beiden für Vater und Sohn halten, so vertraut erzählte der Ältere von seinen Geschäften und Gedanken, so ergeben hörte der Junge zu.

Herrmanns hatte vier Kinder. Die Tochter war schon in ganz jungen Jahren nach Amsterdam verheiratet worden, die drei Söhne waren bei fremdländischen Geschäftsfreunden in der Lehre. Der älteste, Gregor, würde bald aus Schonen zurückkommen. Dann wollte Herrmanns wieder heiraten. Die richtige Braut wurde schon gesucht. Diesmal in Kursachsen. Dahin gingen die Geschäfte noch schlecht.

Jan saß oft auf den Schiffen, beobachtete das Beladen, fragte die Matrosen nach der weiten Welt und den Frachtmeister nach der Ware. Er war ein aufmerksamer Zuhörer und interessierte sich für alles, sogar für das richtige Stapeln. Aber oft saß er einfach nur da, lauschte dem leisen Knarren von Planken und Seilen, sah den Wolken nach, die der Wind jagte. Das Geschrei der Menschen, das Quietschen des Krans und das Poltern der Karren schien er nicht zu hören.

«Was siehst du, Jan Burstah?», fragte dann wohl mal ein Matrose. Oder: Ob er nicht lieber mit auf See wolle, als im Kontor zu verstauben. Der Junge lächelte nur, schwieg und machte sich schließlich wieder an seine Arbeit.

Im folgenden Jahr stand ein böser Stern über dem Handel der Hamburger Kaufleute. Es gab Unruhen in Frankreich, die Preise fielen, und die Korsaren kaperten frecher denn je zuvor.

Als Jan an einem sonnigen Julimorgen das Kontor betrat, hörte er aufgeregte Stimmen aus Herrmanns' Schreibstube. Es war noch früh, auf den Straßen war schon Gewimmel, aber die Bänke der Schreiber waren noch leer. Die Stimmen wurden lauter. Jan konnte sie jetzt erkennen.

«Erzähl mir nichts von Sturm und Klabautermann, Joost», schimpfte der Ratsherr Van Stetten, «es ist mir völlig egal, was passiert ist, das Schiff ist jedenfalls weg, mit Mann und Maus, und unser Geld auch. Du hast dich für diesen Kapitän verbürgt, diesen Engländer! Der steckt vielleicht mit der Konkurrenz unter einer Decke, ist sicher mit dem Beiboot an Land gerudert, säuft und hurt in Bilbao, und wir sind bankrott. Hätten wir unser Geld bloß nicht in dein Schiff gesteckt …»

«Halt die Luft an, Van Stetten», unterbrach ihn Herrmanns ungeduldig. «Der Engländer war kein Betrüger, und wir sind nicht bankrott. Jedenfalls nicht ganz.» Er seufzte. «Und denkst du gar nicht an die Mannschaft? Alle tot. Der Steuermann war ein Vetter deiner Frau.»

«Dem wird Gott schon helfen.» Van Stetten sprang wütend auf und begann mit kurzen, steifen Schritten zwischen Schreibpult und Fenster hin- und herzumarschieren. «Ausgerechnet die *Kraweel*, das größte Schiff. Eine Kogge hätte doch wirklich gereicht!»

«Vielleicht ist noch nicht alles verloren», hörte Jan nun die wie stets etwas zaghafte Stimme des Ratsherrn Paulsen. «Vielleicht nur eine Verspätung, vielleicht in ein oder zwei Wochen …»

«Nein, Paulsen», Herrmanns schüttelte den Kopf, «keine Hoffnung. Der Kapitän der *Dora van Coehn* hat die *Kraweel* im Sturm verschwinden sehen. Vor Asturiens Küste. Da liegt der Grund voll mit Schiffen. Und mit Leichen.»

«Und mit Ladung», donnerte Van Stetten dazwischen. «Unsere Seide, Gewürze, Hölzer …»

So ging es eine ganze Weile hin und her. Jan saß still auf seiner Bank beim Fenster und wartete, dass seine Dienste gebraucht werden würden. Niemand hätte sagen können, was hinter seiner Stirn vorging. Vielleicht interessierte ihn die ganze Sache einfach nicht.

Mit dem Untergang der *Kraweel* begann Herrmanns' Pechsträhne. Ganze Schiffsladungen Bier erreichten verdorben ihr Ziel, drei in Antwerpen, eine in Frankreich und zwei in Helsingborg. Das Bier war nicht nur sauer, das kam bei so langer Fahrt schon mal vor, sondern schimmelig, und es stank übel.

Auf einem Ewer, während der Fahrt die Elbe hinauf ins Kursächsische, kam eine Ladung Holz ins Rutschen und ging mitsamt einer Tonne Indigo über Bord.

Am teuersten kam Herrmanns aber die Sache mit dem Safran. Der Beutel mit dem gelben indischen Pulver war kostbar wie Gold, und niemand konnte erklären, wie er aus der Kapitänskajüte verschwunden war. Wenigstens hatte der Dieb keinen Nutzen von seiner frevelhaften Tat. Er musste im Davonlaufen gestolpert sein. Warum sonst war die ganze Kostbarkeit am Morgen auf dem Armenfriedhof verstreut? Von weitem sah es aus, als wäre über Nacht ein Meer von zarten Blüten aus den Gräbern gewachsen. Alles war gelb, safrangelb, aber bevor irgendjemand ein kleines Restchen des teuren Pulvers von der Erde kratzen konnte, kam ein Windstoß und trug alles davon.

Herrmanns schickte in diesen Monaten oft nach dem Bader. Der ließ ihn zur Ader und gab ihm einen Topf voller Kräuter.

«Bitter, Herr, grässlich bitter», erklärte er, «lasst einen Löffel voll davon in gekochtem Wasser ziehen und trinkt den Sud. Es wird Eure verstopfte Leber erleichtern. Dann schmeckt auch der Braten wieder.»

Herrmanns gewöhnte sich an den bitteren, braunen Trank, und der Braten schmeckte tatsächlich wieder. Ein Wundermittel, es war auch teuer bezahlt. Den kostbaren Topf verwahrte er in seiner Schreibstube, und wenn er leer war, schickte er Jan zum Bader um neue Kräuter.

Dann kam die Nachricht, dass in Jütland wieder eine Ladung Bier voller Schimmel und brauner Klumpen angekommen sei. Die Jütlander wollten Hermanns' Bier nun nicht mehr.

«Der Teufel macht's», sagten die Leute. «Oder Gott. Wie bei Hiob.»

«Einer, der mich ruinieren will, macht's», dachte Herrmanns und schmiedete heimlich einen Plan.

Die Nacht neigte sich schon dem Morgen zu, als er die Knechte endlich hörte. Sie kamen durchs Kontor und drängten sich in seine Schreibstube.

«Hier ist er, Herr», sagte der Älteste, «wir haben ihn erwischt. Einen ganzen Beutel voll mit schimmeligem Brot hatte er auf der Schulter, wollte auf dem Schonen-Segler gerade das erste Fass aufmachen und den Schiet reinbröseln.»

Mit einem heftigen Stoß schubste er den Jungen ins Licht.

Erschrocken wich Herrmanns zurück. «Ihr Tölpel», schrie er, Zornesröte stieg ihm ins Gesicht, «das ist doch Jan!»

«Ja, Herr. Das ist Jan. Der hat Euer Bier verdorben. Und wer weiß, was sonst noch.»

Herrmanns setzte sich schwer auf die Bank hinter dem großen Tisch. «Warum, Junge? War ich dir nicht ein guter Herr? Habe ich dir nicht zu essen gegeben, dich nicht das Schreiben gelehrt? Du gehörst doch zu meinem Haus, als wärst du darin geboren.»

Jan schwieg. Sosehr sie sich auch bemühten, er nannte niemanden, der ihm aufgetragen hatte, dem Handelsherrn Joost Herrmanns die Geschäfte zu verderben.

Er schwieg auch auf der Streckbank und als die glühenden Zangen sich zischend und stinkend in sein Fleisch fraßen. Nur einmal habe er geschrien, wurde Herrmanns berichtet. Anneken!, habe er gebrüllt. Da sei einer noch fast ein Kind und schreie in höchster Not nicht zu Gott, sondern nach der Liebsten. Als sie ihn von der Streckbank nahmen und mit kaltem Wasser übergossen, habe er noch etwas herausgestöhnt. Das klang wie: «Er muss doch büßen.» Oder so ähnlich.

Der Pastor, der die ganze Zeit dabeigestanden hatte, damit die Seele nicht ohne christlichen Beistand zum Teufel entfloh, hatte triumphiert. Auch wenn der junge Sünder sein Geheimnis nicht preisgab, schien er am Ende doch zu bereuen.

Herrmanns nickte nur dazu. Anneken? Das war schon so lange her. Und plötzlich begriff er, warum ihm Jan von Anfang an so vertraut erschienen war.

Er sah alt aus an diesem Tag, und die ganze folgende Nacht hindurch brannte in seiner Stube eine Kerze. Noch bei seinem letzten Rundgang kurz vor Sonnenaufgang sah der Nachtwächter seinen Schatten hinter dem Fenster.

Am Morgen ließ Herrmanns den Bader kommen. Ihm war übel und sein Kopf schmerzte, als ob er platzen wolle. Der Aderlass brachte ihm keine Erleichterung, selbst der bittere Sud bereitete ihm diesmal nur neue Übelkeit.

Das Gericht sprach Jan Burstah der Anschläge auf die Herrmanns'schen Geschäfte für schuldig und fällte das Urteil. Auf ein so schweres Verbrechen konnte nur der Tod stehen. Einen Knaben hatten sie in dieser Stadt noch nie geköpft. Und auch wenn dieser mit seinen dreizehn Jahren schon fast ein Mann war, verboten sie dem Volk das grausige Vergnügen, das Schauspiel anzusehen.

Der Stundenrufer hatte längst die Mitternacht verkündet, als der Henker Jan in einer schwülen Augustnacht anno 1578 über die Trostbrücke und zum Messberg führte, zu dem kleinen Hügel aus Schutt und Unrat von Generationen. Das Beil war gut geschärft und schnitt den Kopf mit dem ersten Hieb vom Körper. Der Kopf rollte davon, mitten hinein in das Gebüsch aus rotem giftigem Fingerhut, der rund um den Hügel wuchs. Ein triumphierendes Lächeln soll das tote Gesicht gezeigt haben, erzählte der Knecht des Henkers am nächsten Tag in der Cremon-Schänke, aber das hat ihm keiner geglaubt.

Joost Herrmanns ging nun wieder allein zur Börse. Aber nicht mehr lange. Immer häufiger rief er den Bader, immer mehr trank er von dem Sud, der ihm früher so wunderbar geholfen hatte, doch nun nur noch bitterer erschien. Der Topf war gut gefüllt, das war Jans letzter Dienst gewesen, bevor sie ihn mit dem schimmeligen Brot auf dem Segler ertappt hatten.

Nun half auch der Sud nichts mehr, fast schien es, als verstärke er sogar die Pein. Herrmanns' Atem ging immer schwerer, der Schlag seines Herzens langsamer. Übelkeit quälte ihn, und die Knochen seines Kopfes schienen viel zu eng. Er kämpfte drei Wochen, dann begannen die Krämpfe, und der Pastor kam zum letzten Gebet. Herr, du meine Zuversicht. Herrmanns' Lippen erstarrten. «Jan», flüsterte er, als sehe er Bilder, die niemand sonst sah, und umklammerte die trockene Hand des Pastors. «Sag Anneken, es tut mir Leid ...» Das waren seine letzten Worte. Die hörte nur der Pastor, und der behielt sie für sich.

Achtzig Kutschen folgten dem sechsspännigen Leichenwagen. Und als sie die Marmorplatte auf das Herrmanns'sche Grab in St. Katharinen schoben, glaubten die Leute, die vor der Kirche auf ein Almosen der reichen Trauergäste warteten, im aufheulenden Wind ein Lied zu hören. Ein verbotenes Lied von Aufruhr und Totschießen, von Säbelhieben und Kaperei gegen die hanseatischen Pfeffersäcke.

Renate Kampmann **Verlierertyp**

Der Mann mit den rotgeränderten Augen umklammerte mit beiden Händen die Armlehnen seines Sitzes, als das Flugzeug zum Landeanflug auf Hamburg-Fuhlsbüttel ansetzte. Die Reise von Chicago über New York und London war lang gewesen, und das Mittel gegen Flugangst wirkte längst nicht mehr. Mit all der Energie, die ihm trotz seiner Müdigkeit noch geblieben war, unterdrückte er den Impuls, aufzuspringen und schreiend den Gang hinunterzurennen. Die Maschine setzte überraschend sanft auf, und der Mann atmete erschöpft aus und lockerte seine verkrampften Muskeln. Die Erleichterung, dass er wieder festen Boden unter den Füßen hatte, und das nervtötende Warten auf seinen Koffer, der natürlich wieder der Letzte auf dem Förderband war, absorbierten seine Aufmerksamkeit zunächst. Erst als er den Ankunftsterminal verließ und sich auf die Suche nach einem öffentlichen Verkehrsmittel machte, bemerkte er, dass er sich überhaupt nicht mehr auskannte. Alles hatte sich verändert, überall wurde gebaut, nichts war so, wie er es noch gekannt hatte. Aber was hatte er erwartet nach mehr als fünfundzwanzig Jahren?

Er fand schließlich den Bus, der ihn nach Ohlsdorf brachte. Mit der U-Bahn fuhr er bis zum Jungfernstieg und wechselte dort in die S-Bahn Richtung Blankenese. Die Namen der Haltestellen, ein Vierteljahrhundert nicht mehr gehört, klangen auf Anhieb so vertraut, als hätte er sie vor ein paar Tagen erst zum letzten Mal passiert. An der Haltestelle Reeperbahn stieg der Mann aus. Einen Moment blieb er auf dem Bahnsteig stehen und schloss die Augen. Die Müdigkeit überwältigte ihn beinahe, und er wusste nicht, wie er es schaffen sollte, einen Fuß vor den anderen zu setzen und die Untergrundstation zu verlassen. Ihm war klar, dass es nicht nur die Müdigkeit war, die ihm zu schaffen machte. Er hatte Angst. Angst vor dem, was ihn erwartete.

Es war Hochsommer, und sogar in Hamburg stieg die Temperatur an diesem Mittag auf fast dreißig Grad. Auf der Reeperbahn war nicht viel los. Von wegen sündige Meile. Es roch nach Hundescheiße und Abgasen. Das war auch schon fast alles, was dem Mann aus Chicago bekannt vorkam. Das Hsie Lin Men, das chinesische Restaurant schräg gegenüber, war auch damals schon da gewesen. Gegessen hatte er dort natürlich nie, dazu hatte ihm das Geld gefehlt. Geld war im Großen und Ganzen sein Problem geblieben. Wenn er es hatte, rann es ihm durch die Finger wie Wasser. Aber meistens kam er nur gerade so über die Runden. Die Reise nach Hamburg konnte er sich eigentlich überhaupt nicht leisten, aber es war höchste Zeit, reinen Tisch zu machen.

Er überquerte die Kreuzung und betrat das Hotel am Nobistor, in dem er ein Zimmer vorbestellt hatte. Der junge Mann an der Rezeption fertigte ihn ab, ohne ihn einmal richtig anzusehen. Gleichgültigkeit oder Diskretion? Immerhin sprach er seinen Namen korrekt aus. MacLeod, so hieß seine erste Frau. Den Namen Büchsenmacher konnte in den USA kein Mensch aussprechen, und er hatte mit allem anderen auch diesen Teil seiner Identität hinter sich lassen wollen. Es hatte aber nichts genützt.

MacLeod, der eigentlich Büchsenmacher hieß, ging auf sein durchschnittlich hässliches Hotelzimmer. Weil es ein preiswertes Zimmer war, für das er außerdem einen Rabatt ausgehandelt hatte, lag es zur Straße hin. Aber an Verkehrslärm war er gewöhnt, er hörte ihn gar nicht mehr. Er stellte seinen Koffer in eine Ecke und legte sich aufs Bett, um ein paar Minuten zu entspannen. Als er wieder zu sich kam, hatte sich das Licht verändert, und es waren mehr als fünf Stunden vergangen. Im

Moment des Aufwachens konnte er noch für ein paar Sekunden einen Zipfel seines letzten Traumes erhaschen. Es war ihr Gesicht, das er sah. Noch viel hübscher, als es in Wirklichkeit gewesen war. Ihre Lippen formten unhörbar seinen Namen. Aber er wusste, dass sie Angst hatte.

Seine Hand tastete auf dem Nachttisch nach einer Zigarettenschachtel. Er brauchte einen Moment, bis er sich erinnerte, dass er vor ein paar Monaten mit dem Rauchen aufgehört hatte. Mühsam schwang er seine Beine aus dem Bett und blieb noch auf der Bettkante sitzen, bis der Traum und ihr Gesicht endgültig verblasst waren.

Obwohl er den ganzen Nachmittag geschlafen hatte, fühlte er sich müde und zerschlagen. Die kalte Dusche änderte auch nicht viel daran, immerhin bekam er den muffigen Geruch des Billigfliegers aus den Poren. Kurz vor acht verließ er das Hotel. Hamburgs Vergnügungsviertel hatte den Betrieb aufgenommen. MacLeod überlegte, wohin er sich zuerst wenden sollte, und entschied sich für den Hafen. Er spazierte in Richtung Fischmarkt, und zu seiner Verwunderung erfüllte ihn plötzlich ein Gefühl, das froher Erwartung gefährlich nahe kam. Der laue Sommerabend und der Geruch nach brackigem Wasser, der ihm von weitem entgegenwehte, schienen ihm die Sinne zu verwirren. Wiedersehensfreude und dergleichen Sentimentalitäten konnte er sich nicht gestatten, so wenig wie Heimweh, als er nach Chicago gekommen war. Und dann stand er am Wasser und sah über die Elbe zur Blohm & Voss-Werft hinüber und fragte sich tatsächlich einen Moment lang, ob er sich wohl verlaufen habe. Er drehte der Elbe wieder den Rücken zu und betrachtete, was einmal sein Fischmarkt gewesen war, wo er sonntags früh mit seiner Mutter Obst und Gemüse für die ganze Woche eingekauft hatte. Wo Kopfsteinpflaster gewesen war, führten breitbetonierte Straßen zur Elbe hin. Aus authentischen Billigkneipen, in denen Hafenarbeiter neben Nutten und Touristen ihren Lohn vertranken, hatte man schicke Bars und Bistros gemacht. *Trendy locations for trendy people.* Und genauso ging es weiter, als er in Richtung Westen die Große Elbstraße entlangstreifte. Lokale und Geschäfte für den gehobenen Anspruch. Renovierte und neu gebaute oder im Bau befindliche Gebäude, ein Kreuzfahrtterminal in Stahl und Glas. Und wo sich vor den Laderampen der Fischgroßhändler früher Huren für jeden Geschmack und Geldbeutel die hohen Absätze schief standen, parkten jetzt die Besucher der Weinhändler und der angesagten Restaurants und die handybewehrten Angestellten der umliegenden Büros. Die Welt hatte sich ein paar Mal gedreht, seit MacLeod zuletzt da gewesen war, und er wusste nicht, ob er damit einverstanden war.

Er unterdrückte den Appetit auf einen Drink. Die Drinks hatte er ebenso aufgeben müssen wie das Rauchen. Gegen Essen war allerdings nichts einzuwenden.

MacLeod betrat ein Restaurant, das sich italienisch gab und wo Menschen an langen Tischen aßen, was sie am Tresen bestellt hatten. MacLeod orderte Fisch in Senfsauce, wobei sich herausstellte, dass in den langen Jahren des Exils sein deutsches Vokabular stark gelitten hatte, ebenso wie seine Aussprache. Der Fisch schmeckte ein wenig tranig, aber die Sauce war gut, und MacLeod war nicht wählerisch beim Essen. Er hatte einen Platz direkt am Fenster ergattert und beobachtete die Menschen, die auf der Straße vorübergingen. Die Erwartung, ein bekanntes Gesicht könnte darunter sein, ließ sich nicht unterdrücken, obwohl das mehr als unwahrscheinlich war.

Mit einem Stück Brot tunkte er gerade den Rest Sauce auf, als eine junge Frau seine Aufmerksamkeit auf sich zog. Zuerst hörte er nur ihr Lachen, laut und herzhaft, dann sah er ihr Gesicht. Für einen kurzen Moment nur, aber er sprang auf, als hätte er einen starken Stromschlag erhalten. Den ärgerlichen Protest seiner Sitznachbarin, deren Weinglas ins Wanken gekommen war, ignorierte er und stürmte aus dem Lokal und auf die Straße. Hektisch sah er sich um. Wo war sie geblieben? Er lief ein paar Mal die Straße auf und ab, aber sie war verschwunden. Schwer atmend blieb er stehen und war plötzlich nicht mehr sicher, ob er nicht einer Sinnestäuschung erlegen war. Diese schräg stehenden veilchenblauen Augen und die aufgeworfenen Lippen einer Brigitte Bardot – er musste sich einfach geirrt haben.

Ziellos bummelte er am Wasser entlang und durch das Hafenviertel, bis er seine Füße kaum noch spürte. Er registrierte die Veränderungen und wunderte sich, wenn er Bekanntem begegnete. MacLeod war kein Nostalgiker, und die St.-Pauli-Romantik war schon immer eine Erfindung für die Touristen gewesen. Trotzdem war er nicht sicher, ob er die neue Sachlichkeit und schicke Ästhetik mochte, die den Charakter des Hafenrandes total verändert hatte und sicher noch weiter verändern würde. In einer Zeitung, die er im Flugzeug bekommen hatte, las er, dass Kalle Schwensen, eine ehemalige Unterwelt-Größe, die Waffe gegen eine Schreibmaschine eingetauscht und ein Drehbuch geschrieben hatte, das ein prominenter Regisseur verfilmen wollte. Das sagte wohl alles. Konsum und Schickimicki statt Sex and Crime.

Natürlich gab es immer noch die andere Seite von St. Pauli. Die Leute in den Nebenstraßen, die gerade so über die Runden kamen. Die Studenten und die Rentner. Die Trinker und die Fünf-Marks-Huren, die ihre beste Zeit lange hinter sich oder nie gehabt hatten. Neu für MacLeod waren die vielen Ausländer, die es zu seiner Zeit noch nicht gegeben hatte. MacLeod hatte nichts gegen Ausländer. In Chicago war er der Ausländer, und solange man nach dem 11. September nicht Moslem war oder wie einer aussah, gab es damit auch keine

Probleme. Ja, der 11. September. Nichts war danach wie vorher, hieß es. Irgendwie stimmte das auch für ihn. Obwohl direkt in keiner Weise betroffen, hatte ihm dieser Terroranschlag klargemacht, dass er nicht weitermachen konnte wie vorher. Sein Leben war ein Trümmerhaufen wie Ground Zero. Er musste endlich Ordnung schaffen und tun, was er schon vor einem Vierteljahrhundert hätte tun sollen.

Nach Einbruch der Dunkelheit hatte die Hitze nachgelassen, nur in den Kneipen war es immer noch kaum auszuhalten. MacLeod hatte in der Traditionskneipe *Zum Silbersack* eine Cola getrunken, nachdem er durch die Seilerstraße geschlendert war. Dort war er aufgewachsen, das Haus gab es noch. Dennoch hatte er nichts gespürt, kein Ziehen in der Brust, keine plötzliche Feuchtigkeit in den Augenwinkeln. Den Jungen von damals gab es nicht mehr. Gegen elf nahm er Kurs auf sein Hotel. Bei einem Schlenker über den Hans-Albers-Platz passierte er eine Bar und hatte plötzlich Lust, dort noch einen Absacker in Form einer zweiten Cola zu nehmen. Das waren noch Zeiten, als seine Absacker mindestens 40 Prozent Alkohol hatten.

Er betrat die Bar und fühlte sich sofort fehl am Platz. Das Durchschnittsalter lag schätzungsweise bei 28, und das Durchschnittsgehalt beim Doppelten dessen, was er sich mal erträumt hatte. Er wollte schon wieder gehen, als er das Mädchen sah. Veilchenblaue Katzenaugen und ein Schmollmund à la Brigitte Bardot.

Sie stand hinter der Bar und mixte einen Cocktail, auch so eine blöde Mode. Was hatten die jungen Leute heute gegen einen soliden Scotch? MacLeod setzte sich an die Bar, er hatte den letzten freien Hocker ergattert, und sah ihr zu. Sie trug Jeans und ein nabelfreies Top, sodass man ihr Piercing sehen konnte. Wenn man Piercings mochte, sah sie gut damit aus. Ihre Bewegungen waren geschmeidig und elegant. Sie lächelte, als sie die rosafarbene Flüssigkeit in ein hohes Glas goss und einem jungen Mann mit Mozartzopf zuschob. Mit dem gleichen Lächeln wandte sie sich MacLeod zu und fragte nach seinen Wünschen. Er sah in ihre Augen und vergaß für einen Moment, wo er war.

«Ist Ihnen nicht gut?»

Es klang ehrlich besorgt, und ihre Stirn legte sich dabei in Falten. Sie war einfach wunderschön. MacLeod kehrte in die Gegenwart zurück.

«Es ist nur die Hitze. Vielen Dank.»

Das war natürlich gelogen. Hitze machte ihm nichts aus. Wer das feuchtwarme Klima am Lake Michigan gewöhnt war, empfand das bisschen Sommer in Norddeutschland als Erholung.

Er bestellte Diät-Cola und erntete belustigte Blicke von seinen Nachbarinnen, zwei windschnittigen jungen Frauen, die an Longdrinks nippten und über Börsenkurse sprachen. Als Katzenauge ihm die Cola servierte, nahm er all seinen Mut zusammen und fragte nach ihrem Namen. Sie lächelte wieder ihr routiniertes Lächeln und antwortete, er könne sie Molly nennen.

«Ist das Ihr richtiger Name?»

Molly legte den Kopf schief und schien ihn zu taxieren. Er wusste, was sie sah, und machte sich keine Illusionen über den Eindruck, den er hinterließ.

«Ich mag den Namen, man kann ihn sich gut merken.»

MacLeod trank langsam seine Cola und ließ Molly, oder wie immer sie hieß, nicht aus den Augen. Natürlich merkte sie das, und er sah, dass sie anfing, sich unter seinen Blicken unwohl zu fühlen. Als er ihr Zeichen machte, dass er zahlen wolle, war sie sichtlich erleichtert. Er verließ die Bar, und für einen flüchtigen Moment zog er ernstlich in Erwägung, so lange in der Nähe zu warten, bis die Bar schloss und Molly nach Hause ging. Stattdessen trottete er brav in sein Hotel und legte sich aufs Bett, ohne sich zu entkleiden. Er war überhaupt nicht mehr müde und fiel erst im Morgengrauen in einen unruhigen Schlaf. Seine Träume waren quälend, veilchenblaue Katzenaugen verfolgten ihn, und Schmollmünder riefen angstvoll seinen Namen.

Um acht Uhr war er schon im Frühstücksraum und bekämpfte seinen Jetlag mit einer großen Kanne Kaffee. Der Kaffee war leider so schlapp wie die Wurst und der Industriekäse auf dem Buffet. Während er auf einem Brötchen herumkaute, das die Konsistenz von Styropor hatte, blätterte er zum x-ten Mal die Unterlagen durch, die er sorgfältig in einer Plastikhülle aufbewahrte. Es waren Kopien von Zeitungsartikeln, aus Jahrbüchern und Lexika. Sie dokumentierten die Karriere eines Mannes, der mal der beste Freund von Jens Büchsenmacher gewesen war. Jens Büchsenmacher, der sich jetzt John MacLeod nannte, betrachtete das Foto eines fleischigen, fast kahlköpfigen Mannes, der den Arm um eine sehr attraktive Frau legte und in die Kamera lächelte. Ihm fiel plötzlich auf, dass sein ehemals bester Freund eine frappierende Ähnlichkeit mit dem italienischen Ministerpräsidenten Silvio Berlusconi hatte. Er vermutete, dass die Ähnlichkeit sich nicht allein auf das Äußere beschränkte. Bernhard Luckow, der nur mit Ach und Krach und mit seiner Hilfe das Abitur geschafft hatte, war ein sehr wohlhabender Mann geworden, der über ein Immobilienimperium herrschte, im Vorstand diverser Banken und Unternehmen saß und Beziehungen in die allerhöchsten Kreise pflegte. Und er, MacLeod, geborener Büchsenmacher, der Ausnahmeschüler, der zwei Klassen übersprungen hatte und davon träumte, der neue Albert Einstein zu werden? Wo war er jetzt?

Nach dem Frühstück machte er sich auf den Weg in die Innenstadt, wo die Luckow Holding ihre Büros in Rathausnähe hatte. Mit der Behauptung, er habe einen Termin bei Herrn Luckow, drang er bis in dessen Vorzimmer vor. Dort wurde er von der Chef-Assistentin schließlich gestoppt. Der Name MacLeod stand nicht in ihrem Terminkalender, und der war so unfehlbar wie ein päpstliches Dogma. Wer nicht im Terminplan stand, den gab es nicht, jedenfalls nicht für Dr. h. c. Bernhard Luckow. Doctor honoris causa! Das hatte er also auch geschafft.

Der Mann aus Chicago ließ sich nicht so leicht abwimmeln. Er bat die kühle, aber nicht unsympathische Hüterin der Termine, Dr. Luckow zu fragen, ob er bereit sei, einen gewissen Büchsenmacher zu treffen. Luckows Assistentin machte schmale Augen, erhob sich aber nach kurzer Überlegung und verschwand hinter einer gepolsterten Doppeltür. Verfolgt von den interessierten Blicken der beiden untergeordneten Sekretärinnen wanderte MacLeod ein paar Schritte auf und ab. Dann öffnete sich die Tür zum Chefbüro und Luckow trat heraus. Er blieb auf der Türschwelle stehen, ein für sein Alter etwas zu beleibter Mann in einem sehr teuren Anzug, und glotzte MacLeod ungläubig an.

«Hallo, Bernie. Oder ziehst du Doktor Luckow vor?»

«Komm rein.»

Luckow sprach im Befehlston. Er drehte sich um und verschwand wieder in sein Büro. Seine Assistentin kam heraus und machte eine einladende Handbewegung. MacLeod wechselte von der sachlichen Kühle des Vorzimmers in einen Raum, der so ausgestattet war, wie sich Klein Fritzchen vermutlich das Büro eines reichen Wirtschaftsmagnaten vorstellte. Designermöbel, knöcheltiefer Teppich und echte Gemälde an den Wänden. MacLeod war beinahe beeindruckt. Für einen Emporkömmling wie Bernie war das gar nicht so übel. Aber vielleicht hatte ja seine Frau das Büro eingerichtet. Luckow deutete auf einen cremefarbenen Ledersessel, der so unbequem war, wie er aussah.

«Ist lange her. Wie geht's dir?»

Luckow ließ seinen Blick prüfend über seinen Gast gleiten. MacLeod hatte seinen besten Anzug für diesen Besuch angezogen. Er war seit zehn Jahren sein bester Anzug und hatte in der Zeit einiges mitgemacht.

«Willst du eine ehrliche Antwort oder ist das nur die Gesprächseröffnung?»

Luckow seufzte und ging zu einer schwarz lackierten Anrichte.

«Kann ich dir einen Kaffee oder Tee anbieten? Oder Mineralwasser? Ich nehme an, für Alkohol ist es noch etwas zu früh. Oder?»

Er hält mich für einen Trinker, dachte MacLeod. Knapp daneben.

«Mineralwasser ist okay für mich.»

Luckow kam mit zwei Gläsern Wasser zurück und setzte sich MacLeod gegenüber.

«Warum bist du hier?»

«Du weißt warum.»

«Ich hab nicht die geringste Ahnung.»

MacLeod sah ihn fassungslos an. Luckow saß mit lässig übereinander geschlagenen Beinen in seinem Sessel und blickte ihm ruhig in die Augen. Er zeigte die Miene eines Menschen, der mit sich im Reinen ist und nie eine schlaflose Nacht hatte.

«Die Sache muss ein Ende haben. Ich will eine Aussage machen.»

Luckow beugte sich vor, als hätte er ihn nicht richtig verstanden.

«Was heißt das, eine Aussage machen? Ich versteh nicht, was du damit sagen willst.»

«Du verstehst mich sehr gut. Ich gehe zur Polizei. Das hätte ich schon damals tun sollen. Mein Leben wäre anders verlaufen.»

Luckow kniff die Augen zusammen und beugte sich noch ein Stückchen weiter vor.

«Hast du meinen Brief nicht bekommen?»

MacLeod war irritiert. «Welchen Brief?»

«Den ich dir aus der Kaserne geschrieben hatte, nachdem ich dich am Tag nach unserer … äh … Abschiedsfeier nicht erreichen konnte.»

MacLeod überlegte. Er konnte sich an keinen Brief erinnern. Vielleicht war er geklaut worden. Damals waren ein paar Wochen lang andauernd Briefe und Päckchen verschwunden. Das hatte erst aufgehört, als der Hauswirt das Hippie-Pärchen aus dem Erdgeschoss auf die Straße gesetzt hatte, weil sie im LSD-Rausch die Gardinen angezündet hatten.

Kurz danach war MacLeod zu seinen Verwandten nach Chicago gezogen und nie wieder zurückgekehrt.

«Ich hab keinen Brief bekommen.»

Luckow lehnte sich zurück und schloss kurz die Augen.

«Du meine Güte.»

«Ich bin damals nicht zur Polizei gegangen, weil ich mich schuldig fühlte und weil ich feige war. Und ich wollte dich nicht verraten. Das war ein Fehler, der größte, den ich je gemacht habe. Ich muss das wieder in Ordnung bringen.»

Luckow sagte nichts. MacLeod war deshalb ziemlich irritiert.

«Du denkst vielleicht, das alles ist schon so lange her, dass es beinahe gar nicht mehr wahr ist. Und dass es jetzt niemandem mehr nützt, wenn ich die Wahrheit sage. Aber das stimmt nicht.»

Luckow nahm einen tiefen Schluck aus seinem Glas.

«Du bist nach Amerika gegangen. Was hast du da gemacht?»

MacLeod war misstrauisch. «Wieso willst du das wissen?»

«Es interessiert mich.»

«Schon mal was von den Chicagoer Schlachthöfen gehört? Ein Verwandter von mir hat da gearbeitet, hat mir Jobs besorgt.»

«Du hast also nicht Mathematik und Physik studiert, wie du es immer vorhattest?»

MacLeod sah aus dem Fenster. Er konnte einen Turm des Rathauses sehen.

«Ich hab nach einem Jahr aufgegeben.»

Eine Fliege surrte durch den Raum und prallte geräuschvoll gegen die Scheibe.

«Da drüben sind sie wirklich vorurteilsfrei. Du kannst einen IQ von 150 haben, und keiner hat ein Problem damit, dass du dich um einen Job bei einem Gebrauchtwagenhändler bewirbst oder Versicherungen an der Haustür verkaufen willst.»

Luckow sagte nichts dazu. Was hätte er auch sagen sollen?

«Eine Zeit lang war ich sogar ziemlich erfolgreich mit einem Servicebetrieb. Alles rund ums Haus, Rasen mähen, Dachrinnen reinigen, kleine Reparaturen. Ich hatte sogar zwei feste Angestellte. Aber dann wurde meine Frau schwer krank. Als sie nach ein paar Monaten starb, war ich pleite. Mir blieb nur ihr Name, MacLeod.»

«Das tut mir Leid.»

«Ach wirklich? Na ja, in den USA lässt man sich nicht unterkriegen. Null Toleranz für Verlierertypen. Ich hab also einen zweiten Anlauf gemacht, diesmal als Angestellter bei einer großen Immobilienfirma. Tough business. Nach zwei Jahren war ich wieder draußen. Ich war der Verkäufer mit der niedrigsten Punktezahl. Hab ich erwähnt, dass ich wieder geheiratet hatte? Sie ließ sich scheiden. Seitdem komme ich wegen der Unterhaltszahlungen auf keinen grünen Zweig mehr.»

Luckow schüttelte den Kopf.

«Das ist wirklich verrückt. Ich hab dich immer beneidet, weißt du das?»

MacLeod sah ihn verblüfft an.

«Du hast mich beneidet?»

«Klar. Du warst mir haushoch überlegen. Neben dir kam ich mir immer vor wie ein Idiot. Vielleicht war das mein Antrieb. Ich wollte es dir zeigen.»

MacLeod lächelte bitter. «Gratuliere. Das hast du geschafft.»

Er erhob sich mühsam und ging zum Fenster. Die Fliege kämpfte immer noch gegen die Scheibe an.

«Seit damals ist kein Tag vergangen, an dem ich nicht an sie gedacht habe. Es war wie ein schleichendes Gift, das alles, was ich angefasst habe, durchdrang und zerstörte. Ich will mein Leben zurück.»

Luckow trat hinter ihm.

«Du willst also zur Polizei gehen. Und was wirst du denen sagen?»

MacLeod drehte sich um und sah seinem ehemaligen Freund in die Augen.

«Die Wahrheit natürlich. Ich kann dich dabei nicht schonen.»

«Sie werden dir nicht glauben. Es gibt keine Leiche.»

Damit hatte er MacLeods größtes Problem angesprochen. Er war damals im Morgengrauen zurückgekehrt und hatte nach ihr gesucht, aber sie war fort gewesen.

«Was hast du mit ihr gemacht?»

Luckow sah plötzlich erschöpft aus. Der beleibte Mann in seinem teuren Anzug verlor ein wenig von der Aura des Siegers, die ihm im Laufe der Jahre seines Aufstiegs zugewachsen war.

«Jens, fahr zurück nach Hause. Versuch zu vergessen und hör auf, dich schuldig zu fühlen. Was du vorhast, wird dir nur neuen Kummer bescheren. Glaub mir.»

«Gut. Ich hatte ohnehin nicht mit deinem Einverständnis gerechnet.»

MacLeod war schon an der Tür.

«Jens. Warte.»

MacLeod sah sich erwartungsvoll um.

«Geh nicht zur Polizei. Ich bitte dich.»

Luckow wollte weiterreden, aber dann schüttelte er nur den Kopf und hob in einer Geste der Hilflosigkeit die Hände.

MacLeod verließ ohne ein weiteres Wort das Büro.

Auf der anderen Seite des Rathauses, in der Kleinen Johannisstraße, gab es eine Revierwache, zu der sich MacLeod durchfragte. Erst als er sich dem Eingang näherte und zwei uniformierte Polizisten in einen vor der Wache geparkten Dienstwagen steigen und davonfahren sah, verließ ihn der Furor, der ihn bis jetzt angetrieben hatte. Er war in der vagen Hoffnung angereist, dass auch Bernhard Luckow sich all die Jahre mit den Erinnerungen herumgequält hätte und jetzt bereit wäre, Ordnung in sein Leben zu bringen. Er hatte sich geirrt und stand mit leeren Händen da. Nur ungern gestand er sich ein, dass Bernie Recht und er verdammt schlechte Karten hatte. Wie würde seine Aussage ablaufen?

‹Ich möchte einen Mord melden. Eine junge Frau ist getötet worden.›

‹Wer ist das Opfer?›

‹Sie nannte sich Lilly.›

‹Und weiter?›

‹Das weiß ich nicht.›

‹So. Wo ist es passiert?›

‹Am Elbstrand unterhalb vom Hirschpark.›

‹Wann?›

‹Vor siebenundzwanzig Jahren.›

‹Sie meinen Stunden, oder?›

Er würde wie ein Depp dastehen. Es gab keine Leiche, und er wusste nicht einmal, ob sie damals vermisst gemeldet worden war. Der Gang zur Polizei musste aufgeschoben werden, er brauchte Zeit zum Überlegen. MacLeod bog von der Kleinen Johannisstraße in die Rathausstraße ein, wo er ein Café entdeckte. Er wollte es gerade betreten, um bei einer Tasse Kaffee eine neue Strategie zu entwickeln, als er bemerkte, dass im Nebengebäude eine Detektei residierte. Ein Profi-Ermittler war in seinem Budget nicht vorgesehen, aber er brauchte Hilfe.

Zehn Minuten später saß er einem jungen Mann von Ende zwanzig gegenüber, der ihm erläuterte, zu welchen Bedingungen seine Dienste zu haben waren. MacLeod akzeptierte und skizzierte so knapp wie möglich sein Problem. Traf auf eine vermisste Person im Sommer vor siebenundzwanzig Jahren die Beschreibung von Lilly zu? Wurde zu irgendeinem Zeitpunkt nach dem betreffenden Augustabend eine weibliche Leiche gefunden, die als Lilly identifiziert werden konnte?

MacLeod hatte erwartet, dass der junge Mann nachfragen würde. Zum Beispiel, warum er das wissen wollte. Und wieso erst nach so langer Zeit. Aber er notierte sich nur die Zeit- und Ortsangaben und versprach, sich spätestens in zwei Tagen bei MacLeod zu melden.

Bei einem Milchkaffee unter den Jugendstilkuppeln des Café Paris nebenan versuchte MacLeod, seine Gefühle und Gedanken zu ordnen. Der junge Detektiv hatte ihm gerade seiner Sachlichkeit und Kühle wegen Vertrauen eingeflößt. Wahrscheinlich hatte er beste Beziehungen zur Polizei und bekam ohne Schwierigkeiten die gewünschten Informationen. Aber was war, wenn das Ergebnis der Nachforschung negativ war? Dann hatte er wieder nichts in der Hand, mit dem er beweisen konnte, was an jenem Abend passiert war. MacLeod fühlte sich schlecht. Es war nicht schön, was er vorhatte. Aber er musste Bernie unter Druck setzen.

Der Schnellbus mit der Nummer 36 fuhr die Elbchaussee entlang. MacLeod genoss die Aussicht und dachte daran, wie er und sein Freund Bernie davon geträumt hatten, eines Tages die Altbauwohnungen ohne Bad und Heizung hinter sich zu lassen und in eine der weißen Villen mit Elbblick zu ziehen. Bernie hatte es geschafft. Sein Anwesen lag zwischen dem Schiffsanleger Teufelsbrück und Blankenese, nicht so fern der Stelle, wo es damals passiert war. MacLeod fand das ziemlich abgebrüht, er selbst hatte bis jetzt nicht den Mut gefunden, die Stelle am Elbuferweg aufzusuchen.

Er stieg an einer Haltestelle aus, die schräg gegenüber der gesuchten Adresse lag. Er überquerte die Straße und betrat eine Auffahrt, deren gusseisernes Tor weit offen stand. Von Ferne trug der Wind die Geräusche der Airbus-Flugzeugwerft über die Elbe herüber. Vor dem säulenverzierten Herrenhaus standen zwei Gärtner und unterhielten sich lebhaft mit einem jungen Mädchen, dessen schwarzweiße Dienstmädchen-Tracht ziemlich anachronistisch wirkte. Die drei unterbrachen ihre Unterhaltung, als sie MacLeod auf sich zukommen sahen. Er grüßte höflich und fragte nach der Dame des Hauses. Sicherheitshalber schob er nach, dass er ein Jugendfreund von Herrn Luckow und gerade aus Chicago eingetroffen sei. Das wirkte. Das Dienstmädchen senkte die Stimme zu einem Betroffenheitsflüstern und informierte ihn, Frau Luckow sei gerade eben in die Uni-Klinik nach Eppendorf aufgebrochen. Der Herr Doktor habe im Büro einen Herzinfarkt erlitten und liege im Koma. Es wäre wohl besser, wenn er später noch mal … MacLeod hatte das Gefühl, in Treibsand geraten zu sein. Irgendwie schaffte er es, sich höflich zu verabschieden und zur Bushaltestelle zurückzukehren.

Im Hotel lag er zwei oder drei Stunden bewegungslos auf dem Bett. Sein Kopf fühlte sich taub an, und zwischendurch kicherte er bei dem Gedanken, er sei ein großes Marsh Mallow, das dabei war, sich in der Hitze aufzulösen. Am Abend betrank er sich. Langsam und methodisch, so wie früher, nach dem Tod seiner ersten Frau. Er wechselte mehrmals die Kneipe und landete irgendwann in den frühen Morgenstunden vor der Bar, wo – wie hieß sie gleich? – Molly die Drinks mixte. Ein letzter Rest von Verstand sagte ihm, dass er zu betrunken war, um mit ihr zu reden. Ein halbes Stündchen Schlaf und er war wieder *fit as a frog*, sagte sich MacLeod und schlief in einen Hauseingang gekauert ein.

Als er erwachte, ging die Sonne auf, und das Erste, was er sah, waren zwei schlanke Beine in Turnschuhen. Mühsam blinzelte er an den Beinen entlang, die komischerweise direkt unterhalb eines Gesichts endeten.

«Heh, geht's Ihnen gut?»

MacLeod zog sich an der Haustür hoch.

«Mmh.»

Er rieb sich mit dem Ärmel über das Gesicht und machte einen zweiten Versuch, die Sprecherin anzusehen. Es war Molly.

«Sie sehen nicht aus wie ein Penner, und da dachte ich, Sie könnten vielleicht krank sein.»

«Nur 'ne kleine Alkoholvergiftung. Danke.»

Sie hatte ihn nicht wiedererkannt. Wieso auch?

«Ich heiße MacLeod. Gestern, äh, vorgestern war ich in Ihrer Bar.»

«Ach ja? Tja, wenn alles okay ist mit Ihnen … Ich muss nach Hause.»

«Nein, bitte.» Er hielt sie am Arm fest. «Gehen Sie mit mir einen Kaffee trinken. Ich möchte mit Ihnen reden.»

Sie zog die Stirn kraus und machte sich von ihm los.

«Das geht nicht.»

«Ich bitte Sie. Es ist sehr wichtig.»

«Ich bin müde. Und Sie sollten jetzt auch nach Hause gehen.»

Sie wandte sich ab und ging Richtung Reeperbahn davon. MacLeod stolperte hinter ihr her.

«Ich mache Ihnen einen Vorschlag. Mein Hotel ist gleich um die Ecke. Bestimmt bekommen wir dort schon Frühstück.»

Sie drehte sich um. «Was wollen Sie eigentlich von mir? Wenn Sie was zu beichten haben, gehen Sie in die Kirche.»

«Aber es geht doch um Sie. In gewisser Weise.»

Damit schien er ihre Neugierde geweckt zu haben. Sie sah auf die Uhr, überlegte kurz und nickte dann.

«Aber nur eine halbe Stunde. Okay?»

Im Hotel deckte die Frühstücksmannschaft gerade ein. Ein mürrischer Jungkellner knallte ihnen auf MacLeods Bitte eine Kanne Kaffee und zwei Tassen auf den Tisch und verschwand wieder in Richtung Küche.

MacLeod begann. Er erzählte von der Freundschaft zweier ungleicher Jungen, die zusammen auf dem Kiez aufgewachsen waren und es auf ein Blankeneser Gymnasium geschafft hatten. Die aus kleinen Hafenarbeiterfamilien stammten und große Rosinen im Kopf hatten. Er erzählte von Bernie, der in der Beziehung das Sagen hatte, und von Jens, der Bernies Hausaufgaben mitmachte und ihn durchs Abi boxte. Body and brain, zwei Seiten derselben Medaille. Und von der wilden Abschiedsfeier, bevor Bernie zum Bund musste. Jens war wegen einer Rückgratverkrümmung vom Militärdienst freigestellt worden. Irgendwann morgens um eins oder zwei waren sie mit zwei Flaschen Sekt und einem Mädchen namens Lilly an die Elbe gefahren und hatten sich unterhalb des Hirschparks an den Strand gesetzt. Sie hatten Lilly in einer Kneipe am Fischmarkt kennen gelernt. Beide waren sie scharf auf sie gewesen, und natürlich machte Bernie wie immer den Stich. Als die Flaschen leer waren, verdrückte er sich mit Lilly in ein Gebüsch. Und Jens hatte versucht, das Stöhnen zu überhören, das bald zu ihm drang. Den Schrei konnte er nicht überhören, und auch nicht den zweiten, den dritten, und es klang nicht nach Lustschreien. Zögernd hatte er sich dem Gebüsch genähert, hatte Zweige zur Seite gebogen. Bernie kniete über Lillys zuckendem Körper, seine Hände fest um ihren Hals gelegt. Lilly röchelte, ihre Augen sahen Jens flehend an, ihre rechte Hand streckte sich ihm entgegen. Ihre Lippen formten unhörbar ein Wort, vielleicht seinen Namen. Dann sank die Hand herab und ihre Augen schlossen sich. Bernie, die Hände noch immer um ihren Hals gelegt, wandte plötzlich den Kopf und sah Jens an. In seiner Erinnerung war das Gesicht zu einer Wolfsfratze geworden, wild und grausam und völlig verrückt. Jens hatte sich umgedreht und war davongestolpert, in fliegender Hast, ohne sich noch einmal umzudrehen, als Bernie ihm rufend folgte.

MacLeod hatte seine Geschichte in der dritten Person erzählt, so als sei sie einem anderem als ihm passiert. Das Mädchen Molly hatte ihm ruhig zugehört. Er spürte ihr erwachendes Interesse.

«Einige Stunden später bin ich zurückgekehrt, aber ich habe nur die Abdrücke ihres Körpers im Sand gesehen. Dann habe ich mich zwei oder drei Tage herumgetrieben. In dieser Zeit habe ich sogar daran gedacht, mich umzubringen. Ich war mitschuldig an ihrem Tod, ich hatte ihr nicht geholfen, ich hatte versagt.»

«Und Ihr Freund?»

«Als ich nach Hause zurückkehrte, war er fort. In einer Kaserne weit weg von Hamburg. Ich bin drei Wochen später zu Verwandten nach Chicago gezogen und nie mehr zurückgekommen.»

«Und wieso sind Sie jetzt hier?»

Er hatte ihr gar nicht zugehört.

«Bernie hat einen Herzinfarkt bekommen, er liegt im Koma. Wahrscheinlich meinetwegen. Siebenundzwanzig Jahre hatten wir uns nicht mehr gesehen.»

Molly schob ihre Tasse zur Seite.

«Das ist eine sehr traurige Geschichte. Aber warum erzählen Sie mir das?»

MacLeods Blick kehrte in die Gegenwart zurück, er sah sie an.

«Sie sehen aus wie Lilly, oder fast so. Es sind ihre veilchenblauen Augen, ihr Mund, ihre Stimme. Ich bin eigentlich nicht religiös, aber wenn ich Sie ansehe, denke ich, Sie sind mir zur Mahnung geschickt worden. Ich darf nicht wieder versagen, so wie damals.»

Molly stand abrupt auf. «Kommen Sie.»

«Wieso? Was ist los?»

MacLeod warf rasch viel zu viel Trinkgeld auf den Tisch und lief hinter der jungen Frau her. Er folgte ihr zu ihrem Wagen, der in der Nähe abgestellt war. Die Fahrt war kurz. Molly parkte am Beginn der Großen Elbstraße vor dem Stilwerk, einem Gebäude, in dem mehrere exklusive Geschäfte untergebracht waren. Im Moment arbeitete dort auf allen Stockwerken eine Putztruppe, so wie jeden Morgen um dieselbe Zeit. Molly lief ins Gebäude hinein und fragte einen Mann im blauen Overall nach Frau Fischer. Er hob zwei Finger. Molly schubste MacLeod in einen Fahrstuhl und fuhr mit ihm in den zweiten Stock. Die ganze Zeit, seit sie das Hotel verlassen hatten, war kein Wort zwischen ihnen gefallen. Im zweiten Stock angekommen, sah sich Molly suchend um. Eine füllige Frau mit gefärbtem Blondhaar leerte gerade einen Papierkorb in einen großen Müllsack und kehrte wieder in das Möbelgeschäft zurück, dessen Eingangstür weit offen stand. MacLeod folgte Molly in das Geschäft.

«Darf ich vorstellen. Meine Mutter, Liliane Fischer.»

Molly legte der Putzfrau die Hand auf die Schulter und sah MacLeod herausfordernd an.

MacLeod starrte in das Gesicht, das er seit mehr als einem Vierteljahrhundert in seinen Albträumen gesehen hatte. Die veilchenblauen Augen blickten nicht mehr ganz so strahlend, der Schmollmund war schmaler geworden, und feine Linien drumherum ließen das Alter der Frau erkennen. Aber es war ganz ohne Zweifel Lilly, die völlig ratlos zwischen ihm und ihrer Tochter hin- und herblickte.

«Das ist Herr MacLeod aus Chicago. Er kennt dich von früher. Du hast ihm den Streich mit der Leiche vorgespielt.»

Lilly sah ihn prüfend an, dann lächelte sie und sah beinahe hübsch aus.

«Ja, natürlich. Jens, nicht wahr? Du bist ja noch dünner als früher.»

In MacLeods Ohren rauschten die Niagara-Fälle. Er sah, wie sich ihre Lippen bewegten, aber er verstand sie nicht.

«Das war ein dummer Scherz, den sich dein Freund damals ausgedacht hatte. Er wollte dir eins auswischen, war wohl neidisch, weil du einen Studienplatz hattest und nicht zum Bund musstest.»

Der Streich mit der Leiche.

«Ich wollte ja erst nicht mitspielen, aber er hat mir einen Hunderter versprochen. Und, ehrlich gesagt, ich fand ihn irgendwie süß.»

Der Streich mit der Leiche.

«Ich hatte ihm erzählt, dass ich Schauspielerin werden wollte. Das hat ihn wohl darauf gebracht. Wir wollten dir nur einen kleinen Schreck einjagen, aber dann bist du abgehauen wie ein vergifteter Affe. Jens?»

«Herr MacLeod? Ist Ihnen nicht gut?»

MacLeod hörte eine Frau schreien. Es war ein Schrei der

Angst. Und er sah Hände, die sich um Lillys Hals legten. Ihre veilchenblauen Augen starrten ihn voller Entsetzen an. Ihre Lippen formten unhörbar ein Wort, vielleicht seinen Namen. Warum half er ihr nicht?

Es war höchste Zeit, mit der Polizei zu sprechen.

Anke Gebert **Zwei in einem Boot**

Nur aus Liebe zu ihm saß Ellen in diesem Boot. Und ließ sich seit zwei Wochen von ihm beschimpfen. Eigentlich hasste sie Paddeltouren, Campingurlaub oder Übernachtungen in Wohnmobilen. Das waren für Ellen Urlaubsformen, die keinen Stil hatten – das war etwas für Primitive. Bis sie ihn kennen gelernt hatte: Jochen. Von dem sie sich Dinge gefallen ließ, die sie sich von keinem Mann vor ihm hatte gefallen lassen. Ellens Bekannte kommentierten dieses Verhältnis mit «Liebe macht blind» und luden das Paar nicht mehr auf Partys ein. Ellens beste Freundin hatte besorgt gefragt, ob sie eventuell eine masochistische Ader hätte. Ellen strafte die Freundin dafür mit Kontaktabbruch. Seitdem war ein halbes Jahr vergangen.

Neuerdings kam es vor, dass Ellen sich gelegentlich dafür verachtete, wenn sie zuließ, dass Jochen sie so erniedrigte. Und sie ertrug es zunehmend schlechter, wenn er Leuten, die gar nichts darüber hören wollten, immer wieder begeistert dieselben Geschichten erzählte. Zum Beispiel diejenige, dass er Geographielehrer sei und in seinem Beruf nur mit dämlichen Schülern zu kämpfen habe. Die Jugendlichen heutzutage wüssten nicht einmal, wo Osten oder Westen liegen, geschweige denn, wo die Sonne aufgeht. Wie kleinen Idioten würde er ihnen die Windrose einpauken: **N**orden – **O**sten – **S**üden – **W**esten. Die Eselsbrücke «**N**ie **O**hne **S**eife **W**aschen» (und das Ganze im Uhrzeigersinn) würde er ihnen beibringen. Ellen verschwieg lieber, dass sie zwar wusste, wie eine Windrose auf dem Papier aussah, jedoch in der freien Natur meist nicht bestimmen konnte, wo Norden oder Süden lag. Sehr gern erzählte Jochen auch die Geschichte, wie er vor fünfzehn Jahren dieses FDJ-blaue Paddelboot, in dem sie heute saßen, im Osten gekauft hatte, weil es dort damals billiger, sehr viel billiger als im Westen gewesen war. Wie versessen der dumme Ossi darauf gewesen war, sein läppisches DDR-Geld 6:1 in Westgeld umzutauschen. Das Boot habe ihn so nur umgerechnet hundertachtzig Mark gekostet.

In diesem Boot saß Ellen nun seit zwei Wochen und paddelte um ihre Liebe, hatte manchmal das Gefühl, sich *um* ihre Liebe zu paddeln.

Als sie das Faltboot in Rothenburgsort bei Hamburg im kleinen Hafen an der Billunder Insel aufgebaut hatten, um es ins Wasser zu lassen, war sie von Jochen beschimpft worden, weil sie nicht gewusst hatte, wohin Sprosse 23 kam. Als Ellen mit ihren neuen weißen Turnschuhen, die sie eigens für diese Tour gekauft hatte, einsteigen wollte, hatte er sie angeschrien, ob sie ihm sein schönes Boot beschmutzen wolle und ob sie nicht wisse, dass sogar auf großen Segeljachten die Leute ihre Schuhe auszögen. Als sie in Plau am See das Boot um die Elde-Schleuse herumgetragen hatten (sie schleppten das Paddelboot an jeder Schleuse außen herum, weil Jochen die Gebühren für die Schleusungen sparen wollte), war Ellen vom vielen Paddeln auf der langen Strecke so erschöpft gewesen, dass ihr der Bug, den sie zu tragen hatte und in dem sämtliches Gepäck verstaut war, aus den Händen geglitten war. Ellen hatte den Impuls, sich auf die Knie zu werfen, um Jochen um Vergebung zu bitten, doch dann hatte sie ihm nicht nachgegeben, denn dies war der Moment gewesen, in dem Jochen sie das erste Mal als ‹dusselige Kuh› beschimpfte.

Inzwischen paddelten sie auf dem Plauer See, dem drittgrößten der Mecklenburger Seenplatte, und wie immer war Jochen es, der bestimmte, dass das Paar nicht auf einem der komfortablen Zeltplätze oder gar in einer der idyllisch am Wasser gelegenen Jugendherbergen übernachten würde, sondern einsam und abgelegen im mitgeführten Igluzelt. Denn ansonsten, meinte Jochen, könne man ja gleich pauschal verreisen, und das wäre überhaupt nicht sein Stil – stil*los* wäre das. Ellen träumte sich bei jedem Paddelschlag auf das Fünfsterne-Kreuzfahrtschiff zurück, auf dem sie früher einmal mit ihrer besten Freundin Urlaub gemacht hatte – all inclusive.

Das Paar paddelte eine menschenleere Stelle an. Dichtes Gebüsch ragte bis ins Wasser. Jochen redete immer noch kein Wort mit Ellen, weil diese die Dreistigkeit besessen hatte, sein schönes Boot fallen zu lassen. Er unterstellte ihr, dass sie dies absichtlich getan hätte, denn er wüsste längst, dass sie sein Faltboot nie hätte leiden können …

Jochens Schweigen berührte Ellen weniger als sonst. Sie sagte sich, dass sie mit jedem Paddelschlag dem Ziel, dem Ende dieser Tour näher kam. Bis zur Müritz, dem größten See der Mecklenburger Seenplatte, musste sie diese Tortur noch durchhalten – und danach die gesamte Strecke wieder nach Hamburg zurück. Ellen verdrängte den Gedanken an den Luxus einer heißen Dusche, denn das Wasser in den Seen war kalt, so kalt, dass Jochen sich, im Gegensatz zu ihr, schon seit Tagen nicht mehr wusch.

Wenn Ellen sich am Anfang der Tour gelegentlich unvermittelt zu Jochen umgedreht hatte, hatte sie ihn dabei ertappt, dass er sich ausruhte und sie allein es war, die schon seit diversen Kilometern das Boot voranbrachte. Natürlich hatte Ellen sich nicht darüber beklagt. Momentan paddelte auch Jochen eifrig mit, vermutlich, damit er nicht erfror, denn die Sachen an seinem Körper waren genauso klamm wie die von Ellen. Sie hatten in den vierzehn Tagen, die sie unterwegs waren, fast ununterbrochen Regenwetter gehabt.

Ellen zog die Socken aus und krempelte die Hose hoch, um das Boot, in dem Jochen so lange sitzen blieb, an das schmale steinige Ufer zu ziehen. Sie bahnten sich einen Weg durch dichtes Geäst, zeckenverseuchtes Farnkraut und zwei Meter hohe Brennnesseln, um einen Platz zu finden, an dem sie das Igluzelt aufbauen konnten. Ellen beschlich heimliche Schadenfreude, als sie sich vorstellte, wie hier die Mücken in großen Schwärmen über Jochen herfallen würden.

Sie selbst wurde seit ihrer Kindheit von Mücken gemieden, seit dem Tag, an dem sie ihren Vater zum Regenwürmerausgraben in einen dichten Wald begleitet hatte. Ellens Aufgabe war es damals gewesen, ihm eine mit schwarzem Waldboden gefüllte Konservendose bereitzuhalten, in die der Vater die Würmer, die er ausgegraben hatte, hineinwerfen konnte. In diesem dunklen höhligen Wald mussten Tausende Mücken gewesen sein, die damals siebenjährige Ellen wusste nicht, welche sie zuerst verscheuchen sollte. Heimlich, denn ihr Vater duldete es nicht, wenn seine Tochter herumzappelte. «Stell dich nicht so dusslig an – wegen der paar Mücken!» Das Summen um Ellens kleinen Körper klang immer aufgeregter, als könnten es die vielen Insekten selbst gar nicht fassen, wie viel Blut ihnen gerade zum Fraß vorgeworfen wurde. Irgendwann wurde das Jucken an Ellens Leib gleichmäßig, Minuten später störte es sie nicht mehr. Kurz danach fiel das Kind in Ohnmacht. Dabei polterte die Dose mit den Regenwürmern zu Boden. Erst als der Vater seine Köder zum Angeln wieder eingesammelt hatte, trug er seine Tochter aus dem Wald hinaus. Im Tageslicht bemerkte er, dass ihr Körper stark gerötet und aufgedunsen war.

Seit diesem Tag wurde Ellen von Mücken gemieden, so, als wäre ihr Blut von den vielen Einstichen ungenießbar geworden. Eigentlich hätte sie ihrem Vater dankbar sein müssen …

Ellen und Jochen bauten das Zelt auf schwarzem morastigem Waldboden auf. Ellen ahnte, wie die Kälte in der bevorstehenden Nacht durch den dünnen Boden des Zeltes, durch die Isomatte und den Schlafsack in ihre Körper kriechen würde. Auch Jochen musste klar geworden sein, wie ungemütlich dieser Platz war, denn er schlug vor, vor dem Schlafengehen noch einmal hinauszupaddeln, um einen Ort zu finden, an dem man unter Leuten war und etwas essen und trinken konnte. Das überraschte Ellen, nicht nur deswegen, weil er wieder mit ihr sprach, sondern auch, weil Jochen verkündete, sie zum Abendessen einladen zu wollen, etwas, das er noch nie vorher getan hatte. Jochen und Ellen hatten getrennte Kassen, wie es sich, seiner Meinung nach, für ein modernes Paar gehörte (was ihn aber nicht daran hinderte, sich öfter von Ellen Geld zu leihen, das er ihr dann nie zurückzahlte).

Wenn Jochen trank, gab es Momente, in denen er charmant sein konnte. Ellen hatte es also sehr eilig, ins Boot zu kommen.

Sie paddelten über eine Stunde lang, bis sie eine kleine Ortschaft fanden, in der es eine Gaststätte mit dem Namen *Zum Anker* gab. Das Paar hängte seine klammen Pullover zum Trocknen über die Stühle. Ellen bestellte das billigste Essen, Spiegeleier mit Brot, damit Jochen nicht dachte, sie wolle seine Einladung ausnutzen. Jochen trank einen Stonsdorfer nach dem anderen zu seinem großen Rumpsteak mit Kroketten und doppelter Portion Champignons.

Zwei Einheimische gesellten sich zu ihnen an den Tisch und gaben eine Runde Kräuterschnäpse nach der anderen aus. Es dauerte nicht lange, bis Jochen seine Geschichte erzählte, wie clever er gewesen war, als er vor fünfzehn Jahren sein Paddelboot so billig in der DDR erworben hatte. Unauffällig trat Ellen ihn unter dem Tisch gegen das Schienbein, doch Jochen wollte anscheinend nicht begreifen, dass man hier im Osten lieber keine Geschichten über Ossis zum Besten gab, die, wie er laut sagte, niemals in ihrem Leben die Marktwirtschaft begreifen würden. Jochen bemerkte nicht, dass einer der beiden Mecklenburger, derjenige mit dem schwarzen Oberlippenbart, immer näher an Ellen heranrückte, bis sie seinen Schenkel an ihrem spürte. Ellen ließ es geschehen und trank erregt die vielen Schnäpse, die ihr der fremde Mann spendierte. Als dieser sich dann zur Toilette begab und sich in der Tür mit aufforderndem Blick zu Ellen umdrehte, ging sie ihm jedoch nicht nach; an diesem Punkt hörte für sie die Wiedervereinigung dann doch auf.

Nachdem der Mann an den Tisch zurückgekehrt war, fand der Abend ein zügiges Ende. Die beiden Mecklenburger bestanden darauf, Ellen und Jochen zum Abschied noch zu ihrem Paddelboot zu begleiten. Während des Abends hatten sie immer wieder Geschichten darüber erzählt, wie heimtückisch das Wasser des Plauer Sees sein konnte.

Bis zu dreißig Meter tief wäre das Gewässer an manchen Stellen, und man erzählte sich von einer Stadt, die hier vor Hunderten von Jahren versunken sei. Noch heute würden die Fischer mit ihren Netzen an der Turmspitze einer versunkenen Kirche hängen bleiben. Zu Ellens Verwunderung widersprach Jochen den beiden Männern nicht, obwohl er sie kürzlich erst belehrt hatte, dass dies eine Sage war, die man sich auch über einen anderen als den Plauer See erzählte. Die Männer hatten auch davon berichtet, dass plötzlich aufkommender Wind bereits so manches Boot zum Kentern gebracht hätte und es nachts auf dem Wasser so dunkel sei, dass man im Boot seinen Vordermann nicht mehr sehen könne. Jochen empfand die Geschichten in keiner Weise als beunruhigend. Er sei Hamburger und mit allen Wassern gewaschen, weil er regelmäßig auf der Elbe paddeln würde. Dass er den Bullenhuser Kanal meinte, wo er am Ausschläger Billdeich von seiner Mutter einen Kleingarten übernommen hatte, das verschwieg er.

Die beiden Mecklenburger stießen Ellen und Jochen in ihrem Boot vom Ufer ab. Ellen war im selben Moment sicher, dass es die falsche Richtung war, in die sie nun trieben. Jochen jedoch ließ auf das Wort der beiden netten Einheimischen nichts kommen. Er sei der Geolehrer in diesem Boot, belehrte er sie, und als solcher wisse er, in welche Himmelsrichtung sie paddeln müssten. Ellen war froh, dass sie ihren dicken Pullover bei sich hatte, denn in dieser Nacht war es nicht nur sehr dunkel, sondern auch ungewöhnlich kalt. Jochen hatte seinen Pullover in der Kneipe vergessen und fragte Ellen, ob er den ihren haben dürfe. Ellen hörte sich ‹Nein› sagen.

Erst nach einer Stunde sah Jochen ein, dass sie vermutlich nie ans Ziel, in ihr kleines Zelt im abgelegenen Wald, kommen würden, wenn sie nicht endlich versuchten, sich in der Dunkelheit neu zu orientieren. Er befahl, zurückzupaddeln, weg vom Schilfgürtel, weiter auf den See hinaus, damit sie einen Überblick über die Uferzone hätten und sich auf diese Weise an bestimmte Punkte zurückerinnern und so herausfinden könnten, wo sich ihr Zelt befand.

Wind kam auf. Wie ein leichter Ball trieb das Faltboot auf dem Wasser. Natürlich gab Jochen Ellen die Schuld – für den vergessenen Pullover, für die falsche Richtung, für den Wind. Und wieder beschimpfte er sie als dusslige Kuh. Starke Böen ließen Wellen gegen das Boot schlagen. Wasser schwappte über den Rand. Hatte Ellen am Anfang der Tour um ihre Liebe gepaddelt, kam es ihr nun vor, als paddelte sie um ihr Leben. Weit entfernt machte sie den großen Campingplatz aus, auf dem sie vor Stunden gern das Zelt aufgeschlagen hätte. Ein Lagerfeuer war dort am Verglimmen. Lichtpunkte verrieten, dass in manchen Zelten noch Taschenlampen oder Kerzen brannten. Ellen und Jochen hatten sicher noch mehr als eine Stunde lang zu paddeln, um ihr Zelt im Dickicht zu erreichen.

Nachdem sie zurück an den Schilfgürtel gelangt waren, glitt ihr Boot lautlos durch das Wasser wie durch eine schwarze bleierne Masse. Erschöpft sah sich Ellen zu Jochen um und bemerkte, dass er wieder einmal nicht mitpaddelte. Sie legte ebenfalls ihr Paddel über die Knie und sagte:

«Jetzt bist du dran! Wenigstens hier am Schilf wirst du ja wohl etwas tun können.»

Betrunken wie er war, bekam Jochen das Boot nicht vorwärts bewegt. Sie trudelten im Kreis, als wären sie in einen Strudel gekommen. Ellen begriff, dass sie diesen Mann vierzehn Tage lang durch die Gewässer von Hamburg bis Mecklenburg geschaukelt hatte. Und dies, obwohl sie diejenige war, die Paddeltouren hasste!

«Ach, Liebes», hörte sie Jochen plötzlich in schmeichelndem Tonfall bitten, «sei doch nicht so und paddel wieder.»

Es gefiel Ellen, dass er sie um etwas bat. Das wollte sie noch eine Weile genießen und unternahm deswegen nichts. Erst in dem Moment, als das Boot zu schaukeln begann, bemerkte sie, dass Jochen angefangen hatte, sich hinter ihrem Rücken nackt auszuziehen.

Er ließ sich klatschend ins Wasser fallen. Erschrocken klammerte sich Ellen am Boot fest. Jochen tauchte wieder auf, keuchte, weil die Kälte seinem alkoholisierten Körper stark zusetzte.

«Dann zieh ich das Boot eben – und dich!», rief er fröhlich und schien stolz über seine Idee zu sein. Er hangelte sich an der Reling entlang zum Bug und zerrte das Tau ins Wasser. Einen Moment lang war Ellen überrascht, es amüsierte sie fast, was er sich einfallen ließ, um ihr wieder gute Laune zu bereiten. Sie hatte Jochen noch nie so übermütig erlebt. Im nächsten Augenblick jedoch befiel sie panische Angst, weil sie sich fragte, wie es ihm gelingen sollte, wieder in das Boot hineinzukommen.

Jochen wickelte sich die Leine um das Handgelenk und schwamm schwer atmend ein paar Meter. Nach ein paar Zügen verließen ihn die Kräfte. Er war noch nie ein guter Schwimmer gewesen.

Ohne Vorwarnung hievte er sich seitlich auf das Boot, das unter seinem Gewicht sofort zur Seite kippte.

«Bist du wahnsinnig!», schrie Ellen.

Jochen rüttelte an dem Boot und befahl ihr, sich gefälligst auf die andere Seite zu lehnen, um das Gleichgewicht zu halten. Ellen hatte jedoch wesentlich weniger Körpergewicht als er, und so wollte es ihr einfach nicht gelingen. Jochen ließ sich nicht davon abbringen, erneute Versuche zu unternehmen, und stemmte sich immer wieder auf die schmale Kante des Bootes.

Es war die Sache eines Augenblicks, eines einzigen kurzen Schreies, als Jochen das Boot zum Kentern brachte.

Ellen kippte ins Wasser, hing mit den Füßen zwischen dem im Bug verstauten und durch das Kentern verrutschten Gepäck unter dem Boot fest. Jochen schwamm hektisch auf der Stelle und zerrte immer wieder ruckartig an der Leine, um sein Boot vor dem Untergang zu bewahren. Dadurch machte er es Ellen unmöglich, sich aus ihrer Fesselung lösen zu können. Irgendwann war sie so erschöpft, dass sie die Versuche, unter Wasser ihre Füße zu befreien, aufgab und wehrlos Augen und Mund öffnete. Einen Augenblick später lösten sich Gepäckstücke aus dem Bug, einige trudelten auf den Grund. Ellen trieb mit den restlichen nach oben.

Die Leine fest um sein Handgelenk geknotet, zerrte Jochen immer noch an seinem Boot, das jedoch stetig sank. Er war nicht ein einziges Mal nach Ellen getaucht und schrie nun: «Da bist du ja endlich! Nun hilf mir doch! Mein Boot geht sonst unter!»

Ellen schwamm los. In Richtung Zeltplatz. Ihre Beine hingen schwer im Wasser, nur zentimeterweise kam sie vorwärts. Plötzlich stieß sie mit den Füßen gegen etwas. Sie erinnerte sich an die versunkene Stadt, die tief unten im Wasser des Plauer Sees liegen sollte. Doch es war Jochens Boot, das an langer Leine beinahe zwei Meter tief unter Wasser dümpelte – immer noch mit dem Bug nach oben, weil Jochen es nicht losließ. Ellen hatte den Impuls, dagegenzutreten, doch sie durfte ihre Kräfte nicht vergeuden. Unter großer Anstrengung zog sie ihre weißen Turnschuhe aus und schwamm weiter.

Jochen schrie ihr nach: «Wo willst du denn hin? Du kannst mich doch hier nicht allein lassen! Du dusslige Kuh. Das wirst du mir büßen. Mein Boot, mein schönes Boot …»

Ja, ja, sein tolles blaues FDJ-Faltboot … Ellen hatte den Impuls, sich die Ohren zuzuhalten, doch sie brauchte ihre Arme zum Schwimmen. Zug um Zug – auf das Licht des kleinen, fast verglommenen Lagerfeuers auf dem noch weit entfernten Zeltplatz zu.

Plötzlich war Jochen dicht hinter ihr und klammerte sich an Ellens Rücken. «Ich kann nicht mehr», keuchte er. «Du musst mich retten.»

Seine Last drückte sie unter Wasser. Die Bootsleine schnitt sich in Ellens Rumpf. Jochens Nacktheit ließ sie immer wieder abgleiten, wenn sie versuchte, ihn abzuwehren. Er klammerte sich an ihrem Pullover fest. Langsam zog das Boot das Paar mit sich in die Tiefe. An Jochen jedoch zerrte es stärker, denn es ging ihm über die Kräfte, gleichzeitig an Ellen und an seinem geliebten Paddelboot festzuhalten.

Er musste sich entscheiden, und er entschied sich für sein Boot. Als er einen Moment lang von Ellen abließ, tauchte sie auf und schwamm. Zug um Zug. Zentimeter für Zentimeter. Sie hörte Jochen nicht noch einmal nach ihr rufen. Jochen versuchte, sein Boot nach oben zu ziehen. Doch sein Boot zog ihn nach unten – mit jedem Zentimeter schneller in die Tiefe. In die versunkene Stadt.

Ellen schwamm. Sie wunderte sich darüber, dass sie ausgerechnet in diesen Momenten begann, über banale Dinge nachzudenken. Darüber etwa, dass sie froh war, den dicken Pullover bei sich zu haben. Darüber, ob sie es wagen sollte, nachts an fremde Zelte zu klopfen und um Hilfe für Jochen zu bitten. Und darüber, auf welche Weise man eigentlich an Zelte klopfte …

Ellen wartete bis zum Morgen am Ufer. An der restlichen Glut des Lagerfeuers hatte sie sich wärmen und ihren Pullover trocknen können. Als die Sonne aufging, lag das Wasser silbrig-grau da. Auf dem See waren kein Mensch und kein Boot zu sehen. Ein Möwenschwarm segelte weit draußen und stürzte sich mit plötzlichem Geschrei auf die Wasseroberfläche hinab.

Ellen zog ihren Pullover über und ging ein paar Meter in den See hinein. Nachdem sie sich umgesehen hatte, tauchte sie kurz unter. Auf den ersten Menschen, der verschlafen aus seinem Zelt kroch, um in der Frühe zum Angeln hinauszufahren, lief sie zu. Aufgeregt erzählte sie, dass sie und ihr Freund gekentert seien. Es gelang ihr zu weinen. Der Angler, ein freundlicher Sachse, schenkte Ellen Geld für die Telefonzelle. Aufgeregt telefonierte sie mit der Polizei, rief in den Hörer, dass dringend jemand nach ihrem Freund und seinem Boot tauchen müsse. Sehr genau könne sie die Stelle allerdings nicht mehr beschreiben, weil sie die ganze Nacht um ihr Leben geschwommen sei …

Bald darauf rief Ellen ihre beste Freundin an, diejenige, mit der sie wegen Jochen seit fast einem halben Jahr nicht gesprochen hatte. Sie bräuchte dringend Urlaub, sagte sie, und fragte, ob die Freundin sie begleiten wolle – auf einer Kreuzfahrt ab Hamburger Hafen, all inclusive.

Gunter Gerlach **Dinger wegschaffen**

1.
«Jetzt», sagt Jürgen.

Ich lege ihm die Hand auf den Arm. «Noch nicht.»

Horst sitzt auf der Rückbank und liest «Krieg und Frieden» von Tolstoi. Horst ist erst acht. Aber lesen konnte er schon mit fünf.

«Warum nicht?» Jürgen rutscht auf seinem Sitz hin und her. Er kratzt sich auf diese Weise den Rücken.

«Da.» Ich zeige auf einen Mann, der schräg über das Werftgelände geht.

«Der sieht uns nicht.»

«Wenn wir das Ding wegschaffen, wird er rübergucken und was dann?»

Wir warten und sehen in das Hafenbecken. Hier machen schon lange keine Schiffe mehr fest.

Jürgen zündet sich eine Zigarette an.

«Im Auto wird nicht geraucht. Und schon gar nicht in seiner Gegenwart.» Ich deute mit dem Daumen nach hinten. Horst sieht kurz von seinem Buch auf. Er fährt gern mit uns. Bei uns darf er die Bücher lesen, die ihm seine Mutter aus der Hand nimmt.

2.
Jürgen geht um das Auto herum und raucht. Er setzt sich auf die Motorhaube. Ich steige auch aus.

«Was ist nun?» Jürgen wirft die Zigarette ins Hafenbecken. «Ist doch egal, ob da einer geht.»

«Gut. Dann los.»

Wir öffnen den Kofferraum und holen das Ding raus. Mit leichtem Schwung schmeißen wir es ins Wasser. Es geht sofort unter.

Wir steigen wieder ein. Horst liest, blättert um.

«Spannend?»

Er nickt.

Ich fahre zurück. Wir kommen zur Zollkontrolle.

«Guck dir diesen Idioten an», sagt Jürgen.

Der Zollbeamte steht in der Tür seines Häuschens.

«Der will uns anhalten.»

Ich fahre vorsichtig bis an den Beamten heran und lasse das Fenster herunter.

«Guten Tag. Was zu verzollen?»

«Wir zeigen dem Jungen nur den Hafen.»

Horst hat das Buch unter den Sitz fallen lassen. «Gehen wir noch Eis essen?», fragt er.

«Ja, mein Junge.»

Noch nie ist ein Zollbeamter auf den Gedanken gekommen, in unseren Kofferraum zu sehen.

3.

Wir liefern den Jungen bei Rebecca ab.

«War er brav?»

«Super.»

«Darf ich morgen wieder mit?», fragt er.

«Klar», sage ich.

Rebecca nickt. «Wo fahrt ihr hin?»

«Morgen», sagt Horst, «wollen wir wieder in den Hafen.»

«Ihr fahrt wirklich oft in den Hafen», sagt sie. Dabei ist es ihr egal, wo wir hinfahren, Hauptsache, wir nehmen Horst mit. Sie ist froh, wenn sie mit ihrem neuen Freund allein sein kann.

«Ist interessant, der Hafen», sage ich. «Du solltest mal mitfahren.»

Sie lacht.

Wir steigen wieder ins Auto.

«Holen wir das nächste Ding heute noch?», fragt Jürgen.

«Lieber nicht. Nachher läuft da was raus.»

Ich fahre in unsere Garage.

«Jetzt haben wir das Eis für den Jungen vergessen», sagt Jürgen.

«Das sagt er doch nur so. Der will doch gar kein Eis.»

4.

«Mann, hier sieht es aber nach Geld aus.» Jürgen pfeift durch die Zähne.

Ich fahre rückwärts in die Einfahrt der Villa bis zur Garage. Göbel kommt uns entgegen. «In der Garage.»

«Der Vertrag», sage ich und wedle mit dem Papier.

Unsere Kunden müssen einen Vertrag für unseren Wagen unterschreiben. Sie gelten für den Tag des Transportes als Mieter. Nur zu unserer Sicherheit.

Göbel geht, er sagt, er kann dabei nicht zusehen.

Das Ding liegt an der Rückwand der Garage hinter den Winterreifen. Ich fahre rein. Das Ding ist leicht. Jürgen hebt es allein in den Kofferraum. Göbel kommt und gibt uns das Geld.

«Schon Nummer dreißig», sagt Jürgen, «und wir haben erst Juni.»

«Neunundzwanzig», sage ich und fahre los.

«Wie viel sind wieder hochgekommen?»

«Zwei.»

«Nicht mal zehn Prozent.»

«Ist eine saubere Sache.»

5.
Wir fahren in unsere Garage. Da haben wir alles, um die Dinger zu präparieren. Die richtigen Seile. Die richtigen Gewichte. Wir sind Profis.

Jürgen hebt das fertige Ding zurück in den Kofferraum. «Hübsches Ding», sagt er.

«Ja», sage ich. «Aber irgendetwas muss sie falsch gemacht haben.»

6.
Horst steht schon am Straßenrand.

«Wie kann man bloß einen achtjährigen Jungen Horst nennen», sagt Jürgen.

«Der hieß auch schon mit einem Jahr so.»

«Stimmt.»

«Jürgen ist auch nicht besser.»

«Stimmt.»

Ich bremse. Horst klettert auf die Rückbank. «Mit ‹Krieg und Frieden› bin ich durch», sagt er.

«Dann guck mal unter die Zeitung, die da liegt.»

Horst hebt sie hoch. «Prima, Super.» Er springt auf den Polstern wie auf einem Trampolin.

«Was hat denn der?» Jürgen kratzt sich den Kopf.

«‹Wendekreis des Krebses› von Henry Miller.»

«Was ist denn das?»

7.
Wir fahren durch den Zoll, und Horst drückt seine Nase an der Seitenscheibe platt. Er schielt.

Kaum sind wir vorbei, greift er wieder zum Buch.

«Wie wär's mal mit dem Fährkanal?»

«Kann man von den Landungsbrücken aus reingucken.»

«Guckt doch keiner.»

Ich fahre bis zum Musical-Theater und dann hinten rum. Es ist an diesem Tag keine gute Stelle. Zu viele Autos auf dem Reiherdamm.

Dann auch noch ein Pärchen im geparkten Auto an der günstigsten Stelle.

«Was machen die da?»

«Siehst du doch.»

Wir warten eine Weile, dann fahren wir weiter. An allen Stellen, an denen wir bisher gearbeitet haben, geht es heute nicht. Zu viel los.

Horst sagt: «Kennt ihr die alte Oberhafenkantine?»

«Steht die noch?» Jürgen kratzt sich den Rücken.

«Was weißt du denn davon?» Ich drehe mich kurz um.

«Habe ich mal von der Bahn aus gesehen», sagt Horst. Er zuckt mit den Achseln und versinkt wieder zwischen den Seiten seines Buches.

Ich fahre über die Elbbrücken zurück. Zweimal durch den Zoll, denke ich, erhöht das Risiko. Aber wir haben Glück. Das Freihafengebiet ist auf dem Rückzug. Keine Sperre mehr. Wir finden eine tote Ecke am Oberhafenkanal. Nur von der Eisenbahnbrücke könnte man uns sehen. Und nur, wenn ein Zug darüber fährt. Alles geht schnell.

Für Horst zu schnell. Er mault: «Können wir nicht noch bleiben?»

8.

Horst ruft an.

«Wir haben keinen Job», sage ich.

«Könnt ihr mich nicht trotzdem abholen?»

«Wir wollen heute den Wagen sauber machen.»

«Prima», sagt er. «Ich helfe euch.»

Wenig später fährt Rebecca vor unserer Garage vor. Horst springt aus ihrem Wagen. Rebecca kommt hinterher. Unser Wagen steht draußen. Jürgen schließt gerade den Schlauch an.

«Wir bringen den Jungen nachher rum», rufe ich von der Garagentür aus. Rebecca kommt heran. «Was habt ihr denn da alles in eurer Garage?»

Ich gebe den Blick frei.

«Mannomann», sagt sie.

«War da alles schon drin, als wir sie gemietet haben.»

Kaum ist sie weg, sitzt Horst auf dem Rücksitz und liest Henry Miller. Ich sauge den Kofferraum aus. Jürgen verbrennt die Folien, die wir immer als Unterlage haben.

«Na, ist es spannend?», sage ich zu Horst.

«Geil», sagt er, ohne aufzublicken.

9.

«Was ist denn mit Rebecca los?», fragt Jürgen.

Horst will über die Köhlbrandbrücke gefahren werden, damit er das Container-Terminal von oben sehen kann. Er legt tatsächlich sein Buch weg und guckt raus.

«Was soll denn mit ihr sein?», frage ich zurück.

«Die hat schon wieder einen neuen Freund», sagt Horst. «Deshalb ist sie froh, wenn ich mit euch fahre.»

«Wie ist der denn?», fragt Jürgen.

«Doof», sagt Horst.

Wir haben die Brücke hinter uns. Ich muss scharf in die Bremse gehen, weil ein Laster plötzlich ausschert. Das Ding rumpelt im Kofferraum.

«Scheiße», sagt Jürgen.

«Du sollst nicht vor dem Jungen fluchen», sage ich.

Wir fahren zum alten Petroleumhafen. Wir finden keinen

zugänglichen oder unbeobachteten Platz an einer Kaimauer. Schließlich parke ich, und wir schleppen das Ding ein Stück. Etwa an der Spitze zwischen Elbe und Hafenbecken lassen wir es ins Wasser plumpsen.

10.

Wir sind bei Nummer sechsunddreißig. Ich habe Horst ein Buch von Gabriel Garcia Márquez empfohlen, aber es langweilt ihn. Jetzt testet er «Fegefeuer der Eitelkeiten» von Tom Wolfe. Nach rund hundert Seiten und bei Nummer achtunddreißig legt er es aus der Hand.

«Ich will was anderes», sagt er. Mit dem Ding im Kofferraum fahren wir in die Innenstadt zu einer Buchhandlung.

Horst geht von Regal zu Regal, von Büchertisch zu Büchertisch. Er hält «White Jazz» von James Ellroy hoch.

«Würde ich nicht nehmen», sage ich. «Zu viele Personen.»

Er nimmt es trotzdem. Er traut mir nicht.

Horst zieht «Erfolg» von Feuchtwanger aus dem Regal. Wollte ich auch immer mal lesen. Schließlich noch einen Walser. Ich stöhne. «Muss das sein. Wie wär's mal mit was richtig Gutem», sage ich und halte den «Zauberberg» hoch. Muss ich auch noch mal lesen.

«Kenne ich», sagt er. «Geht so.»

Horst legt noch die Memoiren der Fanny Hill auf seinen Stapel. Und bei den Sonderangeboten greift er nach einem Bildband über den Hamburger Hafen mit neuen Satellitenaufnahmen. «Können wir gut gebrauchen», sagt er.

Ich zahle an der Kasse mit Kreditkarte, denn so viel Bargeld habe ich gar nicht dabei.

«Du bist ziemlich teuer», sage ich zu Horst.

«Aber gut», sagt er.

Dann fahren wir in den Hafen und schaffen das Ding weg.

11.

Jetzt kriegen wir schon Aufträge aus dem Binnenland. Es wird eine lange Fahrt. Horst freut sich. Weil er Geburtstag hatte, habe ich ihm «Mason & Dixon» von Thomas Pynchon geschenkt.

Wir fahren durch eine Heidelandschaft.

«Guck mal, Schafe», sage ich.

Es interessiert niemanden. Selbst Jürgen blickt nicht aus seiner Bildzeitung auf. Er brummt nur.

Ich biege in den Bauernhof ein. Der Bauer öffnet die Scheune. Das Ding liegt im Stroh. Nachdem die Formalitäten erledigt sind, schenkt uns der Bauer noch drei Gläser Honig. Eins für jeden.

Auf der Rückfahrt legt Horst den Pynchon zur Seite. «Lese ich nicht weiter.»

«Warum denn nicht.»

«Langweilig.»

«Tut mir Leid.»

«Vielleicht muss ich dafür älter sein», sagt er. «Ich hebe es auf.»

Er greift zu «Fanny Hill».

Wir fahren in den Harburger Hafen. Es ist Sonntag und nichts los.

Ich suche einen einsamen Parkplatz. Wir machen ein Experiment. Wir wollen versuchen, die Tour zu unserer Garage einzusparen. Jürgen steigt aus und präpariert das Ding im Kofferraum. Wir haben alles dabei.

Er braucht lange. «Garage ist besser», sagt er, als er fertig ist.

Ich suche einen Weg zur Süderelbe. Am Ufer warten wir zehn Minuten. Niemand zu sehen. Wir versenken das Ding.

12.
Horst erwartet uns am Straßenrand. «Danke, dass ihr gekommen seid.»

«Wo ist Rebecca.»

«Oben. Sie heult.»

Wir gehen rauf. Rebecca sitzt auf dem Bett im Schlafzimmer. Ich nehme sie in den Arm.

«Wird schon wieder», sage ich.

Sie kann nicht sprechen, nur schluchzen.

Horst führt uns zum Badezimmer. «Da drinnen», sagt er. «In der Wanne.»

«Du gehst auf dein Zimmer», sage ich.

«Macht ihr es?», fragt er.

«Klar», sage ich.

«Gratis?»

«Klar. Unter Freunden.»

Er geht auf sein Zimmer mit «Hard Candy» von Andrew Vachss unterm Arm.

13.
«Wie ist denn das passiert?»

Rebecca sitzt im Wohnzimmer und hat sich mit heißem Wasser aus einem Brühwürfel eine Tasse Hühnerbrühe gemacht.

«Das Schwein», sagt sie zwischen kleinen Schlucken.

«Was hat er gemacht?»

Die Hühnerbrühe füllt mit ihrem Gestank den ganzen Raum.

«Mit meiner besten Freundin …» Sie schlürft die Brühe.

«Und?»

«Da habe ich den Föhn nach ihm geworfen.»

«Ins Wasser?»

Sie nickt, trinkt.

«Warum trinkst du so ein Zeug?»

«Habe ich schon immer gemacht, schon als Kind. Immer, wenn es mir schlecht ging. Danach ging es mir besser.»

Jürgen kommt aus dem Badezimmer. «Fertig», sagt er.

14.

Wir fahren hinter die alte Speicherstadt. Am Grasbrookhafen ist normalerweise nicht viel los. Zwei Angler sitzen da. Aber dann sehe ich auf der anderen Seite auch noch Bauarbeiter.

Wir fahren rüber auf die andere Seite der Elbe.

Jürgen sagt: «Ich kenne eine Stelle am Spreehafen. Da waren wir als Jungs immer.»

«Was habt ihr denn da gemacht?»

«Erst haben wir Apfelsinen geklaut, und dort haben wir sie mit den Mädchen geteilt.»

«Du hast Apfelsinen geklaut?»

«Wir sind immer in den Hafen, um zu klauen.»

«Spinnst du!»

«War eine Art Sport. Und wegen der Mädchen. Für drei Apfelsinen durfte man ihnen unter den Rock fassen.»

«Musst du solche Sachen vor dem Jungen erzählen.» Ich deute nach hinten.

«Ich habe nichts gehört», sagt Horst.

15.

Wir fahren hin und her, bis Jürgen einfällt, wo das war. Aber das Loch im Zaun gibt es nicht mehr. Schließlich fahren wir doch zum Reiherstieg. Da waren wir schon oft.

«Hier liegen bestimmt schon zehn Dinger», sagt Jürgen.

«Sieben», sage ich. «Und zwar ganz genau.»

«Gleich acht.»

«So ist es.»

Wir machen es mit Schwung. Dann warten wir, bis sich die Oberfläche des Wassers wieder beruhigt hat.

Horst steigt aus dem Wagen und kommt zu uns.

«Eigentlich war der doch ganz nett», sagt er. Er hebt ein Buch hoch. «Hat er mir geschenkt.»

«Träume von Babylon» lese ich auf dem Titel.

«Echt gut», sagt Horst.

Norbert Klugmann **Die Reise mit Vati**

Die Schranke hob sich, der Lieferwagen fuhr auf das Gelände. Ohne an einer der zahlreichen Abbiegungen langsamer zu werden, drang er tief auf das Gelände des Krankenhauses vor. Einmal trat der Fahrer abrupt auf die Bremse, die beiden Frauen, die ihm ihre körperliche Unversehrtheit zu verdanken hatten, starrten die Schnauze des Wagens an wie ein seltsames Tier. Dann berührte eine Frau die Karosserie und streichelte sie. Der Fahrer hupte, die Frauen lachten. Der Fahrer hupte erneut, eine Frau bellte den Wagen an. Langsam fuhr der Lieferwagen an, schob die Frauen behutsam aus dem Weg. Im Rückspiegel sah der Fahrer sie winken.

Er hielt vor der Werkstatt. Der Fahrer stieg aus und überlegte, ob man sich in dieser Welt eine Zigarette anzünden durfte. Er hielt die Packung in der Hand, als die beiden ins Freie traten. Der aufmerksame Mann in Cordhose, Flanellhemd und Lederweste; der Mann, den er am Arm führte, trug eine dunkelblaue Arbeitsjacke, eine Malerhose in allen Farben, die es auf der Erde gab. Mit den Schuhen stimmte etwas nicht. Sie waren zu groß oder zu klein. Vielleicht lag es auch daran, dass der Mann schläfrig wirkte.

«Ich habe ihm eine Extraration gegeben», sagte der Fahrer statt einer Begrüßung. Der Fahrer öffnete die seitliche Schiebetür.

«Hopp», sagte er. Es war aufmunternd gemeint, aber der Mann in der blauen Jacke sah ihn verwundert an. Dann hob er zwar ein Bein, aber letzten Endes mussten sie ihn zu zweit in den Wagen heben. «Ich passe gut auf», sagte der Mann. Er war so müde, dass er die Worte kaum herausbrachte. Der Fahrer hatte aus Decken und Laken eine Sitzecke gebaut.

«Sie können sich ruhig reinsetzen», sagte er.

Der langsame Mann sah seine Jacke an.

«Sie machen nichts schmutzig», sagte der Fahrer.

Trotzdem dauerte es lange, ehe der Mann in den Sitz sank.

«Geht das auch fixer?», fragte der Fahrer den mit der Weste.

«Wenn die Tabletten abgeklungen sind, ja. Aber manchmal ist er auch zu schnell.»

«Ist er auch irgendwann normal? Normal schnell, meine ich?»

«Das kommt eigentlich eher selten vor.»

Dann drückte der Westenträger dem Fahrer eine Plastiktüte in die Hände, in ihr befanden sich die Medikamente.

«Sie sagt, sie weiß Bescheid», sagte der Westenträger. «Ich habe trotzdem noch einmal aufgeschrieben, wann er welche kriegen muss. Sagen Sie ihr, das ist wichtig. Davon hängt sein Überleben ab.»

«Soll ich das genau so sagen?»

«Kann nichts schaden.»

«Muss sie sonst noch was beachten? Er sieht, ehrlich gesagt, nicht besonders frisch aus.»

«Sie muss darauf achten, dass er überlebt. Das ist alles.»

Bei der Ausfahrt war plötzlich ein winkender Pförtner im Rückspiegel. Der Fahrer hielt. «Hängt raus!», rief der Pförtner. Der Fahrer öffnete die Seitentür, stopfte das Laken zurück und sagte: «Firma dankt.»

Der Pförtner legte den Zeigefinger an die Stirn und sagte lachend: «Auch wenn man uns das nicht ansieht: Wir sehen alles.»

Aus dem Eingang der S-Bahn-Station quollen all jene, die in der eleganten Stadt nicht die Bewohner der begehrten Viertel irritieren sollten. Die beiden, die er suchte, standen abseits. Sie war kein Kind mehr und längst noch keine Frau. Eigentlich war sie gar nichts. Der Fahrer wusste, wie unzufrieden die Kids in dieser Phase waren. Diese Sorgen hatte der kleine Junge neben ihr nicht, oder er hatte andere Sorgen mit seinen vielleicht acht Jahren.

Er stieg aus, die beiden eilten auf ihn zu.

«Hier können wir es nicht machen», sagte er und stellte sich vor die Schiebetür. Er deutete nach drüben. Dutzende von Zeugen, vielleicht hunderte. «Ihr klettert rein, da könnt ihr euch in Ruhe begrüßen. Ich suche inzwischen ein ruhiges Fleckchen.»

«Wir müssen uns nicht verstecken», krähte der Junge. «Ich will zu meinem Vati.»

Er hielt sich schon längst die Wange, ehe der Fahrer den Schlag registrierte. Hart, kurz, ohne Ansatz. Kaum zu glauben bei diesem Klappergestell von Mädchen.

«Wenn du heulst, gehst du nach Hause», knurrte sie.

Der Junge, zweifellos im Begriff herauszuplatzen, schluckte sein Unglück hinunter und rieb sich die Wange.

Der Fahrer schob die Tür auf, die Kinder stiegen ein.

Eine Viertelstunde später wurde die Tür erneut aufgezogen. Die Kinder erstarrten. Aber es war nicht der Schreck, der sie die Hände ihres Vaters ergreifen ließ. Sie hielten sie, seitdem sie im Wagen saßen.

«Guckt schnell. Muss weiter, bevor die Schupos anrollen», sagte der Fahrer.

Der Blick von der Brücke war überwältigend.

«Da ist sie», sagte Lili und schmiegte sich an ihren Vater. «Da ist die Welt. Hast du sie dir so vorgestellt?»

Der Mann blickte sie an, blickte von ihr zum Sohn. «Da draußen», sagte Lili. «Du musst nach draußen gucken.»

Sein Kopf drehte sich in die Richtung, aber Lili war nicht sicher, dass er tatsächlich etwas sah.

«Ganz hinten, das ist die Stadt», sagte Lili. «Ist nicht mehr so schön wie früher. Ohne dich ist das alles nichts.»

Der Mann blickte sie an. Der Fahrer dachte: Völlig breit, der Junge. Hoffentlich wird er wieder.

«Das müssen wir nie mehr sehen», sagte Lili und deutete in die Ferne. «Wir lassen das alles hinter uns. Nur du und ich.»

«Und ich», knurrte ihr Bruder.

«Und das Baby», sagte Lili großzügig. «Das kommt natürlich auch mit.»

Sie mussten nachfragen, bevor sie den Mann verstanden.

«Was mit Mutti ist? Sie ist weggezogen», sagte Lili verächtlich. «Zu ihrem neuen Freund. Sie denkt nicht mehr an dich. Und an uns auch nicht.»

«Ist gar nicht wahr. Erst gestern hat sie mir …»

«Willst du mitkommen oder willst du hier aussteigen?»

In diesem Moment ließ der Truck sein Horn ertönen und fuhr zentimeterdicht an ihnen vorbei. Der Fahrer warf die Tür ins Schloss und sprang hinters Steuer. Als er hörte, wie die Tür wieder aufgeschoben wurde, drohte er damit, erneut rechts ranzufahren und die Tür abzuschließen. Aber die anderen ließen ihn nicht mehr halten, er hatte Dutzende von Lkw im Rückspiegel. Und selbst der freundlichste von ihnen war bereit, den störenden Lieferwagen auf die Hörner zu nehmen.

Vor den Kindern und ihrem Vater glitt die Hafenlandschaft vorbei. «Guck noch mal, bevor es losgeht», forderte Lili den Mann neben sich auf. Wären sie nicht gewesen, hätte er längst geschlafen.

«Ich glaube, ich muss die Augen zumachen», sagte der Mann. Als sie ihn ansah, sein Lächeln, seine Augen, die unrasierten, verschrammten Wangen, hätte sie heulen können. Aber sie durfte jetzt nicht schwach sein. Nicht vor Paul, der kleine Teufel wartete nur darauf, dass er seine Schwester bei einer Schwäche ertappte. Lili schmiegte sich an den Arm ihres Vaters und sagte: «Wir schaffen das. Gar kein Problem.»

Als die Tür zum letzten Mal geöffnet wurde, sagte der Fahrer: «Scheiße. Was machen wir jetzt?»

«Wir wecken ihn», sagte Lili. Aber es gelang ihr nicht.

«Ich nehme ihn nicht auf die Schulter», stellte der Fahrer klar. «Mein Job ist hier zu Ende.»

«Und Sie haben viel Geld dafür bekommen.»

Er betrachtete das Mädchen. Natürlich hatte sie keine Chance. Sie würden schon die erste Nacht nicht überstehen. Aber das machte nichts. Sie riskierte etwas, das war mehr, als die meisten Menschen zustande brachten. Er hätte sie gern von dem kleinen Jungen befreit.

«Okay», sagte der Fahrer seufzend, als er den Blick des Mädchens nicht länger ignorieren konnte. Zwei Schläge, drei Schläge, dann spürte er die Zähne des Jungen im Arm.

«Er haut deinen Vati nicht», sagte Lili, «er will ihn nur wachmachen.»

Der Lieferwagen fuhr davon, und es begann zu regnen. Der Mann, der statt einer Arbeitsjacke jetzt einen Pullover trug, blickte nach oben.

«Regen», sagte Lili. «Das haut uns nicht um.» Dann ergriff sie den Arm des Mannes und sagte: «Jetzt beginnt unsere Weltreise.»

Zuerst kamen sie nach Mittelamerika. Im Hafen lag ein Kühlschiff, lang und groß, Bananen in Kartons, grün, staubig, schnell schnell. Der Mann rieb sich die Hände, er wollte das Land betreten, aber an der Grenze ließen sie ihn nicht passieren. Im Land lief die Ernte auf vollen Touren. Ausgebeutete Arbeiter schufteten sich krumm, von den Bewachern war nichts zu sehen. Auch keine Überwachungskameras. Das System war perfekt, sie brauchten keine Bewacher. Die Ausgebeuteten verspürten nicht das Bedürfnis, ihre Ketten abzustreifen. Irgendetwas störte den Mann, irgendetwas war falsch, vielleicht auch nur leicht verrutscht. Er musste das Gespräch mit den Ausgebeuteten suchen. Aber sie weigerten sich, mit ihm zu sprechen. Dabei sprachen sie einen spanischen Dialekt, den er verstand. Darüber freute er sich. Nun musste er sie nur noch dazu bringen, eine Minute mit der Schufterei aufzuhören, sie sollten das Förderband abstellen, mit dem die Bananen von den Feldern transportiert wurden.

«Verpiss dich», sagte ein Aufseher. Der Mann wusste nicht, ob es sich um einen der Bewacher handelte. Vielleicht gehörte er zu den Ausgebeuteten, sie hatten ihn ausgesucht, um sie so zu schurigeln, dass sie keine Bewacher brauchten. So konnten sie sich um andere Dinge kümmern: Folter, Drogenanbau, Aufbau des Schulsystems, Bau von Krankenhäusern. Sie mussten ihren Leuten etwas anbieten, um soziale Spannungen zu verhindern.

Der Mann folgte den Förderbändern und gelangte in die Supermärkte. Aber sie waren leer, kein einziger Kunde, kein Verkäufer. War die Not im Land so groß, dass das Geld nicht einmal für die Grundnahrungsmittel langte? Der Mann ergriff eine Banane, sie war grün. Wie Gurken, nur heller. Wer davon essen würde, läge eine halbe Stunde später mit Magenkrämpfen flach. So konnte man mit den Menschen nicht umgehen. Mit einem Büschel der unreifen Früchte in der Hand eilte er durch die Gänge des Supermarkts und hielt Ausschau nach einem Verantwortlichen.

«Vati», sagte das Kind neben ihm, «wo willst du hin?»

Sie waren schon lange in seiner Nähe, es gab da auch einen kleinen Jungen, ganz niedlich, aber noch sehr jung. Er verstand kleine Kinder nicht, sie funktionierten anders als er. Man musste mit ihnen in einer ganz speziellen Sprache reden, die er nicht beherrschte. Dabei war er nicht unbegabt, er beherrschte mehrere Sprachen, Spanisch sprach er mit den Menschen in den Bananenplantagen fehlerlos.

Da, da kam jemand. Ein Arbeiter war zwischen den turmhoch gestapelten Bananen aufgetaucht. Vielleicht befand er sich auf der Flucht, hatte die Ketten abgestreift und musste nun den Moment fürchten, an dem hinter ihm das heisere Gebell der Bluthunde ertönen würde, mit deren Hilfe sie die Spur des Flüchtlings aufgenommen hatten.

«Nein, Vati», sagte das Mädchen eindringlich. Er musste sie irgendwann fragen, ob sie alle fremden Männer Vati nannte. Momentan störte sie sehr, denn sie wollte ihn daran hindern, mit dem Flüchtling Kontakt aufzunehmen, ihn seiner Solidarität zu versichern, ihm Beistand anzubieten. Das Mädchen war schuld daran, dass der Flüchtling noch mehr Angst bekam. Dieser Blick, geschundene Kreatur, ein Leben auf der Seite der Verlierer und Unterdrückten.

«Lass das», sagte der Mann und riss sich von dem Mädchen los.

«Vati!» Das war der Junge, dieses Kind mit den Augen, die ständig schreckgeweitet waren, ein nervtötendes Wesen. Als würde er mit diesen Augen etwas sehen, was außer ihm niemand sah. Nervtötend. Das Mädchen fing auch schon an. Sie waren keine Verbündeten. So lief das immer: Erst taten sie freundlich, dann ließen sie die Maske fallen. Wer den Menschen vertraute, war verraten und verkauft. Aber sein größter Feind war der Flüchtling, er stand vor ihm, gestikulierte wild und spuckte ihn in einer unbekannten Sprache an. Dass Spanisch so viele Dialekte hatte. Da! Der zweite Spanier! Er war erleichtert, jetzt würde sich alles aufklären. Siegessicher trat er auf den zweiten zu, zwei Hände rissen an seinen Armen, im Laufen fragte er die Kinder, was das zu bedeuten habe. Aber sie antworteten nicht, liefen nur, liefen um die halbe Welt.

Bis sie in die Antarktis kamen. Es war kalt, natürlich war es kalt, aber es war auch die Majestät des Eises, die würdevolle Stille der Gletscher, die absolute Stille fernab von Zivilisation und Menschenmassen.

«Vati, mir ist kalt», jammerte der kleine Junge. Nervtötend. Man musste dieses Kind loswerden oder die Reise würde kein Erfolg sein.

«Schick ihn weg», sagte der Mann zu dem Mädchen. Bis eben hatte sie ihn noch angelächelt, jetzt sah sie aus, als hätte er ihr einen unsittlichen Antrag gemacht. Der Mann suchte nach den Worten, die ihr mitteilen würden, was er von ihr und dem kleinen Jungen hielt. Aber in seinem Kopf war nur dieses Rauschen, an das er sich gewöhnt hatte und nie gewöhnen würde, beides gleichzeitig.

«Ruhe haben», sagte er. Diese Wörter fand er. Vor ihm das Eis, hinter ihm die Kinder, beide frierend und klappernd.

«Du musst etwas anziehen», behauptete das Mädchen. Erst wehrte er sie ab, ohne sich nach ihr umzudrehen. Aber sie ließ sich nicht vertreiben, drängte ihm den Mantel auf, den sie plötzlich hielt. Er streckte die Arme aus, das Mädchen zog ihm den Mantel an. Er hatte nicht gefroren, aber er hoffte, dass sie nun endlich Ruhe geben würden.

Sein Spaziergang über den Gletscher war so wunderbar, wie er ihn sich erträumt hatte. Nur er und die Elemente. Ein Menschlein inmitten der Unendlichkeit. Wer hier nicht demütig wurde, war verkommen und krank. Sein Atem war wolkig und weiß. Gierig sog er die Luft durch die Nase ein und entließ sie durch den Mund. Dass etwas Banales wie Atmen so schön sein konnte.

«Vati lacht», flüsterte das Mädchen ihrem Bruder zu. Aber der Junge weinte. Sie führte ihn ins Freie, wo er sich schnell wieder fing. «Wenn du krank wirst, kriegst du Ärger», sagte sie drohend.

«Aber … aber dafür kann ich nichts, wenn ich eine Erkältung kriege», sagte er eingeschüchtert.

«Nur Babys kriegen Erkältungen. Große Kinder können sich beherrschen.»

Das war eine Lüge, aber sie brachte das Kind zum Schweigen und erfüllte somit einen guten Zweck.

Während sie warteten, fuhren Lkws vor und wieder ab. Lili sorgte dafür, dass sie nicht auf dem Präsentierteller standen. Einmal nicht aufgepasst, und sie mussten sich gegen einen gut meinenden Erwachsenen wehren. Solche Menschen ließen sich nur schwer abwimmeln, sie hingen an einem wie Flöhe. Sie waren auch genauso nützlich wie ein Floh.

Er blieb über eine Stunde im Eis. Als er ins Freie kam, rieb er sich die Hände wie nach einem gelungenen Streich. Da dämmerte es bereits. Lili schlug vor, ein Quartier zu suchen. «Ich habe auch Geld dabei», sagte sie eifrig und zeigte die Scheine vor, die sie im Briefumschlag mit sich führte. «Hotel», sagte der Mann verächtlich, sie war nicht sicher, ob er wusste, was sich dahinter verbarg. «Auf Reisen geht man in kein Hotel. Man schläft in den Plantagen oder sucht sich einen Schuppen.»

Dann beugte er sich zu dem kleinen Jungen und sagte freundlich: «Nimm dich in Acht vor den Schlangen.»

Paul prallte zurück, als habe man ihm eine Schlange vors Gesicht gehalten.

«Schlangen!?», sagte er angewidert. «Aber die sind doch gefährlich.»

«Ach was», sagte der Mann. «Schlangen sind gar nichts gegen Spinnen und Skorpione. Die kommen durch jedes Loch. Und sie sind gut auf der Suche nach ungewöhnlichen Verstecken.»

Er steckte dem regungslos dastehenden Jungen einen Finger ins Ohr und sagte: «Ah … das ist gut für einen Skorpion.»

Paul schüttelte den Kopf, wie besessen schüttelte er seine Ohren aus, erst das eine, dann das andere.

«Er macht doch nur Spaß», sagte Lili.

«Ach ja?», sagte der Mann. «Dann wartet doch einfach ab.»

Es sah aus wie ein Bahnhof, aber sie fanden nicht die Stelle, wo Menschen auf den Zug warteten. Ein Abstellplatz für Güterwagen. Die Züge nahmen kein Ende und nirgendwo ein Wagen, der für Menschen gebaut worden war. Sie schritten die Waggons ab und gerieten von einem Geruch zum nächsten. Öl, Holz, Eisen, der Duft fabrikneuer Automobile, Säuerliches wie Essig, Vanille. Einige Gerüche waren schön, andere verursachten Hunger. Das Mädchen nahm den Rucksack von den schmalen Schultern, und als sie sich in dem leeren Waggon aus den herumliegenden Säcken ein Lager gebaut hatten, breitete das Mädchen seine Schätze aus. 14 Scheiben Brot, alle dick belegt mit Wurst und Käse. Dazu zwei Flaschen Wasser. Der Mann, der immer noch den dicken Mantel trug, klappte jede Stulle auf und sagte: «Kein Reis? Keine Kartoffeln?»

Er wollte Reis oder Kartoffeln, nichts anderes.

«So ist es in der Welt», sagte er. «Die meisten Menschen essen Reis. Was sollen sie von uns halten, wenn wir vor ihren Augen Wurst essen? Man muss sich ja schämen.»

Der kleine Junge blickte sich um und sagte eingeschüchtert: «Ist keiner da. Wenn wir ganz schnell essen …»

Der Mann schob ihm alle Brote hin, sodass er, der eben noch bereit gewesen war, gierig zuzugreifen, zurückschreckte. Lili griff zu. Sie wusste, dass sie essen mussten, um bei Kräften zu bleiben. Sie teilte auch die Tabletten aus. Wie selbstverständlich hielt der Mann die Hand hin, als hätten sie dieses Spiel hundertmal gespielt. Er schluckte die Tabletten ohne Wasser, rollte sich in einen Sack und schlief in wenigen Augenblicken ein.

Schlagartig registrierte Lili die Geräusche der Welt. Nichts kam aus unmittelbarer Nähe, alles war ungewohnt. Schläge von Eisen auf Eisen, Quietschen, als würde etwas auf rostigen Schienen rollen. Und das Licht. Wenn sie durch den Spalt in der Waggontür schaute, konnte sie keine Lichtquelle sehen. Aber es war nicht finster. Über diesem Teil der Welt lag ein diffuses Leuchten, als würden Sonne und Lampen sich in glatten Flächen spiegeln und die Helligkeit über Umwege bis zu dem schlafenden Bahnhof schicken.

Lili forderte Paul auf, zu ihr zu kommen. Dankbar rückte er an ihre Seite und schmiegte sich an sie. «Er mag uns nicht», murmelte Paul.

«Weißt du, dass du ein riesengroßer Dummkopf bist? Er muss sich doch erst an uns gewöhnen.»

«Manchmal glaube ich, er erkennt mich nicht.»

«So ein Unsinn. Jeder Vater erkennt seine Kinder.»

Aber Lili wusste es besser, und ihr Herz war schwer.

In dieser Nacht schlief sie miserabel. Erst waren es die Geräusche der nächtlichen Welt, dann schreckte sie aus aufregenden Träumen hoch.

Und dann waren da die Stimmen. Dicht vor Lili, gleich auf der anderen Seite der Waggontür. Sie hatten die Tür nur zugeschoben, weil Paul Angst hatte, nachts beim Schlafwandeln herauszufallen. Dabei hatte der Feigling in seinem bisherigen Leben keine Minute schlafgewandelt.

Lili verstand kein Wort, das war kein Deutsch und kein Englisch. Auch das Türkisch von Enka und Nestors spanische Eltern hörten sich anders an. Männliche Stimmen, keine Frau, kein Kind. Lili hatte Angst vor einem Hund. Sie hatte die Fremden nicht kommen hören, was wollten sie hier? Mitten in der Nacht auf einem Güterbahnhof? Was gab es für einen anständigen Grund? Hatten sie einen Vater oder alte Eltern, mit denen sie eine Weltreise unternehmen wollten? Lili glaubte nicht an Zufälle. Sie glaubte auch nicht, dass es dieselben Männer waren, denen sie in Südamerika begegnet waren.

Was sollte sie machen? Wenn nun Paul aufwachte? Jedes andere Mädchen hätte ihren Vater geweckt. Väter beschützen, wissen, was zu tun ist. Lilis Vater war anders.

Sie fürchtete sich, aber sie war auch neugierig. Die Männer ahnten nicht, dass sie Zeugen hatten. Sie hätten sich sonst nie im Leben vor diesen Waggon gestellt. Die Welt war so groß, der Bahnhof so lang.

Dicht gegen die Tür gepresst, ohne sie jedoch zu berühren, versuchte Lili, einen Blick nach draußen zu erhaschen. Als ihre Nase fast den fremden Rücken berührte, prallte sie zurück wie von einem Schlag. Dass sie so dicht …! Nur Zentimeter entfernt! Sie hatte den Mann gerochen. Schweiß, Zigaretten, vor allem Schweiß. Ein ekelhafter Geruch, aber das war nicht der normale Schweißgeruch, den Lili vom Turnen kannte und von den Wettläufen, bei denen sie eine der Besten war. So etwas hatte sie noch nie gerochen, und obwohl der Geruch absonderlich war, fühlte sie sich von ihm gleichzeitig angezogen. Vorsichtig näherte sie sich dem offenen Spalt, weiter und immer weiter, wenige Zentimeter noch, jetzt roch sie es wieder, jetzt sah sie den Rücken in der Lederjacke, sah über die Schulter die zwei Gesichter, dann nur noch eins, das plötzlich dicht vor dem Rücken stand, ein Geräusch, ein unterdrückter Schrei, noch ein Geräusch, ein Arm, der ausholte, etwas in der Hand, ein Messer, und Lili schaute dem Messerstecher geradewegs ins Gesicht, denn der Rücken, der sie bisher geschützt hatte, war weggefegt worden, als der Stecher nach den beiden Attacken in die Brust dem Opfer die Kehle durchgeschnitten hatte. Warme Flüssigkeit spritzte in Lilis Gesicht, angeekelt prallte sie zurück, stieß gegen die Beine ihres Vaters, der unwillig grunzte. Aber er wachte nicht auf.

Draußen wurde gewispert, eine erregte oder wütende Stimme, eine besänftigende Stimme. Dann nichts mehr. Lili hörte nicht, wie sie sich entfernten. Aber es war klar, dass sie verschwunden waren.

Lili wusste, was sie draußen erwarten würde, aber sie hatte es nicht eilig zu sehen, was sie sich vorstellte. Hier drin waren sie sicher.

Plötzlich wieder Geräusche, Lili presste eine Hand auf den Mund. Aber es war nur Regen. Ein weiterer Grund, sich nicht nach draußen zu wagen. Aber dann ging in der Nähe eine Sirene los oder ein Signalhorn, etwas, das zu Zügen gehörte. Dem Horn antwortete ein zweites. Wann fingen die denn hier an zu arbeiten? Warum konnten sie nachts nicht schlafen wie anständige Menschen? Rufe, wenigstens zwei Männer. Lili wusste nicht, ob es sich um Arbeiter handelte, Rangierer vielleicht. Gab es heutzutage noch Rangierer? Sie rüttelte Paul wach, rüttelte den Vater wach. Und während sie verzweifelt den unwilligen Schlafmützen klarzumachen versuchte, dass sie hier nicht mehr sicher waren, erklangen die Rufe in immer größerer Nähe. «Los, los!», drängte Lili. «Gleich haben sie uns.»

Lili schob die Tür auf, nichts ging voran, keiner half ihr, verzweifelt stemmte sie sich gegen die schwere Tür, zehn Zentimeter, zwanzig, raus. Weich war der Untergrund, Lili stieß einen Schrei aus, stolperte, fing sich, blickte den Körper an, sein Gesicht, seinen Hals. Lili würgte, da sprang Paul oder er wurde geworfen. Lili verhinderte, dass er schmerzhaft stürzte. Der Vater setzte sich auf den Boden des Waggons, wackelte mit beiden Beinen und sagte: «Da liegt einer und schläft.»

Er sprang, sah sich den Körper an und murmelte: «Du wirst lange schlafen, mein Lieber.»

Rufe in der Nähe, nichts wie weg. Die Kinder sahen nicht, wo das Messer blieb, das neben dem blutigen Körper gelegen hatte.

Paul taumelte, so müde war er. Der Vater hielt sich an Lilis Arm fest. Er stellte keine Fragen, wartete, bis Lili den greinenden Bruder aufgehoben hatte. Dann liefen sie, liefen immer weiter, ohne Blick dafür, wo sie waren. Sie kannten nichts in diesem Teil der Welt, jede Richtung war so gut wie alle anderen. Über die Brücke, immer weiter, auch wenn die Scheinwerfer der Lastwagen sie einfingen und es nichts gab, wohinter man sich verstecken konnte. Nur Lastwagen, nie ein Pkw. Dicke Reifen schossen Wasserfontänen auf die Flüchtlinge ab. In diesem Teil der Welt war es ungemütlich, auch im Frühling. Und die Angst wollte nicht nachlassen. Lilis Waden schmerzten, sie hatte Seitenstiche, Paul weinte, nur der Vater lief in seinem gleichmäßigen Trott, müde und ausdauernd.

Ein Bach, ein Teich, viele Gärten, über den Zaun, mit den Schultern vergeblich gegen die Tür der Laube, bis der Vater zutrat. Lili hätte ihm diese Kraft nicht zugetraut.

Als sie sich erholt hatten, schlief der Vater bereits wieder. Lili wusste, dass sie hier nicht bleiben konnten. Bald würde die Sonne aufgehen, und im Frühling erschienen die ersten Kleingärtner sehr früh bei der Arbeit. In ihrer vorigen Wohnung hatte sie vom Wohnzimmer auf Gärten geschaut. In den beiden links war von April bis Herbst immer jemand zugange gewesen, von morgens bis abends.

Sie wollte den Vater wecken. Als sie seinen glasigen Blick sah, zuckte sie vor Schreck. Sie hatte die Tüte mit den Medikamenten im Zug gelassen. Hektisch wühlte sie den Rucksack durch, aber sie wusste schon, dass sie nichts finden würde.

Sie starrte auf die Hand, die der Vater ihr treuherzig hinhielt. «Tut mir Leid», sagte sie leise. «Es gibt keine Tabletten mehr.»

Der Vater sagte «Oh oh» und lachte. Das machte Lili Mut, aber nur, bis er zwei Stunden später begann, sich aufzuregen. Erst freute sie sich, endlich wirkte er munter und wirklich wach. Aber bald wäre ihr ein schlafender Vater lieber gewesen, denn er redete zu laut und zu schnell. Er hechelte, weil er falsch atmete, und ständig stritt er sich mit den Kindern. Nichts machten sie richtig. Mal standen sie im Weg, dann zog Lili das Falsche aus dem Rucksack. Der Vater wurde immer fahriger, beide Arme waren in ständiger Bewegung, trotz Lilis Warnungen ging er ins Freie, inspizierte die Beete und regte sich auf, dass er nichts Essbares fand. Dann begann Paul zu quengeln, als Lili wieder nach draußen blickte, sah sie den Vater. Stiefel ragten aus dem Mantel, die er eben noch nicht getragen hatte, und als Lili ihn fragte, was er da tue, sagte er: «Ich baue Reis an. Irgendjemand muss es ja tun.»

Verzweifelt sah Lili zu, wie er die Beete mit dem Spaten zerstörte, wie er Stufen anlegte, die immer wieder einbrachen, und dann einen Schlauch anschloss, mit dem er alles unter Wasser setzte. Seltsamerweise verbesserte sich dabei seine Laune.

Plötzlich stand er vor Lili und verlangte zornig nach Schösslingen. «Wie bitte soll ich Reis anpflanzen, wenn du keine Saat besorgst? Kann mir die junge Dame das vielleicht mal verraten?»

«Ja, ich kann», sagte Lili eifrig, «ich besorge dir Reis.»

Der Hof voller fabrikneuer Mercedesse gefiel dem Vater. «Einen knacken und dann immer schrumm schrumm über die anderen rüber», sagte er lachend und rüttelte am Zaun. Fabrikgebäude, die verrostete kleine Werft, rechts Bahngleise, links ein Kanal, hinten die Schleuse – in diesem Teil der Welt waren sie noch nicht gewesen. Als Lili das Schild über der Tür sah, sagte sie: «Da rein.»

Die Arme des Wirts waren tätowiert, sein Gebiss hatte Lücken. Als er Lili zu telefonieren erlaubte, lächelte er nicht. Der Vater studierte die Speisekarte, ließ sich einen Kugelschreiber geben, strich das meiste durch und ging zur Theke, um dem Wirt klarzumachen, wie einfach es wäre, sein Speisenangebot auf südamerikanische Spezialitäten umzustellen. Der Wirt sagte: «Zu mir kommen Leute, die körperlich hart arbeiten. Die wollen keine Maiskolben ablutschen.»

Lili hörte das Freizeichen und wusste nicht, ob sie wünschen sollte, dass jemand sich meldete.

Die ersten Worte der Mutter lauteten: «Bist du wahnsinnig? Weißt du überhaupt, was du angestellt hast?»

«Wir helfen ihm», entgegnete Lili trotzig.

«Wem helft ihr? Einem kranken Mann? Einem Irren?»

«Vati ist nicht irre.»

«Er ist irre, geisteskrank, nicht zurechnungsfähig. Nenn es, wie du willst. Wie hast du es geschafft, ihn aus der Psychiatrie in Ochsenzoll rauszukriegen?»

«Das ist jetzt egal.»

«Ich wüsste es aber gern.»

«Ich wüsste auch gern einiges, was du mir aber nie erzählt hast.»

«Weil es dich nichts angeht.»

«Ich bin kein Kind mehr.»

Die Mutter lachte. «Entschuldige, aber das weiß ich besser. Du bist vierzehn.»

«Also kein Kind mehr.»

«Du bist mein Kind und wirst es ewig bleiben.»

«Er braucht Hilfe», sagte Lili mit plötzlich leiser und besorgter Stimme.

«Er muss sofort zurück. Wir rufen einen Krankenwagen.»

«Nein.»

«Oder ein Taxi! Zur Not fahre ich ihn auch selbst. Aber wirklich nur zur Not. Von wo rufst du an? Wo habt ihr euch versteckt?»

«Mutti, er braucht die Tabletten.»

Die Frau zögerte. Mutti war sie schon lange nicht mehr genannt worden – nicht seitdem sie die Kinder in der Obhut ihrer Großmutter zurückgelassen hatte. Lili berichtete, was geschehen war. Die Mutter schnappte nach Luft.

«Ich höre es, aber ich glaube es nicht.»

«Kannst du ihm Tabletten besorgen? Bitte, Mutti.»

«Fahrt nach Ochsenzoll. Dort gehört er hin. Dort wird man ihm helfen.»

«Mutti.»

«Nein! Ich bin so gut wie weg. Morgen früh geht unser Schiff.»

Lilis nächste Worte klangen bemüht sachlich, aber die Mutter spürte, wie verletzt sie war.

«Ich habe es dir erzählt», sagte die Mutter gereizt. «So oft werde ich in meinem Alter keine große Liebe mehr erleben.»

«Aber Vati ...!»

«Lili, bitte. Wenn du wirklich kein Kind mehr bist, wirst du von mir nicht verlangen, diese Beziehung aufzuwärmen. Wenn es dir hilft, gestehe ich dir gern zu, dass ich eine schlechte Mutter bin. Vielleicht sogar eine schlechte Ehefrau. Aber ich bin nicht schuld daran, dass er so geworden ist.»

Darüber dachte Lili anders, aber sie schwieg und hörte weiter zu. Der neue Partner, sein Kind. Alles rosarot. Zu dritt wollten sie zur Kreuzfahrt ablegen. Vierzehn Tage Skandinavien, Nordkap, das ewige Eis.

«Das würde Vati gefallen», sagte Lili.

Aber die Mutter ging nicht darauf ein. Immerhin versprach sie nach weiteren fünf Minuten knurrend, die Tabletten vorbeizubringen. Als Lili ihr den Weg beschrieb, stöhnte sie auf. «Man glaubt es nicht. Am Arsch der Welt.»

«Nicht am Arsch, Mutti. Zwischen Südamerika und dem ewigen Eis.»

Siebzig Minuten später betrat sie das Lokal. Sie sah den Mann an der Theke und erstarrte, ließ die Eingangstür nicht los. Der Hafenarbeiter, der neben dem auf einem Stuhl stehenden Paul am Spielautomaten daddelte, stieß einen Pfiff aus. Der Vater wies auf die Frau und sagte zum Wirt: «Des Landes verweisen. Auf der Stelle. Oder ich beschwere mich bei Ihrer Botschaft.»

Paul lief zur Frau und umarmte sie. Mit linkischen Bewegungen erwiderte sie die Herzlichkeiten ihres Sohns. Lili behielt Mutter und Vater im Auge, suchte in ihren Gesichtern nach Zeichen von Freundlichkeit und Zuneigung.

Der Vater verließ das Lokal. Lili dachte: Geh ihm hinterher, du dumme Person. Die Mutter folgte ihm. Lili hielt Paul am Schlafittchen fest.

«Ich will zu meiner Mami», zeterte er.

«Wir müssen sie jetzt in Ruhe lassen. Vielleicht vertragen sie sich.»

Erst dachte Lili: Babys kann man jeden Mist erzählen. Danach dachte sie: Bitte, bitte, denkt an uns.

Fünf Minuten starrten die Kinder die Tür an. Der Wirt erbarmte sich und spendierte ihnen eine Brause. So ließ sich das Warten leichter ertragen. Als Paul am Automaten daddelte und Lili zum fünfzigsten Mal die Knoten der speckigen Plastiktischdecke durch die Finger gleiten ließ, öffnete sich die Tür. Lili bemerkte sofort, dass er seinen Mantel nicht mehr trug.

«Hast du ihn ihr zur Erinnerung geschenkt?», fragte sie gerührt.

«Erinnerung», sagte der Vater und betonte jede Silbe.

Paul schoss nach draußen, aber vor der Tür war niemand.

«Sie ist nach Hause gefahren», sagte Lili. «Aber sie denkt an uns. Und sie hat die Tabletten dagelassen. Das hat sie doch, oder?»

Der Vater hielt ihr einen Plastikbeutel hin.

Dann hielt er ihr noch etwas hin. Sie nahm ihm die kleinen

Hefte ab, verstand nicht gleich, worum es sich dabei handelte. Vierzehn Tage Skandinavien, Nordkap, das ewige Eis, Vollpension. Lili blickte den Vater an, dann zog Lächeln in ihr Gesicht ein. Sie wollte es gern von ihm hören, aber da er schwieg, musste sie es aussprechen, weil es erst dann wahr sein würde. «Sie hat uns die Reise geschenkt», sagte sie selig. «Alle drei Fahrkarten. Ist das wirklich wahr?» Und weil er es nicht bestritt, wurde es wahr. Andächtig strich Lili über die wertvollen Papiere und verwischte dabei die kleinen roten Flecken. Morgen früh würde der Luxusliner vom Kreuzfahrt-Terminal ablegen.

«Wir müssen los», sagte Lili eifrig.

«Ich habe meine Lieblingshose nicht dabei», sagte Paul vorwurfsvoll.

Lili beugte sich zu ihm und flüsterte: «Aber du hast deinen Lieblingsvati dabei. Ist das nichts?»

Strahlend und gleichzeitig scheu blickte Paul zu dem schweigenden Mann auf.

Sie brauchten lange bis zum Grasbrook, aber sie kamen rechtzeitig an. Dann setzten sie sich vor das große weiße Zelt, in dem sie ihre Tickets vorgezeigt hatten. Lili verteilte die letzten Stullen. Sie beugte sich nach rechts und schmiegte sich an den Arm des Mannes. Dann beugte sie sich nach links und küsste Paul aufs Haar. Alle bestaunten den ungeheuren Körper des Schiffes. Seine Größe und Schönheit ließen sie verstummen.

«Freiheit», murmelte der Vater. «Du musst sie dir erkämpfen.»

Dann stand er auf und trat ans Schiff. «Pass bloß auf», rief Paul besorgt. Etwas klatschte ins Wasser, dann drehte sich Vati um, wischte die Hände an den Hosenbeinen ab und sagte: «Ich passe gut auf.»

Birgit H. Hölscher **Die *Mona* war ihr Schicksal**

Heinz Pachulke riss die Augen auf und schloss sie sofort wieder. Grelles Morgenlicht stach durch die drei kleinen Kajütfenster und fiel direkt auf sein verquollenes, rot geädertes Gesicht. Die Barkasse schaukelte leicht in der Dünung, er öffnete die Augen zu schmalen Schlitzen und sah durchs Fenster die Bordwand des Nachbarschiffes, die sich gemächlich hob und senkte. Zeitlupenartig bahnte sich ein Gedanke den Weg durch sein wattiges Hirn. Was hatte ihn geweckt? Er stützte seine hundert Kilo auf einen Unterarm und stemmte mit einem Ächzen seinen gewaltigen, offenbar nur aus Bauch und Bizeps bestehenden Oberkörper in die Höhe.

War etwa einer der Affen von den anderen Barkassen schon unterwegs? Ach was, dann würde er das Tuckern eines Schiffsdiesels hören. Seine Rechte schabte über das Stoppelkinn, und er linste zur Uhr über dem Durchgang zum Deck. Fünf Uhr zwanzig.

Scheiße, Pachulke, da bissu mal wieder richtig gut versackt gestern Abend. Sein Schädel schien mit Putzwolle ausgepolstert, im Mund schmeckte es nach Kuhstall, und Übelkeit zerrte an seiner Speiseröhre. Er ignorierte das Flaschenmeer, das jede freie Fläche in der winzigen Kajüte bedeckte, stemmte sich mit immensem Kraftaufwand in die Senkrechte und setzte die Füße in den löchrigen Socken auf den Boden. Ein Furz fuhr ihm knatternd aus dem Hintern, und er grinste wie über einen gelungenen Streich. Dann wurde er schlagartig ernst.

Verflucht, was war das? Er stand so schnell auf, dass helle Blitze vor seinen Augen tanzten. Sofort ließ er sich wieder zurück auf die Koje fallen und starrte auf die zusammengekrümmte Gestalt dort auf dem Kajütboden. Er kratzte sich am Kopf und kombinierte, dass der andere wohl mit ihm zusammen gesoffen haben musste. Wenn er nur wüsste, wer das war! Heinz hatte keinen Schimmer. Irgendein Kerl eben, aber der musste jetzt runter von Bord. Seine Barkasse war doch kein Hotelschiff. Er stand auf, zog den Kopf unter der niedrigen Decke ein und machte einen Schritt auf den stillen Schläfer zu. Flaschen klirrten, er schwankte, griff Halt suchend um sich.

Der Kerl war anscheinend noch immer sternhagelvoll, zuckte trotz des Lärms mit keiner Wimper. Heinz sah schwankend auf die massigen Schultern in dem rot-schwarzen Holzfällerhemd hinab.

Nö, nie gesehen. Scheiß-Filmriss! Er stupste mit der Fußspitze an die obere Schulter. Keine Reaktion. Er trat fester zu. Nichts. Das konnte ja was werden. Um elf war er für eine Rundfahrt gebucht, da musste der Kahn, und er selbst natürlich auch, klar sein. Die Flaschen mussten von Bord gebracht sein, und diese menschliche Flasche dort konnte er dabei schon gar nicht gebrauchen. Er suchte die Tischplatte ab und griff nach einer halb vollen Bierknolle.

«Los, du Kanaille. Heb deinen Arsch hoch. Die Party ist zu Ende.» Er kippte den Rest Bier hinunter, rülpste röhrend und knallte die Flasche extra laut zurück auf das Resopal.

Ja, war der Typ taub? Er musterte die Figur, von der er nur Schultern und Rücken sah, genauer. Irgendwas stimmte nicht. Ihn beschlich eine Ahnung, dass die Sache nach Ärger roch. Hastig sah er auf beiden Seiten durch die schmalen Kajütfenster. An Steuerbord erhob sich, einen Steinwurf von seiner Barkasse entfernt, die dunkle Kaimauer. Die Wasserfläche dazwischen war leer. So früh war keine der hier über Nacht festgemachten Rundfahrtsbarkassen unterwegs. An Backbord war die *Lisette*, neben seiner *Mona*, auf der Rückseite des Landungsbrückenpontons vertäut. Auch an deren Deck war niemand zu sehen. Er war der einzige Barkassenführer, der ab und zu die Nacht in der behelfsmäßigen Kajüte am Bug seiner Barkasse verbrachte. Immer wenn er zu betrunken war, um den Weg in seine Einzimmerbude in Altona zu schaffen.

«Los, komm hoch, Mann.» Er kniete sich schnaufend nieder, drehte den Fremden, fast zögernd und mit einem mulmigen Gefühl im Magen, auf den Rücken.

Ach du Scheiße! Da war Blut. Mittlerweile getrocknete, rotbraune Schlieren zogen sich von der Stirn über die linke Schläfe bis zur wachsbleichen Wange, auf der bläulicher Bartschimmer lag. Hoch oben auf der Stirn des Mannes, schon fast am Scheitel des dünnen braunen Haares, klaffte ein unregelmäßiges Loch, in das Heinz mindestens zwei seiner dicken Wurstfinger hätte stecken können, wenn er gewollt hätte. Doch er wollte nicht. Er zögerte sogar, dem anderen den Puls zu fühlen. Als er sich schließlich überwand und mit wild trommelndem Herzen das fremde Handgelenk umfasste, schauderte er. Die Haut war eiskalt. Aber vielleicht kam ihm das auch nur so vor, denn logischerweise konnte der Kerl nicht kälter sein als die Umgebungstemperatur. Und die war spätsommerlich warm.

Aber eins war klar: Der war tot! *Kold un stiev wien Stockfisch.* Heinz kaute auf seinem Daumennagel, dass es krachte.

Er musste ruhig Blut bewahren! In seinen Gedärmen rumorte es, und er versuchte verzweifelt, einen klaren Gedanken zu fassen.

Das hatte ihm gerade noch gefehlt: Ein Toter an Bord. Das brachte nach altem Seemannsglauben nicht nur Unglück, sondern ihn hinter Gitter, wenn es aufflog. Er konnte von Glück sagen, dass ihn sein Anwalt damals vor dem Knast gerettet hatte. Die Bewährungszeit war allerdings noch nicht abgelaufen. Immerhin hatte er fünf Jahre gekriegt. Dafür, dass er diesem bekackten Besserwisser, der ihn vor den anderen Passagieren lächerlich gemacht hatte, ein wenig den Schädel eingedellt hatte. Was hatte der sich auch erdreistet, lautstark an allem zu zweifeln, was er auf der *Großen Hafenrundfahrt* über die Hafenhistorie, die Kaianlagen und Schiffe, die sie passierten, zu berichten wusste. Natürlich war das eine oder andere Seemannsgarn. Na und? Hauptsache, die Passagiere amüsierten sich und verzehrten ordentlich was von den Spirituosen, die er an Bord verkaufte. Das war seine hauptsächliche Einnahmequelle. Der Fahrpreis deckte gerade mal eben Spritkosten, Steuern und die Gebühren, die er an die Hafenbehörde zahlen musste. Und da kam so'n Quiddje aus Wanne-Eickel, riss das Maul auf und machte ihn vor der Kundschaft lächerlich. Das ließ ein Pachulke sich nicht bieten! Ihm war der Geduldsfaden gerissen, er hatte den Kerl zusammengestaucht und am Ende ein wenig über die Bordwand gehängt. Versuchter Totschlag, hatte es in der Anklage geheißen. Und dann war da noch die Sache mit dem Brückenpfeiler. Den hatte er im Suff angeditscht und war dabei erwischt worden. Er konnte von Glück sagen, dass es eine Leerfahrt gewesen war. So hatte er nur eine Geldstrafe bekommen, konnte seinen Personenbeförderungsschein für den Hafen behalten. Seither bemühte er sich, so wenig wie möglich nach fünf Uhr nachmittags unterwegs zu sein, denn dann war sein Blutspiegel im Alkohol zu niedrig, hähä. Und vor den abendlichen *Dämmertörns* machte er immer ein kleines Ausnüchterungsnickerchen. Nee, noch einmal würde er nicht mit 'nem blauen Auge davonkommen. Er war einfach zu temperamentvoll, hähä. Besser gesagt: im ganzen Hafen als Streithammel bekannt, der leicht hochging. Im *Stintfang*, seiner Stammkneipe an den Landungsbrücken, hatte Wirt Willem ihn schon so manches Mal von einem Gegner getrennt, mit dem er sich im Ringkampf zwischen den Stuhlbeinen verkeilt hatte.

Nee, den Steifen da, wer immer der war, den musste er los

werden. Blitzartig und unauffällig, versteht sich. Er riss die Wolldecke von seiner Koje und warf sie über den leblosen Körper.

Heinz drosselte den Motor und lenkte die Barkasse in den Veddelkanal. Mit zusammengekniffenen Augen ließ er seinen Blick schweifen. Hier würde es gehen. Die Barkasse glitt lautlos weiter in das kleine Hafenbecken, an dessen Ufer sich backbords altersschwache Lagerschuppen duckten. An Steuerbord erstreckte sich die Schotterböschung bis zum Gleisgewirr des Güterbahnhofs Süd. Nirgendwo rührte sich eine Menschenseele. Er war allein. Für seine Körperfülle erstaunlich schnell stieg er aus dem engen Führerstand hinab in die Kajüte und zerrte die Wolldecke von der leblosen Gestalt. Schemenhaft stiegen Erinnerungsfetzen an den Abend vor seinem inneren Auge auf. Der Knabe hatte neben ihm im *Stintfang* am Tresen gehockt. Natürlich noch lebendig. Ganz vernünftiger Typ, soweit er sich erinnerte. Hieß er nicht Wolli? Oder war es Holger? Egal. Sie hatten zusammen geknobelt und ordentlich einen weggezecht. Er zuckte mit den Schultern. Und wenn schon. Jetzt war der Kerl mausetot.

Ohne der Leiche ins Gesicht zu sehen, nahm er die in abgeschabten Arbeitsschuhen steckenden Füße und zog den Körper rückwärts zum Durchgang an Deck. Der Arsch war ganz schön schwer! Heinz keuchte vor Anstrengung, er spürte den Restalkohol prickelnd durch seine Glieder tosen. Einer der Arme des Toten verfing sich hinter dem am Boden verschraubten Tischbein. *Verdammte Pest!* Er zerrte ihn mit Gewalt weiter. In dem verhakten Arm krachte es trocken.

Das war nu auch egal. An Deck schleifte er das schwere Bündel durch die persenningverhüllten Bankreihen bis ans Heck. Dort wuchtete er es schwer atmend auf die hinterste Sitzbank, auf der während der *Dämmertörns* eng umschlungen die verliebten Paare saßen. *Ein wenig zu Atem kommen, dann geht's los.* Er schob die blaue Schirmmütze nach hinten und rieb sich mit seinem karierten Taschentuch über die Stirn.

Alles klar, das Bündel konnte von Bord. Er hob die starren Beine in die Höhe, um den Körper über die Reling zu hieven … und erstarrte. Während er den Toten an Deck geholt hatte, war die Barkasse weiter nach Backbord auf das Ufer zugetrieben. Und dort, zum Hinspucken nah, stand an der Ecke eines Lagerschuppens mit einem Mal ein Kerl in einem Blaumann, seinen Schwanz in der Hand, und pinkelte. Hinter dem Pinkler konnte Heinz die Kühlerhaube eines weißen Transporters erkennen.

Das darf doch nicht wahr sein! Er ließ die kalten Beine los, rutschte auf die Bank neben seinen zusammengesackten Kumpel und setzte dem, mit fliegenden Fingern, seine eigene Mütze auf, zog sie tief in die lädierte Stirn. Im letzten Moment, denn jetzt war der Blaumann fertig, sah auf und hob die Hand zum Gruß.

«Moin, moin», schallte es über die Wasserfläche.

«Moin.» Er bekam das Wort kaum aus dem Mund.

«Schon so früh unterwegs.» Der Blaumann ließ offen, ob er es als Frage oder Feststellung meinte.

«Jau. Müssen ja irgendwie wieder nüchtern werden.» Redete er nicht zu viel? Machte ihn das nicht verdächtig? Nö, der andere grinste freundlich.

«Haben ganz schön gebechert gestern», setzte er hinzu und stieß der Leiche munter in die Seite. «Nich', Kuddel?» Der sackte unvermittelt nach rechts. Er packte ihn im letzten Moment am Gürtel und verhinderte so, dass er ganz von der Bank kippte. Heinz schwitzte vor Nervosität und sah schnell hinüber zum Ufer, legte dabei den anderen Arm um die Schulter des Toten. Der Blaumann dort drüben hatte nichts gemerkt, nickte zum Abschied und trottete zu seinem Auto.

Gerade noch mal gut gegangen! Heinz blieb mit pochendem Herzen sitzen, den kalten Kumpel fest im Griff. Wenn der Kerl dort drüben nur endlich verschwinden würde! Aber nein, er blieb hinter dem Steuer sitzen, schlug doch tatsächlich eine großformatige Zeitung auf und hob einen Becher an die Lippen.

Okay, so ging das nicht. Er kannte diese Pappenheimer. Die saßen stundenlang an einsamer Stelle und ließen ihre Arbeitszeit verstreichen. So lange konnte er nicht warten. Die Gesellschaft, die ihn für elf gebucht hatte, zu versetzen, konnte er sich nicht leisten. Es war September, die Saison ging bald zu Ende. Da zählte jede Tour. Also musste er sein Glück woanders versuchen. Er hoffte, dass die blutrünstigen Schlagzeilen und barbusigen Bilder des Käseblatts den Blaumann ausreichend von der *Mona* ablenken würden.

«Jo, Kuddel, hau' dich noch'n büschen hin. Nich' dassu mir noch das Deck vollreiherst», tönte er extra laut, während er aufstand und die Leiche losließ. Die rutschte zur Seite und kippte nach einer unendlich erscheinenden Sekunde ganz hinunter auf die Decksplanken. Im Vorbeifahren winkte Heinz dem Handwerker, aber der sah nicht einmal von seiner Zeitung auf.

Die Wasserfläche des Reiherstiegs glitzerte in der Morgensonne, als Heinz die Barkasse auf das an Backbord liegende Ufer zulenkte. Er blinzelte geblendet und nahm einen Schluck aus der Taschenflasche, die er für seinen Morgenschluck im Steuerstand verwahrte.

Jetzt wurde es aber höchste Zeit, gleich halb acht. Je später es wurde, mit umso mehr Schiffsverkehr musste er rechnen. Er blickte zurück zum Rethe-Sperrwerk, dessen gewaltige, wie eine riesige Fabrik wirkende Konstruktion gerade von der orangefarbenen Arbeitsbarkasse passiert wurde, die ihm vor wenigen Minuten begegnet war. Jetzt war er, so weit er sehen konnte, allein auf diesem Nebenarm der Süderelbe. An Land nur unbelebtes Industriegelände, Lagerhallen, Lastkräne, vor dem Ufer festgemachte Schuten. Weiter hinten das riesige Mehlwerk hinter der meterhohen grauen Flutmauer. Niemand würde beobachten, wie er den Toten ins Wasser kippte. Seine behaarten Pranken zogen am sperrigen Körper, der die Reise hierher, von der Bordwand und der Wolldecke gegen Entdeckung geschützt, auf den Decksplanken verbracht hatte. Heinz schnaufte und zerrte an einem Arm und einem Bein zugleich.

Verflucht, der lag da, als wäre er festgewachsen. Verdammich aber auch. Hätte er in seinem Suff nur nicht den Kerl aufgegabelt!

«Los, nu komm, du alter Sack. Geh mir nich noch mehr auf'n Keks.» Wenn er nicht aufpasste, würde er noch bekloppt. Jetzt redete er schon ernsthaft mit dem Kalten! Er bekam ihn am Gürtel zu fassen, und nun ging's besser. Erneut wuchtete er ihn auf die Sitzbank am Heck und ließ ihn los, um etwas zu verschnaufen. Mit einem hässlichen Geräusch – irgendwas zwischen Schluckauf und Seufzen – schnurrte der Tote zusammen wie eine Ziehharmonika, rutschte aufs Deck zurück und blieb dort als schwarz-rot kariertes Knäuel liegen. Heinz fluchte stumm vor sich hin. Der Teufel sollte ihn holen, wenn er auch nur einmal wieder jemanden zum Saufen auf die Barkasse einlud!

Endlich gelang es ihm, den Körper neben sich auf die Bank zu ziehen. So saßen sie wieder, treu vereint, nebeneinander, und Heinz ließ ein Rülpsen über den stillen Kanal schallen. *Scheiß Sodbrennen!* Aus dem Augenwinkel betrachtete er die Leiche, die mit hängendem Schädel, auf dem noch immer Heinzens Mütze klebte, neben ihm hockte. Es war ihm nach wie vor schleierhaft, weshalb er dem anderen eins auf die Glocke gegeben hatte. Aber er erinnerte sich ja nicht mal daran, ihn auf die *Mona* eingeladen zu haben, und auch nicht, wie sie den weiteren Abend an Bord verbracht hatten. Geschweige denn, dass sie irgendeinen Händel miteinander gehabt hatten.

Egal, jetzt würde er ihn abkippen, und dann hätte die liebe Seele Ruh. Heinz stand auf, zog den Toten am Gürtel in die Höhe und hängte ihn, mit dem Oberkörper voran, über die Bordwand. Jetzt nur noch die Beine anheben, dann wäre das Thema durch.

«Ahoi!» Heinz fuhr in die Höhe. Die Leiche blieb, tief über die Reling gebeugt, hängen, schien versonnen ins Wasser zu starren. Dorthin, wo knapp neben der Bordwand der *Mona* lautlos ein kleiner roter Kajak trieb. Dessen Fahrer grüßte, das Doppelpaddel einen Moment still in der Luft haltend, freundlich zu Heinz und seinem kalten Kumpel hinauf. Heinz schnürte es den Brustkorb zusammen.

«Ha! … Ja … Moin, auch.» Er versuchte, den Toten möglichst unauffällig am Gürtel zurückziehen. Irgendwas klemmte. Der saß fest wie Fliegendreck.

Der Kajakfahrer deutete mit dem Kopf auf die Leiche und grinste.

«Seekrank?»

«Hat gestern ein' zu viel gehabt. Reihert schon den ganzen Morgen.» Heinz stand der Schweiß auf der Stirn, und er beglückwünschte sich zu seiner Schlagfertigkeit. Endlich senkte der Kajakfahrer sein Paddel ins Wasser und entfernte sich gemächlich. Heinz riss den Körper mit Gewalt zurück, und der plumpste, mit einem Geräusch, als würde Luft aus einem Ballon entweichen, schwer zurück aufs Deck.

Ich glaub das nicht. Ich krieg noch die Motten. Wo diese Wassersportfanatiker überall rumkrebsen. Heinz ließ seinen Blick in beide Richtungen über den Elbarm wandern. Und richtig: Dort hinten, bei der Einmündung zum Schmidtkanal, tauchte tatsächlich noch ein Paddler auf.

So ging das nicht. Er breitete die Decke wieder über die mit glasigem Blick in den wolkenlosen Morgenhimmel starrende Leiche und trottete zum Führerhaus. Er musste sich etwas anderes überlegen. Und zwar schnell. Es war bereits acht. Inzwischen waren nun wirklich alle Hafenschiffer unterwegs. Während er den Motor anwarf, grübelte er fieberhaft, wohin er fahren könnte, um seine kalte Fracht ungestört loszuwerden.

Die *Mona* tuckerte unter den drei nebeneinander verlaufenden Süderelbbrücken hindurch, und Heinz grinste zufrieden. Er legte den Kopf zurück und leerte seinen Flachmann.

Der alte Pachulke findet immer eine Lösung. Vor ihm lag das Naturschutzgebiet Schweenssand, am Südufer der Süderelbe gelegen, mit seiner natürlichen, gegen neugierige Blicke vom Wasser geschützten Bucht. Wenn er sich beim verbotenen Einfahren nicht erwischen ließ, war alles geritzt. An Land wäre so früh an einem Wochentag wohl kaum jemand. Ein unterdrücktes Lachen gluckste aus seiner Kehle. War sogar richtig passend, die Stelle. Gegenüber am Nordufer der Elbe lag hinter dem Deich der Friedhof Finkenried. Die richtige Nachbarschaft für den Toten. Und er selbst würde es bis elf zu den Landungsbrücken zurück schaffen. Perfekt!

Mittlerweile hatte er den richtigen Griff heraus. Er packte den Leichnam an Hosenbund und Gürtel, riss ihn in die Höhe und schleifte ihn zur Bordwand. Der Wind hatte aufgefrischt, einzelne Wolken zogen auf. Die *Mona* schaukelte in der Dünung. Am Ufer raschelte das Schilfrohr in der Brise, Vögel zwitscherten in den Bäumen, und das Rauschen des Berufsverkehrs, der über die Elbbrücken rollte, störte die grüne Idylle kaum. Ein letztes Mal ließ Heinz sich mit der Leiche auf die Bank fallen.

Er atmete er ein paar Mal tief ein und aus. Dann zog er den leblosen Körper hinauf auf die Reling. In diesem Moment durchfuhr ein Schlag die ganze Barkasse, ließ das Deck und die Aufbauten erzittern und brachte Heinz aus dem Gleichgewicht. Die *Mona* war, von ihm unbemerkt, abgetrieben und hatte die Bake gerammt, die den für den Schiffsverkehr gesperrten Bereich markierte. Heinz Pachulke begriff nicht, wie ihm geschah. Er stürzte vornüber, ließ das fremde Hemd und den Gürtel los, griff ins Leere und versank mit einem gurgelnden Schrei in den Elbfluten. Der Tote blieb allein an Deck zurück.

Aktennotiz der Staatsanwaltschaft Hamburg:

Im Fall des tot aus der Süderelbe geborgenen Heinz Pachulke, Barkassenkapitän, und des auf Pachulkes führerlos auf der Elbe treibenden Schiff tot aufgefundenen Werner Hartmann, Dachdecker, ist das Verfahren einzustellen.

Das gerichtsmedizinische Gutachten sowie die kriminaltechnischen Untersuchungen haben zweifelsfrei ergeben, dass bei beiden Personen Fremdverschulden als Todesursache auszuschließen ist. Vielmehr handelt es sich im Falle des als Nichtschwimmer bekannten Pachulke um Tod durch Ertrinken, vermutlich auf Grund eines durch Alkoholeinfluss verursachten Unfalls. Werner Hartmann war zum Zeitpunkt des Todes von Pachulke bereits mehrere Stunden tot. Auch er stand zum Zeitpunkt seines Todes unter erheblichem Alkoholeinfluss und ist, nach den auf der Barkasse gefundenen Blutspuren zu urteilen, zunächst, wahrscheinlich durch ein Stolpern ausgelöst, mit dem Schädel gegen einen stählernen Türsturz gestoßen und sodann, wahrscheinlich bewusstlos, rückwärts auf den Hinterkopf gefallen, wobei er sich eine weitere Schädelverletzung zuzog. Letztlich ist er an den Folgen der Schädelfraktur gestorben.

Robert Lynn **Corazón de Quito**

«Öh!» Ziege zog am Kragen meines Polohemdes von Lacoste. Nicht mal er hatte so eins. «Stark, Mann!»

Weil das Lob von ihm kam, ging es mir runter wie Öl. Ich wohnte in einer Dachwohnung in Bramfeld, er in einem Haus in Othmarschen. Er spielte Hockey, segelte und sagte Onkel zum örtlichen Kaffeekönig. In unserer Klasse ging das Gerücht, dass er ein Pferd besaß. Er stritt es ab, aber dass seine Familie mehr Geld im Hintergrund hatte als wir anderen siebzehn zusammen, konnte er weder mit Worten noch Gesten verleugnen. Warum er ausgerechnet auf unser Popelgymnasium in St. Georg ging, war uns ein Rätsel, genau wie sein Spitzname. Schon weil er nie meckerte, passte Ziege gar nicht zu ihm. Eigentlich hieß er Helmut Merk. Seine Klamotten wirkten immer frisch gebügelt und erwachsen, meine waren bis zum Wochenende ein Witz gewesen.

Hede sog an der Roth-Händle und musterte mich schweigend. Wie üblich befingerte er abwechselnd seinen Entenarschputz am Hinterkopf und die mit Zuckerwasser in Form gebrachte Tolle über der Stirn. Dass er von der Veddel kam, hörte man, wenn er den Mund aufmachte. Vielleicht tat er es deshalb so selten. Norbert Hedewig trug die verwaschenen Hemden seines Vaters auf, die ihm zu groß waren, immer dieselben Stoffhosen, Schnürstiefel bei jedem Wetter und ein nietengespicktes Lederarmband. Er war unser bester Fußballer und hatte mit neun das Rauchen angefangen, Roth-Händle ohne, wenn er Eindruck schinden wollte, sonst Overstolz, die er seinem Vater klaute.

«Was is», sagte er, «Trebbe oder Fahrs-tuhl?» Als Einziger in der Klasse s-tolperte er noch über den s-pitzen S-tein.

Die Wahl fiel leicht, weil in diesem Moment das Holztor des linken Fahrstuhls im Schachtgebäude des Elbtunnels nach oben rollte. Ein Ford Taunus und ein Opel Rekord rumpelten heraus, zwei Stauer schulterten ihre Zampel und traten blinzelnd ans grelle Licht. Unter dem strengen Blick des Aufsehers zermalmte Hede seine Kippe mit der Hacke. Wir gingen rein und quetschten uns auf dem schmalen Fußsteig an die Wand, als eine brandneue Mercedes-Limousine einrollte. Die Reifen trommelten auf das Kopfsteinpflaster. Der Fahrer paffte einen Zigarillo und schob die Sonnenbrille in die Stirn. Sonnenbrille! Genau das fehlte mir noch. Mit meinem eckigen Kassengestell fand ich mich inzwischen genauso bescheuert wie noch letzte Woche mit meiner verdammten kurzen Lederhose.

Obwohl, wenn ich ehrlich war, fand ich sie eigentlich immer noch klasse. Sie war unverwüstlich und praktisch beim Pinkeln. Latz auf, Schniedel raus, fertig, viel besser als das Getüdel mit Gürtel und Reißverschluss. Aber es ging nicht mehr. Schuld daran waren die Mädels, die tagtäglich mit derselben Straßenbahn wie ich in die Stadt fuhren. Linie 9, Bramfeld – Fuhlsbüttel. Sie gingen zur Klosterschule und hatten wie die fünfhundert anderen Tussis in dem Dosentempel nur eins im Sinn: kichern, tuscheln, Blicke werfen, bis man rot wurde. Ekelhaft. Zwei trugen Blusen, bauschige Röcke, weiße Kniestrümpfe, Halbschuhe und betonierte Föhnfrisuren, die dritte war eine Schlampe mit langen Haaren, die schon Lippenstift benutzte und so enge Jeans anhatte, dass ich nicht hinsehen durfte, weil mir sonst die Lederhose zu eng wurde. Wahrscheinlich war sie damit in die Wanne gestiegen und hatte sie am Körper trocknen lassen, damit sie ordentlich einlief. Auf Arschform, sozusagen. Neulich stand was in der Bravo darüber. Ein halbes Jahr lang hatte ich das Getuschel und die Blicke stoisch ertragen, aber am letzten Mittwoch war das Fass übergelaufen, als die Schlampe mich direkt ansah und für die halbe Bahn vernehmlich sagte: «Ich finde, der hat zu spitze Knie.» Das hält kein Mann aus, wenn er dreizehn ist. Beim Abendbrot hatte ich eine Kampagne gestartet und bis Freitag meine Eltern so weich gekocht, dass sie mir weiße Schlagjeans und ein gelbes Polohemd kauften. Die trug ich jetzt und nahm mir vor, als Nächstes einen Schlachtplan zum Erwerb einer Sonnenbrille auszutüfteln.

Der Fahrstuhl sank, federte auf, hielt, und die Rolltore öffneten sich. Wir wollten rauswutschen, aber Mercedes-Fahrer mit Sonnenbrillen und Zigarillos hatten Vorrang unter der Elbe. Der Chef hielt uns in Schach, bis die Limousine in den Tunnelschacht geholpert war, erst dann ließ er uns durch.

«Denn man tau, Jungs», brummte er. «Un passt opp, dat de Zoll euch nich krallt.»

«Wieso?» Ziege baute sich vor ihm auf. «Was meinen Sie denn damit?»

«Lot man, min Jung. Ick weeß doch, wat ji dor wullt. Dat hebbt wie ok so mokt.»

Ziege wollte antworten, aber Hede rempelte ihn an und schob ihn Richtung linke Röhre. Wir trabten einen knappen Kilometer durch die weiße Kälte des Kachelbogens zum Südufer und fuhren mit dem Fahrstuhl nach oben in den Freihafen, diesmal ohne Mercedes.

Die Hitze traf uns wie ein Hammerschlag. Im Nu troffen wir überall und am meisten an den Schenkeln, wegen der gefalteten Plastiktüten in den Hosentaschen. Hede steckte sich eine Roth-Händle an, angeblich weil der Rauch seine Lungen kühlte, und übernahm die Führung. Unter den misstrauischen Blicken der Zöllner passierten wir die Wache. Die Herren verharrten lieber im Schatten des Vordaches, als uns mit einer Standpauke zu nerven. Insofern hatte die Hitze etwas für sich, und wir hofften, dass sie noch zwei Stunden anhielt. Hinter uns bei Blohm und Voss dröhnten Hämmer auf Metall, vor uns glitt der Laufkran am Stahlgerüst über den Helgen der Stülckenwerft. Die kopfsteingepflasterte Straße zog sich einsam durch die Ödnis. Zwischen verfallenen Lagerhäusern und Schuppen aus Backstein regierten Schutt, Staub und Disteln, in denen sich Treibgut der Sturmflut vom letzten Jahr verfangen hatte: ein rosa Gummistiefel in Kindergröße, rostige Gestänge von Regenschirmen, eine zerfressene Fuchsstola, zerfledderte Kissen, braune Fetzen mit weißem Aufdruck, *St. Pauli in d…* – St. Pauli in die Bundesliga sollte das wohl heißen. Der Club hatte letztes Jahr den Aufstieg in das neue Oberhaus verpasst und musste sich jetzt mit Holstein Kiel und dem VfB Lübeck in der Oberliga Nord herumärgern. Mir war es schnurz, ich war HSVer. Der Himmel glühte. Gerade noch rechtzeitig nahm ich die Tüten aus der Tasche und steckte sie hinten in den Gürtel. Fünf Minuten später hätte meine weiße Jeans ausgesehen, als hätte ich reingemacht.

Hede kannte sich aus. Hinter einem von Geröll umzingelten Eternitverschlag bog er in ein abschüssiges Asphaltband ein, das zum Kai führte. Niedrige Schuppen mit Rampen säumten ihn lückenlos, davor zogen sich schnurgerade das Kopfsteinpflaster und kurz vor der Kante die Laufschienen der Kräne. Armdicke Taue fesselten zwei Bananendampfer an die Poller. Niemand arbeitete, weder auf den Schiffen noch an Land, anscheinend war Siesta. Vor der ausrangierten Kaffeeklappe am Ende des Kais bot ein Imbisswagen Kaltgetränke und Frikadellen mit Senf feil, aber der Tresen und die Stehtische waren verwaist. Unsere Absätze prägten Muster in Teerstränge, die notdürftig die Risse im Asphalt der Zufahrtsstraße verkleisterten. «Ein Glück, dass ich heute keine Stöckelschuhe anhab», sagte Ziege, als wir das Kopfsteinpflaster erreichten. Hede hustete und schnipste seine Kippe in die Elbe.

Die offenen Rolltore der Schuppen gähnten schwarz und atmeten Kühle über die Rampe. Im Gänsemarsch zogen wir im schmalen Schatten des Vordaches den Kai entlang und musterten die Schiffe auf Tauglichkeit für unsere Pläne. Welches sollten wir entern?

Die *Simon Bolivar* lief unter nigerianischer Flagge und war etwas größer. Nur am Bug zog sich eine Rostspur vom Ankerspill abwärts, der restliche Rumpf, die Aufbauten und Ladebäume strahlten blendend weiß. Der elegante Schwung der Brücke und das polierte Mahagonigeländer der Gangway gefielen mir. Blitzblanker Dampfer, dachte ich. Die *Corazón de Quito* aus Ecuador mit Heimathafen Guyaquil konnte da nicht mithalten. Rostpocken sprenkelten den Rumpf, zerfaserte Taue baumelten an der Reling, und am Heck schwankte knapp über Kopfhöhe ein Eimer an einem Seil, dessen Inhalt erbärmlich stank. Zum Glück sah man den Inhalt nicht. Wir setzten uns auf die Rampe, besprachen die Sache und stimmten drei zu null für die *Corazón.* Sie war eine hässliche alte Schlampe und roch schlecht, aber unter der Persenning an Deck klang Gitarrenmusik hervor, und Rauchwolken zogen über die Reling. Außerdem versperrte ein Gitter die Gangway der *Bolivar*, und die Frechheit, es einfach beiseite zu schieben, brachten wir nicht auf. Also blieb nur die *Corazón de Quito.* «Vamos muchachos», sagte Ziege. Er hatte Spanisch als zweite Fremdsprache.

Als wir von der Rampe sprangen, bremste ein Mercedes vor uns, schwarz, getönte Scheiben, 62er-Modell, nur die Weißwandreifen fehlten zur absoluten Spitze. Im Fahrstuhl hatten wir ihn schon ausführlich durchgehechelt. Der Aufkleber am Rückfenster zeigte ein Porträt von Marilyn, die letztes Jahr gestorben war, obwohl ich sie heiraten wollte. Der Fahrer kurbelte das Fenster herunter und schob die Sonnenbrille in die Stirn.

«Na Jungs, auf Tour?»

«Kommt auf an.» Hede blies eine Rauchfahne.

«Ihr wollt doch bestimmt auf'n Dampfer.»

«Kommt auf an.»

«Ist ja auch was Feines.» Der Fahrer lachte. «Passt aber im Augenblick schlecht. Die *Bolivar* ist ja nun dicht, und auf der *Corazón* hab ich was zu erledigen, da brauch ich die ganze Mannschaft für. Sagt mal, könnt ihr 'ne halbe Stunde warten?»

«Kommt auf an», sagte Hede.

«Na, du bist ja redselig, Kleiner. Was haltet ihr von einer Mark pro Mann?» In seiner Hand blitzten Münzen. «Da hinten am Imbiss gibt's Cola, das ist gut bei der Hitze. Der hat sogar Eiswürfel.»

Bei mir zu Hause gab es rote und blaue Plastikkugeln im Tiefkühlfach, die Getränke unverdünnt kühlten, aber keine Eiswürfel und auch keine Cola, weder Coca noch Pepsi noch Afri. Meine Mutter hielt nichts von dem Zeug und nervte mich mit Apfelsaft. Dabei stand ich auf Cola. Das Angebot von dem Großkotz klang annehmbar, auch für Hede, der wortlos die Markstücke in Empfang nahm und sich auf den Weg zum Imbisswagen machte. Der Fahrer stieg aus, verschloss den Wagen und stieg die Gangway der *Corazón* hinauf. Hede kaufte zwei Cola mit Eis, eine ohne für Ziege, und teilte neun Groschen Restgeld unter uns auf. Schweißtriefend verzogen wir uns unter das Vordach auf die Rampe. Das süße Gesöff löschte zwar keinen Brand in der Kehle, rann aber angenehm eisig hinunter. Von der *Corazón* schallten leise Gitarrenklänge herüber, sonst rührte sich nichts an Deck. Wir sahen den Möwen beim Sturzflug zu. Es war so still, dass wir das Klappern der Flügelschläge hörten. Der Motor des Mercedes tickte. Als eine Viertelstunde verstrichen war, sprangen wir von der Rampe. Fünfzehn Minuten Warten im Tausch für eine Mark pro Mann waren fair, eine halbe Stunde hätte zwei Mark gekostet.

Vor uns wartete die Gangway, und der Rumpf der *Corazón* war eine Mauer aus Stahl mit den runden Löchern darin. Hede und Ziege hatten so was schon gemacht, ich war neu in dem Geschäft, und mir war mulmig. Ich phantasierte mir zurecht, was alles passieren konnte, wenn – was war das? In einem Bullauge tauchte das Gesicht einer Frau auf. Mein Opa war zur See gefahren und hatte gesagt, dass Frauen an Bord Unglück bringen; Sturm, Skorbut, Meuterei und Monsterwellen gingen auf ihr Konto. Kein Kapitän, der alle Tassen im Schrank hatte, nahm eine Frau mit auf Fahrt, behauptete er, und obwohl seine Erfahrungen fünfzig Jahre zurücklagen, hatte ich ihm bis jetzt geglaubt. Trotzdem war da oben eine, ziemlich jung, ziemlich hübsch, und ein bisschen ähnelte sie der Schlampe aus Linie 9. Als ich genauer hinsah, war sie verschwunden. Ich schüttelte den Kopf. Vor zwei Wochen hatte ich mich zum ersten Mal rasiert und mir klar gemacht, dass ich voll in der Pubertät steckte. Angeblich träumten sich Jungs in dieser Phase die eine oder andere Frau zurecht, selbst an Orten, wo sie nun wirklich nicht hingehörte. Anscheinend war mir das eben passiert. Schade eigentlich.

Unsere Tritte hallten auf den Stahlstufen der Gangway. Wir waren nicht schlecht in Form und schwitzten trotzdem wie fette Asthmatiker, als wir die Luke im Rumpf erreichten. Weit und breit war kein Mensch zu sehen. Leere Gänge bohrten sich in den Bauch der *Corazón*, vor uns führte eine Treppe steil aufwärts zum Oberdeck. Was Zieges und Hedes Mägen anstellten, wusste ich nicht, meiner verkrampfte sich immer gemeiner. Ich war zum ersten Mal sozusagen im Ausland, noch dazu, um Zigaretten abzustauben und durch den Zoll zu schmuggeln. Dabei rauchte ich gar nicht. Ich fragte mich, ob ich wirklich da rauf wollte oder nicht doch lieber nach Hause, und hoffte fast, dass uns ein zwei Meter großer Schwarzer mit einem Messer zwischen den Zähnen unter wüsten Drohungen in einer gutturalen Sprache vom Dampfer scheuchen würde. Aber wenn es ihn gab, hielt er sich versteckt, und oben an Deck begann ein Spaß, den ich ungern verpasst hätte, wenigstens anfangs.

Im Schatten einer dreieckigen Persenning, die mit Stahlseilen zwischen den Aufbauten und einem Ladebaum gespannt war, spielte ein Mann Gitarre und rollte im Takt vor und zurück mit dem Fass, auf dem er saß. Zwei andere lagen auf Sackstapeln, klatschten leise mit und pafften Zigarren. Gläser und verschiedene Flaschen, deren fahlbrauner Inhalt hochprozentig aussah, standen zwischen Holzschalen voller Bananen, Orangen, Nüsse und glattschaliger orangeroter Früchte, die ich noch nie gesehen hatte. Zigarrenkisten lagen herum und Großpackungen der amerikanischen Kaugummis, die ich mir manchmal leistete, wenn ich Taschengeld bekommen hatte.

Als sie uns bemerkten, brach das Gitarrenspiel ab, die Zigarren verschwanden aus den Mündern und das verträumte Lächeln aus den braunen Gesichtern. Ein Stahlseil machte am Ladebaum einen Ton zwischen Scharren und Sirren. Beim Blick der drei Augenpaare, die uns anstarrten, als wären wir Marsmenschen, wollte ich schon wieder nach Hause. Dann schlug der Mann auf dem Fass einen weichen Akkord an. Sie begrüßten uns zurückhaltend, und plötzlich fand ich sie ziemlich nett. Der größte reichte mir bis zum Brillenrand, Ziege zur Nasenspitze, und Hede hätte ihnen kollektiv auf den Scheitel spucken können. Ziege stotterte einen spanischen Gruß, der eine Flut von Freundlichkeiten auslöste. Ich hatte immer geglaubt, dass S-Laute auf Spanisch gelispelt werden wie das *th* in Englisch, aber nichts da, jedes S kam lupenrein rüber. Hede reichte seine Roth-Händle herum, die drei zogen eine pro Mann heraus, rochen daran, drehten sie zwischen den Fingern und steckten sie hinter die Ohren. Dann teilten sie die Sackstapel auf, wir ließen uns auf der kratzigen Jute nieder, und es wurde gemütlich.

La Paloma auf Spanisch klang zärtlicher als die Reibeisenvariante von Hans Albers, und wir mussten auf Miguels Drängen das Lied von der Loreley brummen. Er begleitete uns auf der Gitarre, die anderen summten melodiös mit, zum Glück, sonst hätten wir jeden zweiten Ton verpatzt. Ich stand auf Bill Haley, Ted Herold, Elvis und die Beatles, und Volkslieder waren das Hinterletzte, trotzdem machte es irgendwie Spaß, weil unsere neuen Freunde strahlten, als ob ihnen unsere misstönende Darbietung die größte Freude machte. Die Nüsse schmeckten nach Spiritus und die Bananen würziger als alle, die ich je gekostet hatte. Wir lachten über Witze, die immer nur eine Fraktion verstand. Ramon verschwand kurz und kam mit drei Stangen Chesterfields und einer Kiste voll eiskalter Orangen zurück, die er uns blinzelnd aufdrängte. Mit unverhohlener Freude sahen sie zu, wie wir die Beute verlegen auf unsere schweißnassen Plastiktüten verteilten. Danach sangen wir *Love Me Do* und die Jungs eine sanfte spanische Nummer, in der viel *Corazón* vorkam. «Das heißt Herz», verkündete Ziege, der nach zwei Jahren Frust seine Liebe für Spanisch entdeckte. Diego goss sechs Doppelte aus der Flasche mit dem fahlen Alk in dickwandige Gläser und verteilte sie zeremoniell. Unsere neuen Freunde sahen uns erwartungsvoll an, mir wurde schwummerig, Hede und Ziege guckten neutral, aber ihre Adamsäpfel hüpften verräterisch. «Post», sagte Diego. Dass er «prost» meinte, war uns klar. Wir verständigten uns mit Blicken, dass wir da durch mussten, hoben die Gläser und nippten vorsichtig. Das Zeug schmeckte wie die Rumkugeln meines Lieblingsbäckers, nur härter. Die drei gossen ihre Dosis in Nullkommanichts hinunter und fingen wieder an zu singen. Als sie fertig waren, hatte ich die Hälfte von meiner intus. Es schmeckte immer besser, selbst bei der Hitze. Nur als Miguel mir eine Zigarre aufdrängte und ich zwei höfliche Züge und einen Hustenanfall hinter mir hatte, der herzliches Gelächter hervorrief, wurde mir blümerant, und ich musste dringend zur Toilette. Unsere Gastgeber verstanden meine Gebärdensprache und schüttelten sich vor Lachen, aber keiner hatte Lust, mich hinzuführen. Miguel erwies sich als gestenreicher Wegweiser der Spitzenklasse. Treppe runter, geradeaus, links ab, dritte Tür rechts, kein Problem. Er versenkte noch einen Rum und griff zur Gitarre, ich machte mich auf die Suche. Normalerweise hätte ich mich nur mit Muffensausen auf die Pirsch durch ein fremdes Schiff gewagt, aber der Aufruhr in meinem Verdauungstrakt trieb mich vorwärts. Außerdem war ich zu benebelt für ernsthafte Bedenken.

Ich fand den bezeichneten Gang, bog ein, stockte und zog mich blitzartig um die Ecke zurück. Da stand ein Mann in Khakihosen und einem dieser Unterhemden mit Ärmeln, das ich aus amerikanischen Filmen kannte. So eins wollte ich auch, seit ich meine ärmellosen Feinrippfetzen spießig fand, aber nicht unbedingt seins, das war mir zu dreckig. Im Grunde sah er so harmlos aus wie die drei an Deck, dumm war nur die Pistole an seinem Gürtel und der kurze schwarze Stock, den er in der Hand trug. Genau genommen trug er ihn nicht einfach, sondern spielte damit herum. Das sah ausgesprochen unanständig aus, fand ich, besonders vor einer Dame. Die Dame stand halb im Gang, halb in der Kabinentür und unterhielt sich so leise mit ihm, dass ich nur den Klang ihrer Stimme mitbekam, aber was für eine Stimme! Glocken klangen, Schilf wisperte, ein heiseres Schwingen, das mir Gänsehaut machte und mich auf meinem Beobachtungsposten festnagelte, obwohl mir der Macker unheimlich war. Mein Magen gurgelte, aber der Druck ließ nach. Der Mann schüttelte spöttisch den Kopf, als sie auf die Wasserflasche hinter ihm wies und gurrend um etwas bat. Sie war sechzehn oder siebzehn, verschwitzt und schlampig angezogen. Nackte Beine, kurzer Rock, und an der verwaschenen Bluse fehlten die oberen

Knöpfe; oder nicht? Jedenfalls sah man was. Oh Mann, was für tolle Titten, dachte ich und schämte mich sofort. So wie sie rumlief, war sie anscheinend doch keine Dame. Schön war sie auch noch. Grinsend zog der Mann mit der Stockspitze ihren Ausschnitt nach und schob den Stock dann plötzlich mitten zwischen die Brüste. Ich wusste nicht, was ich dabei empfand, ob es scharf war, widerlich oder beides. Einen Moment lang lagen Angst und Ekel auf ihrem Gesicht, dann beherrschte sie sich und gurrte weiter, nur ihr Blick schweifte ab, weg von seinem schwitzigen Grinsen. Dabei sah sie mich.

Unsere Blicke prallten zusammen, verhakten sich und zuckten zurück. Es dauerte nur eine Sekunde, und obwohl der Kerl sie weiter mit seinem Knüppel demütigte, zauberte sie in der kurzen Spanne das schönste Lächeln der Welt auf ihr Gesicht. Meine Gedanken ratterten wie Hollerithkarten in einer Sortiermaschine: Du bist so toll – tolle Brüste schöne Augen – viel zu alt für mich – ich will dich heiraten – tritt ihm in die Eier – wasch dir mal die Haare – zum Glück hab ich die Lederhosen nicht an –

Der Kerl starrte mich an. Tote Augen, ein Zombie, ein King Kong mit Knarre, ein kurzer Wicht, aber so breit wie hoch. Er fletschte die Zähne.

Mir war nicht mehr übel, ich konnte rennen und rannte. Die Treppe rauf, drei Stufen auf einmal, zum Oberdeck, seine Schritte hinter mir. Unter die Persenning, zu den alten und neuen Freunden. Der Typ kam mir nach. Wo hatte er die Pistole und den Knüppel gelassen?

«Lasst uns verschwinden», keuchte ich.

Ziege setzte kopfschüttelnd das Rumglas ab, Hede sog an seiner Zigarre und sagte: «Bescheuert, oder was?»

Mein Verfolger konferierte leise knurrend mit Miguel, Diego und Ramon und ließ mich dabei nicht aus den Augen, die gar nicht mehr tot waren. Sie glitzerten.

«Ich verzieh mich.» Meine Knie zitterten, und ich hatte höllischen Durst. «Los, kommt mit. Bitte!»

Das Wort «Bitte» hatten Hede und Ziege noch nie von mir gehört. Unsicher kamen sie auf die Füße und wussten nicht recht weiter. Da waren die Tüten mit den Chesterfields und den Orangen, hier ich, leichenblass und augenscheinlich abgedreht, dort unsere Gastgeber mit dem Finsterling, vor dem ich Reißaus genommen hatte. Ich wusste, dass gleich etwas ganz Mieses passieren konnte, und ihnen dämmerte es langsam auch. Unsere drei neuen Freunde musterten uns misstrauisch mit Augen, die plötzlich kalt und meilenweit entfernt schienen, und der vierte mordete mich mit Blicken. Er trat einen Schritt vor, mir sank das Herz in die Schlagjeans. Dann murmelte Miguel ein paar Worte, die wie ein Befehl klangen. Widerwillig zog sich mein Mörder zurück. Miguel kam zu mir, sah mir in die Augen, packte mich an der Schulter und legte mir den Zeigefinger auf die Lippen. Ich schluckte, schluckte noch mal, verstand endlich und nickte eifrig. Er runzelte die Stirn, nickte nach einer Weile zur Bestätigung und ließ mich los. Ramon hob unsere Tüten auf, drückte sie uns in die Hand und wies mit dem Kinn zur Treppe. Zu viert trieben sie uns zur Gangway.

Als wir vom Kai aus zurückblickten, waren sie verschwunden, trotzdem spürte ich immer noch ihre Blicke. Gehetzt sah ich mich um: der Kai schnurgerade, die Rampe auch, keine Ecke weit und breit zum Verstecken, nur der Mercedes, der die gespeicherte Hitze abstrahlte wie ein offener Backofen. Verstört, wie ich war, schoss mir der Gedanke durch den Kopf, dass man auf dem Dach Spiegeleier braten konnte. Meine Kehle brannte, ich konnte nur noch krächzen: «Ich hau ab!» Als ich loslaufen wollte, irgendwo hin, packte mich jemand am Kragen. Fast hätte ich mir in die Hose gemacht, aber es war nur Hede.

«Komma mit!»

Er zerrte mich eine Treppe hinauf zur Rampe, in den Schatten des Vordaches, in das halb offene Rolltor eines Schuppens und einen Schritt beiseite, wo uns die Wand alle Sicht auf die *Corazón de Quito* versperrte und umgekehrt. Das fühlte sich gut an.

«Nu sach ma, was los war, Alter.»

Was los war? Ich griff mir eine eisige Orange aus der Tüte, biss die Schale ab und sog Saft aus dem Fruchtfleisch. Die Hälfte davon versaute mein Hemd, aber das war mir schnurzpiepegal. Den schwammigen Rest schleuderte ich auf den Kai und erzählte, was los war. Frau, Mann, Pistole, Knüppel, fiese Anmache, Entdeckung, Flucht – selbst in meinen Ohren klang es bescheuert, so als würde ich behaupten, ich sei unversehens in einen Jerry-Cotton-Roman geraten. Hede und Ziege wechselten Blicke.

«Ihr braucht gar nicht so zu gucken», fauchte ich. «Kein Scheiß, das war so!» Das Lächeln des Mädchens hatte ich ausgelassen, und dass sie so aussah wie die Schlampe aus Linie 9, also das Wichtigste. Das ging die beiden nichts an, die hätten nur gelacht.

«Aber der Typ hatte keine Knarre mit an Deck», sagte Ziege nachdenklich.

«Die hat er unten gelassen.»

«Und warum?»

«Weil die keiner sehen sollte, und den Knüppel auch nicht, darum.»

«Aber der wusste doch, dass du uns alles erzählst, Mensch!»

«Klar, aber du hast doch gesehen, was Miguel mit mir gemacht hat: Schnauze halten, und nicht nur ich, wir alle, sonst …»

«Ja, was sonst! Meinst du, die spionieren aus, wo wir wohnen, und kommen hinterher zu uns nach Hause und …»

«Lass ma, Ziege», sagte Hede und steckte sich eine Roth-Händle an. «Sach ma, Lenz, war da wirklich 'ne Ische?»

«Klar war da eine!» Langsam sah ich rot. «Denkst du, ich tüdel euch an oder was?!»

«Na ja.» Er blies konzentrische Ringe und tatschte an seinem Entenarsch herum. «Auf so Schiffen gibt das normal keine, sacht mein Vadder. Das bringt Unglück.»

«Was dein Vater sagt, geht mir am Arsch vorbei. Da war eine, Punkt.»

«Oder du hast zu viel Rum geschnabbelt. Kann doch sein, oder was.»

Als er neu in die Klasse kam, hatte er uns auf dem Schulhof beim Kippelkappel so genervt, dass ich ihm eine reinhaute. In der folgenden Prügelei zermatschte ich ihm die Augenbraue, und er lockerte mir einen Schneidezahn, der immer noch wackelte. Seitdem war er mein Freund, aber das konnte sich jederzeit ändern. Ich ballte die Fäuste.

«Tach, Jungs», dröhnte eine Bassstimme hinter uns. «Wat schall dat denn hier wern?»

Es klang nicht ganz seefest, die Konsonanten schlurten, ein Hickser ersetzte das Fragezeichen. Er war ein Kerl wie ein Fass, im Blaumann, und außer Augen und Nase sah man zwischen der schwarzen Matte und dem Vollbart nichts von seinem Gesicht. Die Flasche Holsten in seiner Pranke war halb leer, und wenn mich nicht alles täuschte, schwankte er ein bisschen. Mir war alles egal. Nach dem ersten Schreck hatte ich nicht mal mehr Angst.

«To söken hebbt ji hier ja nu rein gor nix», blubberte er gemütlich. «Obwohl, ick glöv, dat ji wat rutsmuggeln wullt, hmmm?» Er wies auf die Tüten. «Lullen, jede Wette.»

«Kommt auf an», sagte Hede.

«Jo, dor hest du Recht, min Schieter.» Er grinste schräge. «Kommt op an, ob de Gröön' spitz op'n Fang sünn oder nich.» Mit den Grünen meinte er den Zoll.

Wir sahen ihn an, er uns. Der Mensch war heftig angetüdelt,

ganz eindeutig, aber mir fiel auf, dass er nicht schwitzte. Komisch, bei dem Wetter. Er wies mit dem Daumen in die Tiefe des Schuppens.

«Dor achtern is'n Karton mit Platten opgahn, Dudelmusik, frisch ut Amerika. Everly Brothers, Pat Boone un de Heulboje, wie heet he, Elvis Presley. Interessiert, die Herren?» Die letzte Frage kam auf Hochdeutsch.

Wir tauschten wieder Blicke. War das ein Mitschnacker? Kaum, dafür war er zu duhn und wir zu alt, außerdem zu dritt. Ich vergaß den Pistolero von der *Corazón* und dachte an meine Plattensammlung, die eine Auffrischung gebrauchen konnte. Den Jungs schoss anscheinend das Gleiche durch den Kopf.

«Kommt auf an», sagte Hede, «was die kosten.»

«Kosten is god.» Er gluckste. «Nix, du Döspaddel. Mir nach, Männer. Hier längs.»

Wir folgten ihm ins Halbdunkel durch vertäute Kistenstapel, die bis zur Decke reichten, nach links, rechts, geradeaus und wieder links in die Tiefe des Schuppens bis zur Rückwand. Dort war eine Fläche von der Größe unseres Wohnzimmers zu Hause ausgespart. Auf einem Tisch in der Mitte lagen Maschinenpistolen und Walkie Talkies, zwei Typen im Blaumann saßen auf alten Teekisten und tranken Bier, sechs andere umringten uns, und einer griff sich Hede, der abhauen wollte. Niemand sagte ein Wort. Mir war wieder übel, und ich musste ganz dringend mal. Unser haariger Spezi musterte uns nachdenklich. Aus einer Lücke zwischen den Colis trat ein Mann auf uns zu, der nicht zu den anderen passte. Trotz seiner enormen Pranken sah er aus wie ein zu groß geratener Buchhalter. Messerhaarschnitt, Hornbrille, grauer Anzug, Nyltesthemd und blauer Schlips, wie mein Vater eben. Außerdem war er uralt, mindestens vierzig. Das ist der Boss, dachte ich, das Hirn, der Obergangster. Die wollen den Schuppen leer räumen, dabei haben wir sie gestört, und jetzt sind wir Zeugen, und Zeugen können die nicht gebrauchen, und –

«Ihr kommt ungelegen, Jungs.» Er schüttelte sorgenvoll den Kopf. «Sehr sogar. Was machen wir jetzt mit euch?»

Wollte er eine Antwort? Mir lag eine auf der Zunge, aber er beachtete mich nicht und unterhielt sich leise mit unserem haarigen Gorilla, der nicht mehr die Spur betrunken war. Auf einmal ging alles ganz schnell. Der Gorilla scheuchte uns in eine Sackgasse zwischen den Kisten – rechts und links deckenhohe Stapel, hinten die Wand – und sagte leise und sehr freundlich:

«Hier bleibt ihr hocken, Jungs. Wenn ihr brav seid, passiert euch nichts, aber wenn ihr auch nur einen Mucks macht oder euch vom Fleck rührt, hau ich euch persönlich die Hucke voll. Habt ihr das verstanden?»

Wir hatten verstanden.

Der Boss gab Kommandos, die anderen verstauten MPis und Walkie Talkies in Zampeln und griffen sich eine Flasche Astra pro Mann aus dem Kasten unter dem Tisch. Kronenkorken wurden an der Tischkante abgeschlagen, Bier gluckerte. Mit den Zampeln über der Schulter zogen sie zum Ausgang und fingen an, *La Paloma* zu singen. Plötzlich hatten alle einen Schwips. Der Boss warf uns einen letzten warnenden Blick zu, nahm sein Walkie Talkie und ein Fernglas zur Hand und folgte ihnen mit Abstand.

Später, als wir darüber redeten, kam heraus, dass Hede und Ziege die gleiche Gefühlsmischung plagte wie mich; Schiss, Neugier, Betäubung, männlich unterdrücktes Zähneklappern und Lust auf Abenteuer, die allmählich die Oberhand gewann. Hede ging als Erster los. Als wir um den letzten Kistenstapel lugten, sahen wir den Buchhalter neben dem halb offenen Schiebetor hocken, Fernglas vor Augen und Walkie Talkie am Ohr, in das er leise hineinsprach. Er musste auch Augen im

Hinterkopf haben, denn er hob eine Hand, Fläche nach hinten, um uns zurückzuhalten. Nach einer Weile setzte er das Glas ab und drehte sich um. Der Mann konnte lächeln, unglaublich. Plötzlich fand ich ihn, Buchhalter oder Gangsterboss hin und her, ziemlich nett. Er dachte nach, dann legte er den Zeigefinger an die Lippen wie Miguel bei mir und winkte uns zu sich. Nach der ersten Überraschung ließen wir uns nicht zweimal bitten und schlichen im Bogen zu ihm. Von dort aus konnten wir den Kai überblicken.

Die neun blauen Gestalten torkelten am Heck der *Corazón de Quito* entlang, schwangen Flaschen und grölten aus voller Kehle *Tanze mit mir in den Morgen*, mein absolutes Hasslied, weil mein Vater darauf stand, gefolgt von *Auf der Reeperbahn nachts um halb eins.* Eine Bierflasche polterte auf das Kopfsteinpflaster und wurde zum Fußball. Gelächter dröhnte herüber. Als sie zur Gangway kamen, änderte sich die Stimmung schlagartig. Plötzlich hatten sie MPis in Händen, warfen die Zampel weg, jagten in Reihe die Stahlstufen hinauf und verschwanden im Schiffsrumpf. Mir stand der Mund offen. Der Boss hatte wieder das Glas angesetzt und sagte ins Walkie Talkie: «Peter 16, 19, 21, 24 – Zugriff!» Dann wuschelte er mir durchs Haar.

Blaulicht zuckte über die Backsteinzeile der Schuppen und die Rostpocken am Rumpf der *Corazón.* Ein grünweißer Bully hatte sich vor den Mercedes gesetzt, vier andere reihten sich dahinter. Auf der Straße machte ich um Bullen immer einen Bogen, jetzt wimmelte der Kai von blassgrünen Uniformen und weißen Mützen. Zwei hockten auf der Kühlerhaube des Mercedes und rauchten, die anderen bildeten ein lockeres Spalier am Fuß der Gangway. Wenn die Scharfschützen auf dem Schuppendach nicht gewesen wären, hätte ich die Stimmung fast als entspannt empfunden. Über Megaphon gab der Chef einige Anweisungen, die ich nicht verstand, dann wandte er sich an uns.

«So, Jungs, tut mir Leid, dass ihr da reingeraten seid. Wir wollten den Pott schon früher stürmen, das ging aber nicht, weil ihr drauf wart. Die hätten euch glatt als Geiseln genommen, und das konnten wir ja nicht riskieren.» Er sah uns bekümmert der Reihe nach an und brüllte auf einmal los wie ein Berserker:

«Und wenn ihr Schwachköppe jemals wieder auf fremde Schiffe geht, sorg ich dafür, dass eure Väter euch den Allerwertesten versohlen, bis er grün und blau ist. So was Beklopptes! Wisst ihr nicht, was da alles passieren kann?!?!»

«Jetzt schon», sagte Hede unbeeindruckt. «Man wird von der Polizei gekidnappt.»

Der Chef starrte ihn an, dann prustete er los.

«Um was geht das hier eigentlich?», schob Hede nach.

«Um Frauenhandel und Rauschgift, du Naseweis.»

«Öh!» Hedes Augen blitzten. «Kann man Weiber kaufen?»

«Du nicht, Freundchen.» Das Grinsen des Chefs löste sich in nichts auf. «Aber es gibt Leute, die das machen, und zwar gleich im Dutzend. Die *Corazón* kommt aus Ecuador mit dreizehn Mädels an Bord. Da geht es den Leuten nicht so gut. Zum Teil haben ihre eigenen Eltern sie verschachert, die anderen wollten selber raus aus dem Elend. Ein Kerl spricht sie an und schwört, dass er ihnen in Europa gute Arbeit verschafft. Sie kommen aufs Schiff, landen hier an, werden rausgeschmuggelt und postwendend in ein Etablissement gesteckt …»

«Was'n das?»

«Ein Puff, Kleiner. Was *das* ist, weißt du bestimmt, oder? Die Kerle stecken sie da rein, dann müssen sie anschaffen, jahrelang, angeblich um die Überfahrt zu bezahlen. Wenn sie nicht spuren, werden sie verprügelt, und die Kerle verfrachten sie alle drei Monate in eine andere Stadt, damit sie keine festen

Freundschaften anfangen. Tja, so sieht es aus, eklige Sache. Außerdem hat die *Corazón* noch Opium aus Thailand mitgebracht. Den Mercedes-Fahrer habt ihr ja gesehen, das ist der Empfänger. Der verteilt die Frauen und das Gift gleich mit. Der Herr ist ein sehr solider, sehr ehrenwerter Kaufmann aus Winterhude. Schick, ne?»

Hede tatschte am Entenarsch herum und starrte auf seine Füße.

«Was wird jetzt mit den Frauen?», fragte ich.

«Tja, die müssen wir in Gewahrsam nehmen. Tut mir ja Leid, aber Einreise ohne Visum läuft nun mal nicht. Später schicken wir sie dann wieder nach Hause.»

«Ins Elend», murmelte ich.

«Jo, min Jung», sagte er. «Genau, in das verdammte alte Elend. Na ja, das neue, das sie hier erwartet, bleibt ihnen we nigstens erspart, aber ob das nun besser ist, weiß ich auch nicht. Sieh mal, da sind sie.»

Zuerst kamen zwei vom Blaumannkommando die Gangway herunter und sprachen mit dem Einsatzleiter der Uniformierten, der seine Leute in einem engen Halbkreis antreten ließ. Auf Pfiff stolperte nach und nach die Mannschaft der *Corazón* an Land, Hände auf dem Rücken gefesselt und je nach Temperament Furcht oder Trotz im Blick, dann der Kapitän, der wie ein Wikinger aussah und auf Englisch lauthals nach dem schwedischen Konsul verlangte, und am Schluss der Mercedes-Fahrer. Sobald sie festen Boden betraten, wurden sie von den Uniformierten in die Bullys getrieben. Dann kamen die Frauen.

Alle waren jung, verschwitzt und durstig. Einige schützten die Augen mit der Hand vor der prallen Sonne und stolperten blind an Land, andere waren selbst dafür zu schwach. Sie taten mir dermaßen Leid, dass ich weder nach tiefen Ausschnitten noch schönen Beinen Ausschau hielt, und als aus dem Bullenzirkel an der Gangway Pfiffe ertönten, ging mir das schwer gegen den Strich. Es müsste weibliche Polizisten geben, dachte ich, die würden sich benehmen. Den Frauen schien es nichts auszumachen, einige lachten sogar.

Die Letzte blieb mitten auf der Gangway stehen. Ihre Augen wurden groß, und ihr Blick traf mich ins Herz oder in den Nabel oder sonst wohin, jedenfalls schlug er ein. Dass sie mich meinte, wusste ich irgendwie, selbst auf die Entfernung. Ein bisschen sah sie wirklich aus wie die Schlampe in Linie 9. Ihr Mund zuckte, dann lächelte sie mit blendend weißen Zähnen einen Moment lang nur für mich, bevor sie weiterging und zu den anderen in den Bully stieg, das erste Transportmittel einer ganzen Reihe, die sie wieder nach Ecuador schaffen würden.

Der Chef sprach nur noch einmal mit uns. Wir sollten uns überlegen, ob wir die Zigaretten wirklich durch den Zoll schmuggeln wollten, das wäre nämlich verboten und könnte uns eine Menge Ärger machen. Aber dabei blinzelte er vergnügt.

Wir kamen unbehelligt über die Niederbaumbrücke, weil die Grünen sich immer noch vor der Hitze versteckten. Am Baumwall verteilte ich meine Chesterfields und Orangen an die Jungs. Sie verstanden gar nichts und fragten, ob ich einen Sonnenstich hätte, aber natürlich nahmen sie dankend an. Das Einzige, was ich mit nach Hause nahm, war dieses Lächeln.

Die Autorinnen und Autoren

Volker Albers, Jahrgang 1954, hat als Journalist für Zeitungen und Zeitschriften gearbeitet. Er ist seit vielen Jahren Redakteur des Hamburger Abendblatts und seit 1998 Herausgeber der Hamburg-Krimireihe «Schwarze Hefte».

Martina Bick, 1956 in Bremen geboren, ist Autorin von Kriminalromanen und Sachbüchern, zudem arbeitet sie als Herausgeberin. Sie war im Jahr 2001 Krimistadtschreiberin in Flensburg. Zuletzt erschienen von ihr die Kriminalromane «Die Spur der Träume» und «Heute schön, morgen tot».

Virginia Doyle ist ein Pseudonym des Autors Robert Brack, Jahrgang 1959, der als freier Schriftsteller und Restaurantkritiker in Hamburg lebt. Er veröffentlichte zahlreiche Kriminalromane («Nachtkommando», «Das Totenschiff von Altona», «Lenina kämpft»). 1993 erhielt Brack den «Marlowe»-Preis der Raymond-Chandler-Gesellschaft, 1996 den Deutschen Krimipreis für «Das Gangsterbüro».

Anke Gebert, 1960 in Halle/Saale geboren, ist Autorin von Drehbüchern, Kurzgeschichten und Kriminalromanen («Hunde, die bellen», «Das Treiben»). Sie erhielt 1997 den Preis der Medienstiftung Schleswig-Holstein für das Drehbuch «Hunde, die schlafen». (www.ankegebert.de)

Nina George, 1973 geboren, schreibt für zahlreiche Magazine und Zeitschriften und veröffentlichte 1999 den Kriminalroman «Kein Sex, kein Bier und jede Menge Tote». Unter dem Pseudonym Anne West hat sie u. a. die erfolgreichen Ratgeber «Gute Mädchen tun's im Bett – böse überall» und «Sag Luder zu mir» veröffentlicht.

Doris Gercke ist eine der erfolgreichsten deutschsprachigen Krimiautorinnen. Ihr erster Bella-Block-Roman «Weinschröter, du musst hängen» erschien 1988, elf weitere folgten, zuletzt «Bella Ciao». Doris Gercke, 1937 in Greifswald geboren, wurde im Jahr 2000 mit dem «Ehrenglauser» für ihr Lebenswerk ausgezeichnet.

Gunter Gerlach wurde 1941 in Leipzig geboren und ist der Erfinder des ersten allergiekranken Privatdetektivs Bartzsch. Für «Kortison» erhielt er 1995 den Deutschen Krimipreis, 1999 lebte er als erster deutscher Krimistadtschreiber in Flensburg. Zuletzt sind von ihm erschienen «Ich lebe noch, es geht mir gut» und in der Reihe «Schwarze Hefte» der Hamburg-Krimi «Pauli, Tod und Teufel».

Frank Göhre, 1943 geboren, ist ausgewiesener St.-Pauli-Kenner. Seine Kiez-Trilogie («Der Schrei des Schmetterlings», «Der Tod des Samurai», «Der Tanz des Skorpions») machte ihn bekannt, später schrieb er Drehbücher für Fernsehen (u. a. «Tatort») und Kino («St. Pauli Nacht», Regie Sönke Wortmann). Göhre ist Träger des Deutschen Krimipreises und Herausgeber der Werke von Friedrich Glauser.

Birgit H. Hölscher wurde 1958 in Panama geboren. Sie schreibt seit 1980 Erzählungen und Kriminalromane («Therapie mit Todesfolge»). Für ihre Kriminalgeschichte «Süßer Sumpf» zeichnete die Raymond-Chandler-Gesellschaft sie mit dem «Marlowe» aus. Zuletzt erschien von ihr der Kriminalroman «Treibjagd an Bord».

Jörn Ingwersen wurde 1957 in Westerland auf Sylt geboren. Er ist Musiker, Übersetzer (Elmore Leonard, Michael Connelly, Anne Perry, David Goodis u. a.) und hat sich mit den Sylt-Krimis «Schafsköpfen» und «Falscher Hase» einen Namen gemacht.

Renate Kampmann, Jahrgang 1953, ist erfolgreiche Drehbuchautorin von TV-Krimiserien und -filmen («Doppelter Einsatz», Das Duo: «Stiller Tod», «Bella Block: Bitterer Verdacht») und Filmen. Im Jahr 2001 erschien ihr erster Kriminalroman «Die Macht der Bilder».

Norbert Klugmann, 1951 in Uelzen geboren, veröffentlichte 1984 (gemeinsam mit Peter Mathews) seinen ersten Kriminalroman «Beule oder Wie man einen Tresor knackt». Rund zwei Dutzend Krimis folgten, zudem Sachbücher und andere Romane («Neuschwanstein», «Tanz der Schienenfresser» und «Amanda lebenslang»).

Michael Koglin, Jahrgang 1955, schreibt Drehbücher für das Fernsehen, Kriminalgeschichten («Reif für den Mörder», «Dinner for one – Killer for five») und Sachbücher («Spaziergänge durch das jüdische Hamburg»). Er erhielt den Hamburger Literaturförderpreis und den Drehbuchförderpreis.

Robert Lynn stammt aus Chemnitz. Seit 1992 schreibt er Kriminalromane («Die Falle der Freundschaft», «Cerny schweigt», «Die Meute im Nacken») und Storys. Für «Der Samurai im Elbberg», erschienen in der Reihe «Schwarze Hefte», erhielt er 2002 den «Marlowe» der Raymond-Chandler-Gesellschaft. Lynn, Jahrgang 1949, lebt als Lehrer in Hamburg.

Petra Oelker, 1947 geboren, arbeitete als Journalistin, schrieb Jugend- und Sachbücher. Mit ihrem historischen Hamburg-Krimi «Tod am Zollhaus» (rororo 22116) hatte sie 1997 ihren ersten großen Erfolg, dem fünf weitere historische Kriminalromane folgten. Zuletzt erschien von Petra Oelker «Die englische Episode» (rororo 23289) und bei Wunderlich «Der Klosterwald».

Petra Oelker

«Petra Oelker hat lustvoll in Hamburgs Vergangenheit gestöbert – ein amüsantes, stimmungsvolles Sittengemälde aus vergangener Zeit ...» Der Spiegel

Petra Oelker arbeitete als freie Journalistin und veröffentlichte Jugend- und Sachbücher. Dem Erfolg von «Tod am Zollhaus» folgten bislang fünf weitere Romane über Hamburg im 18. Jahrhundert.

Tod am Zollhaus
Ein historischer Kriminalroman
3-499-22116-0

Der Sommer des Kometen
Ein historischer Kriminalroman
3-499-22256-6
Hamburg im Juni des Jahres 1766: Drückende Schwüle liegt über der Stadt, in den engen Gassen steht die modrige Luft. Auf dem Gänsemarkt warnt ein mysteriöser Kometenbeschwörer vor nahendem Unheil.

Lorettas letzter Vorhang
Ein historischer Kriminalroman
3-499-22444-5
Komödiantin Rosina und Großkaufmann Herrmanns auf Mörderjagd zwischen Theater und Börse, Kaffeehaus, Hafen, Spelunken und feinen Bürgersalons.

Die zerbrochene Uhr
Ein historischer Kriminalroman
3-499-22667-7

Die englische Episode
Ein historischer Kriminalroman
3-499-23289-8

3-499-22668-5